她科幻
SHE!SF

中国女性科幻作家优秀作品精选集

陈楸帆 主编 顾适 等 著

CHILDREN OF
TIME

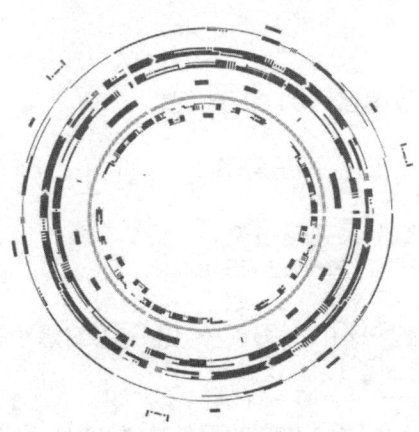

时间的孩子

航空工业出版社

北京

内 容 提 要

"她科幻"系列轻小说全系共分为四册,是中国女性科幻作家优秀作品精选集。《时间的孩子》包含12篇作品,讲述多维空间、平行宇宙、时空穿越等主题故事。以廖舒波的《秋日黄昏》为代表,文章讲述一对恋人由于时间旅行技术研发而分开的故事。在时空维度下、在时间的长河中,我们这些短暂渺小的生物也许都是孩子。

图书在版编目(CIP)数据

时间的孩子 / 顾适等著. — 北京:航空工业出版社,2021.8
("她科幻"系列轻小说)
ISBN 978-7-5165-2695-8

Ⅰ. ①时… Ⅱ. ①顾… Ⅲ. ①幻想小说-小说集-中国-当代 Ⅳ. ① I247.7

中国版本图书馆 CIP 数据核字(2021)第 145528 号

时间的孩子
Shijian de Haizi

航空工业出版社出版发行
(北京市朝阳区京顺路 5 号曙光大厦 C 座四层　100028)
发行部电话:010-85672688　010-85672689

北京欣睿虹彩印刷有限公司印刷	全国各地新华书店经售
2021 年 8 月第 1 版	2021 年 8 月第 1 次印刷
开本:880×1230　1/32	字数:240 千字
印张:10	定价:48.00 元

序
未来属于她们

人们大概已经忘了，公认的第一篇现代科幻小说出自一位女性之手——玛丽·雪莱。那年，她才 18 岁。

近 200 年来，作家们一直有意识地使用科幻小说来戏剧化当代女性所面临的复杂问题。比如，早在一个世纪以前，美国作家夏洛蒂·吉尔曼的科幻小说《她乡》便通过塑造单性繁殖的女性乌托邦来深入探讨人类社会存在的各种议题：社会结构、经济、教育、宗教、生育，甚至环保。

然而长久以来，科幻都被视为"大男孩"的逃避主义文学，甚至许多读者会对科幻产生性别的刻板印象。20 世纪的欧美科幻文坛长期因为"老"（老年）"白"（白人）"男"（男性）作者占据主导地位饱受诟病，科幻杂志及出版社甚至一度拒绝女性作者，女性作者需要化名男性才能得到发表作品的机会。直到近 50 年，女性主义运动与平权运动的不断兴起，这种情况才有所改变。

"二战"以后，越来越多的女性作者转向科幻小说创作，因为这种兼具"颠覆性"与"思想扩展性"的类型文学为她们提供了更多的社会参与和美学创新的机会。她们的主要关切之一是将女性纳入科幻小说的未来,创造出活跃的、真实可信的女性角色,而不是过去的科幻小说中经常出现的那些可有可无的女性角色。

正如厄休拉·勒古恩在《American SF and the Other》(1975年11月)中所指出的那样:

"妇女运动使我们大多数人意识到,科幻要么完全无视女性,要么把她们当成是受到怪物强暴的尖叫娃娃……最好的情况,也不过是才华横溢的主人公身边忠诚的妻子或情妇"。

而这种女性思潮所带来的,是科幻领域中对于社会学想象力的解放。

"银河郊区"这个词是女性主义科幻小说家乔安娜·罗斯(Joanna Russ)创造的,许多科幻故事在想象狂野的未来新科技方面做得非常出色,但却完全无法展现新科技如何改变社会结构。因此,能在太空定居的未来世界,拥有各种新奇科技元素和上层建筑,但每个人仍然生活在异性恋家庭中,每家都有两三个孩子,看起来就像是1950年代的美国郊区,而且性别和性别关系一点也没变……这是不合理的。因为每当科学技术发生变化,社会必然会随之改变。

厄休拉·勒古恩、奥克塔维娅·E.巴特勒、查理简·安德斯、N.K.杰米辛……这一系列不同时代的杰出女性作家通过自己的想象性叙事,不断探索性别与权力的边界,以此反思现实世界中的女性权利与地位,从观念与行动上去推动社会性别平等与尊重的变革。

而这其中怎么能少得了中国女性科幻作者的声音？

新中国成立以来，妇女解放运动的伟大进步和成就举世瞩目，但到了21世纪的今天，无论在现实层面还是文本层面，仍然存在着诸多不尽如人意之处：制度性的性别歧视与不平等、大众文化中的男性凝视与刻板印象，甚至是物化符号化女性的媒介消费主义……都让我们觉得，这一切还都任重道远。

回顾过去的一百年中，科幻小说和女性主义科幻小说的作者采取了不同的方法来批评性别和性别社会，成为西方女性主义运动的重要力量。科幻小说为作者与读者提供了想象世界和未来的机会，在这些或然世界和未来中，女性不受现实中存在的标准、规则和角色的束缚。相反，这种体裁创造了一个空间，在该空间中性别二元论可能会受到质疑，读者得以探索完全不同的性认知、性别定义与性权力运作的方式，并得到鼓舞与力量。

中国科幻的这一波浪潮兴起也不过短短20年，我们需要听到更多女性的声音，需要看到更多关于性别议题的书写以及从想象性叙事映射到现实生活的文化影响。

因此，有了这样一套丛书，记住这24个名字（按首字母排列顺序）：程婧波、迟卉、陈虹羽、陈茜、曹曙婷、段子期、顾适、郝景芳、凌晨、靓灵、廖舒波、孟犩、念语、彭柳蓉、彭思萌、苏民、王侃瑜、王诺诺、吴霜、夏笳、修新羽、亦落芩、赵海虹、昼温等，以及她们所带来的48篇精彩杰作。

在我看来，她们的作品并不需要我这样一位男性以所谓的"主编"之名，去挑选和评判，她们的文字与想象自足完满，如一颗颗生机盎然的星球兀自旋转，折射出宇宙至真、至善、至美的光彩。

之所以勉力草就此文，只因为其中有许多与我相识超过10年以上的老朋友，当然也有素未谋面的新星，以此表达敬意。挂一漏万，她们肯定不是中国女性科幻作者群体的全部，但希望借由她们的声音，传递出一种信号：我们的未来需要更多女性的力量。无论是在想象中还是现实里，这样的力量能够互相激发，联结成更强大的整体，引领我们上升。

未来属于她们，她们也属于未来。

是以为序。

陈楸帆

2020-10-31 晨

北京首钢产业园·2020 中国科幻大会

目 录
Contents

- 001...秋日黄昏...廖舒波
- 011...我是猫...廖舒波
- 027...赶在陷落之前...程婧波
- 053...倒影...顾 适
- 069...莫比乌斯时空...顾 适
- 084...野兽拳击...彭思萌
- 148...双生...吴 霜
- 162...404之见龙在天...凌 晨
- 195...2012: The New Day...凌 晨
- 221...潜入贵阳...凌 晨
- 272...宇宙尽头的餐馆...吴 霜
- 290...从前慢...曹曙婷

秋日黄昏

SHE · 廖舒波

> 在时间这一巨大的无法战胜的对手之前,他选择了丢盔弃甲,把剑尖指向她,他深爱的她。

2127 年 8 月 15 日。

他从沉睡中醒来,视线由模糊逐渐清晰。眼前桌子上,一本诗集摊开,银色戒指竖在两页的中缝之间,在黄色的夕照下,拖成长长的爱心形状。

它的主人不在这里。

她不在卧室,也不在此时世界的任何一个地方。

她可能在过去,也可能在未来,可能在时间长河里的任何一个角落。

他呆滞地望着那枚戒指,带着绝望,恋人终于还是离开了,顺着时光之河,去了他无法接触到的地方……

事情还要从一个月前说起。

她的邮箱里收到一封邮件,似乎是时航员选拔通过的通知。

不只是他,那时的她也尚不知接近他们的是什么,还只当是获得了一件锦上添花的新工作。他们穿戴一新,按照邮件中的地址,来到了时航员中心。

坐在会议室外,他们小声说笑打闹,他看着她笑得弯弯的眼角,心中满是幸福。

几分钟后,他们被请进了视频会议室。墙上一个接一个地出现绿色的屏幕,各种波纹信号数据之后,屏幕上出现了老人和中年人眉头紧皱的脸。

她和他同时感觉到了严肃的气氛,情不自禁地收住了笑容。

一位教授开始发言,热泪盈眶地恭喜她成为能够进行时间旅行的时航员。

他说,时间旅行技术被研发出来了,但并不成熟。原因之一就是只有特定体质和脑波的人,其身体才能进行分解重组,进行时空跳跃。

他说,她就是这个特定之人。

他还说,能在数千光年内数千亿人中,找到她这唯一能满足那些苛刻条件的人,是极其……极其的幸运,简直是……上帝对人类的恩赐。

他继续说道,时间旅行目前还不能进行地点和时间的控制。换句话说,由此刻开始的时间旅行,下一秒钟可能出现在恐龙时代,再下一秒钟则可能是宇宙毁灭后的未来。

一直沉默的她,就在这时,突然提出了一个问题——

那……时间旅行后,我还能回来吗?回到这里,此时,此地。

屏幕上刚刚还在侃侃而谈的专家瞬间安静下来,所有人都沉默着低下了头。他不知所措地僵在一旁,心里骂了一句脏话,该死的,这气氛简直就像是……哀悼。

许久,那位发言的专家才缓缓地说出两个字:"可以。"

"但是,"他用了历史上无数次击溃全人类的一个状语,"那……太难了。"

他解释道,以概率来说的话,如果进行上万次穿越的话,还是有可能回到这里来的——不过也只是有可能。而且如果以一个人有八十岁的生命来计算的话,上千万次地穿行,平均下来,即便到达预定的某时某地,最多也只能停留十秒钟的时间。

接下来又是沉默,沉默。绿色的屏幕逐渐熄灭了,他和她并肩坐在会议室中,雪白的日光灯发出"嗡嗡"的声音,将冰冷的感觉灌进耳朵。在这短暂的时间里,他想了很多东西。

"要不,"可他只说出这一句,"我们先回家吧!"

她无言地点了点头。

好不容易回到家,显示屏还开着,那封邮件还没关闭。黄昏微光下,一本笔记本静静摊开着,她离开前在用手抄一行诗,只写了三个字,还没有抄完。

一切都没有变化。一切又都不一样了。一切,一切。

接下来的一周他饱受煎熬,不断有游说和反对的人找上门来,她总是倾听,却很少回答。对于选择,她更是闭口不言,只是缄默。而对他来说,原本安详平静如水面的生活仿佛突兀地扎了根刺,从他心上开始往外延伸,让人不得安宁。

他常在深夜中莫名醒来,想着她会如何选择——

成为第一个时航员,看遍别人和自己都没有见过的时间和事物,诱惑力实在是太大了。

更何况他了解她，她对任何不知道的东西都充满好奇，如同盛夏的雨水，充沛而丰润。

他那一份渺小的爱与这广袤深邃的世界相比能否获胜，他没有丝毫自信。

听着她睡梦中的呼吸声，他焦躁得难以入眠。

然而生活还要继续。桌子上很快换上了新的鲜花，游说被朋友聚会代替，她挽着他的手臂去月溯海滩看燃放的烟花，情不自禁地像孩子那样尖叫着，伸出手去抓向天空。他按照之前曾有的计划给她买了银白色的戒指，她在黄昏时分戴上，戒指反射着淡黄的光辉。

戒指套上无名指，一瞬间他感到惶恐和压力黑压压地扑面而来，他不知道这象征爱情的契约是不是变成了黄金做的枷锁，绑住了一只美丽鸟儿飞翔的翅膀。

之后他闻到了花香和硫黄的味道，他感觉胸口缩紧了，那句话语被从心脏挤到喉咙，又从他嘴里说出，他终于开了口，问她，你真的想去做时航员吗？

她的手在颤抖。她有片刻的犹豫。但最终的最终，她点了点头。

同时，她无意识地拉起手上的戒指，停顿片刻，才骤然醒悟，赶紧将它推回指根。

这个动作犹如钥匙最后一声"咔嗒"轻响，潘多拉的魔盒就此打开，最后一丝平静被残酷地撕裂，再也无法维持。

痛苦无法诉诸言语，他只能变得反复无常——他在清晨明确地告诉她可以去做时航员，又在夜里大声训斥她背叛了他的心意，争吵，责骂，言语如同刀尖般锋利的嘲笑。太阳升起又落下，开始时她还会为他的所为泪流满面，小心翼翼地不去触怒他，但久而久之，她也变得麻木，只是在他的怒吼声中继续抄写诗歌，留给他一个没有任何表情的背影。

有什么东西在累积，固着，最后爆发，悄无声息。

在这个黄昏，她最终选择了离去，得知的那一刻他竟觉得自己松了口气。

长久的折磨终于有了终点。但终点之外，却是绵长的内疚和心痛。

他知道，这种感觉是后悔，抓挠心肝的后悔。

注视着空荡荡的房间，疯狂如潮水般退去，这才露出扇贝肉般软弱的核心。仿佛在这时他才发现自己的荒唐和可笑，在时间这一巨大的无法战胜的对手之前，他选择了丢盔弃甲，把剑尖指向她，他深爱的她。

思念带着酸楚的味道，充满了他的胸膛，几乎要从眼睛里涌出来。

他强迫自己忍耐，去努力开始崭新的生活，但想和她郑重说声道歉的欲望，如同诡异的魔咒，如同不变的黄昏，每日萦绕着他的生活，挥之不去。

夕照之下，他又一次看向她留下来的戒指。就在这时他发现，戒指内圈中多了行小小的字迹，似乎是那晚她仓促时刻写下——

"月溯海湾。2177.8.15，6:00p.m."

地点。日期。时间。

地点就在这里，屋子的窗外即可望见，无比辽阔空旷的海滩。

日期是距她离开，五十年后的一日。

而时间，时间则是夜晚降临之前，一个黄昏。

他盯着戒指看了好一会儿，他想他懂了，这是归来的约定。

然而有一瞬间他觉得这简直是报复和惩罚，她留下希望，但这希望却渺茫至极。这个海滩何其广大，她随机出现，又只有短短的十秒，就算找到，他该如何向她表达深切的歉意？

带着这样的愤怒和不甘,他迷迷糊糊地睡去,然后,他被一阵敲门声唤醒。

他满心怨气,无处发泄,嘟囔着去开门。

门开了,一个衣衫褴褛的老妇人站在那里,头发花白,用饱含泪水的眼睛望着他。

他从未见过她,也没有这样年纪的亲戚。或许是哪里来的乞丐,他应该赶她走的,但他没有这么做,他太累了,只用带着没睡醒的迷糊眼神瞪了她一会,就关上了门。

关门前他听见她说了两个字,模糊,却清楚——"烟花"。

大门紧闭,时钟滴答,距离他从床上爬起来,不到短短的一分钟。他重新睡下去,然后猛地坐起来——对,烟花,是烟花。她深深喜欢的,总是尖叫着伸手去抓的烟花。

他兴奋非常,摩拳擦掌,跃跃欲试。

然而仿佛又突然想明白了什么,睁大眼睛跌倒在床上,然后长长地叹了口气。

不论如何,之后的日子他买下了一个小仓库,在里面囤积了足够多的绳子与火药,空闲的日子,他就坐在那里,一刀,又一刀,切着手里的绳子。

仓库之外的时间里,他重新认识了一个合适的女子,然后和她步入婚姻,工作上按部就班地升职,日常生活如流水般重新静静流淌,他们有了孩子,他们抚养孩子长大,然后老去。

他的妻子和他一样,平凡而淡薄,彼此之间充满柔和但毫不热烈的亲情。对于他的仓库、绳子和火药,起初还会好奇地问上两句,久而久之,就把它当作丈夫钓鱼读书一样安静的爱好,不再多加干涉。曾经的时航员恋人成了壁上淡淡的影子,偶尔还会被想起,但即使想起也无关紧要，不会对现实产生一丝一毫的影响。

时间流逝，他的孩子们长大了，离开了。

他温和的妻子先他一步离开了人世。

他老了，形容枯槁，记忆衰退。

他仍旧在切着绳子，切着绳子……

时光在他身上留下痕迹，却并没让对于第一位传奇时航员的热情有所冷却衰退。他的恋人有无数根本不曾认识过她的崇拜者，亦有人将她作为猎奇的目标，还有人成立了新兴的宗教……总之，人们挖出了戒指上刻下的秘密，有人开始期盼，也有人开始倒计时——

在约定时间的数个月前，爱看热闹的人们就从四面八方赶来，占据了海湾的任何一个位置。人们也迫不及待地想知道，那相聚的短短时间，曾经的一对恋人会如何渡过。

所有目光都聚焦在他身上，他却开始搬东西，一箱一箱的，搬到沙滩之上。

他搬了那么久，几乎有一个下午那么长。远远地太阳降下地平线，月溯海滩的风中开始夹杂微冷的气息，远处有钟表声滴答作响。

时间到了。约定的时刻马上来临。

此时他的动作已经非常迟缓了，但他依旧固执地自己划了根火柴。

火光颤巍巍地接近第一个箱子的引线，点燃了它。

一瞬间，有光和声响腾空而起，天蓝、银白、暗红以及金色，映照得整个海洋色彩斑斓。接着更多的光和颜色从前面的灰烬中如凤凰涅槃般飞出，跳上天空又跃入海里，光芒犹如流星。整个世界瞬间变得热闹而欢快，合着黄昏之光，仿佛在滚滚燃烧。

不，这就是梦境，这不是真的，这是烟花，烟花在天空和大地间绽放出的片刻景象。

人们都惊呆了，他们看过无数次焰火表演，都没有这一次这样——

那么华美，那么动人，又那么的短暂，那么的……残酷。

烟花熄灭，一切安静下来，亘古不变的黄昏之光照着时间的灰烬。

她一定来了，一定看到了！

虽然并没有一个人知道那个女人的样貌，但人们固执地这么认为。

他的恋人，那个女时航员一定跨越遥远的时间，经历无数次跳跃，终于回到月溯海滩上，出现在人群的某处。在她停留的短短时间里，与他给她准备的精美礼物重逢。人们想她一定原谅了他，原谅他曾经的莽撞，原谅他曾经的反复，原谅了他曾经……糟糕的爱。

欢呼声此起彼伏，仿佛所有人都是开心的，他们见证了真爱的存在。

然而有一个人不这么觉得，那是他。

喧哗的人群中，浑身冰冷的他想起很久以前那个早晨，戒指压在一本书上。

那本书是她抄写的诗集，而在翻开的那页，是一首名为《秋日黄昏》的诗歌。

那位早逝的天才诗人在这首诗里写道——

> 愿有情人终成眷属，
> 愿爱情保持一生，
> 或者相反，极为短暂，匆匆熄灭。
> 愿我从此再不提起，

> 再不提起过去,
> 生不带来死不带去,
> 唯黄昏华美无上。

这段诗歌仿佛预言,就在刚才,在烟花璀璨的时刻,他俯视了整个月溯海滩,和其他人一样,他并没有看到任何一个与她相似,一个会伸手去抓烟花的人。

这,更证实了他数十年前就存在脑海的推测——

那个清晨,那个仿佛从天而降,莫名敲响门扉的老妇,就是她。

她大概用尽了所有的方法回到地球,然而非常遗憾地,她来到了一个最不恰当的时间,既没有看见他准备一生的美丽歉意,也没有给他留下一个惊鸿一瞥的印象。那时的他一无所知,也满腹怨气,不要说拥抱和握手,甚至连一个微笑都没有留下。

衰老的他望着天空,嘴角带上了一丝苦笑,然后落下泪来。

之后的日子,关于这件事,他说过几次。

一些人听见了,但并没有人相信。

或许,是没有人愿意相信。

就连他自己,也不想承认这个悲剧,耗费一生,只证明了一场错过。

他去世时脸上带着苦涩的微笑,人生充满遗憾,如同他们曾经存在过又碎裂的爱情。

然而,没有人想到,包括她——

这场烟花将会载入史册,作为爱情与恳请原谅的象征,在人类的历史上永远流传下去。她虽然没有亲眼看见，但会在未来的某个时刻得知，并带着它穿过无数个十秒构成的生命，在那场堪称短暂而不快的会面里，告诉他这个故事。

巨大得超越人类生命的维度之下，他们并没有错过。

她与他的故事构成一个完美漫长的圆环，优雅地镶嵌在时间之中。

如同那枚银白色戒指，永恒地反射着秋日黄昏华美的光辉。

我是猫

SHE·廖舒波

我是猫。我来自一个叫喵星的地方——这是老朋友明月跟我说的。现在的他,长眠在遥远的行星之上。

一、猫

"记忆复制,我特别喜欢这种东西。"

"比如说这个'床前明月光,疑是地上霜'就说的是月亮照在井栏上,看起来就好像白白的霜一样——怎么样?很厉害吧,几千年前人脑袋里一闪而过的代码,竟然就记了下来耶!"

"好了好了,朋友,不要叫,我也明白,你根本就不知道井栏和霜是什么,对不对?不说这个话题了,今天是中秋节,我们来吃月饼吧!月——饼——"

"啊,还是好想写诗啊!这个愿望,会有实现的一天吗?"

明月一边这么说着,一边把模具扣在面团上,作出我不能理解的图案。

他大部分时间都在跟我说话，但是很遗憾，我没有办法做出任何回应。因为我跟来自地球的他不同，我来自一个叫喵星的地方，虽然他事无巨细地跟我说着话，但大部分时间，我只能用"喵——"或者"喵呜"来回应，不过明月看起来很满足，那我也就放心了。

总而言之，虽然来自不同的地方，但我们现在共同生活在一颗小行星上。这颗行星有一长串的代号，但既小得可怜，又荒凉得吓人。我有好几次试图出去巡查领地，却被难闻的粉尘和刺鼻的空气逼了回来，这让明月非常生气。

"都跟你说过多少遍了，外面有可能还有放射性物质啊！你都已经这样了，还想怎么样呢？再这样下去，妹妹起来我就不理你了哦！任你自生自灭！"

说这话的时候他总是眉头紧皱，一副随时要打人，不，打猫的样子，但我知道他根本就不会对我动手，倒不是因为我在食物链上等级比他高，而是因为……

他是个机器人，他的优先级里，就是不能伤害任何有生命的物种。

明月就暂时说到这里，接下来要说的是"妹妹"。

据我所知，她是这颗星球上除我之外唯一的生命，我本能的知识告诉我，她应该是幼年的人类，只不过她大部分时间，是套着个头盔躺在床上。

明月跟我解释过，头盔是为了向妹妹灌输人类社会的知识，而她手腕上的管子，则是让她快速成长的营养液。

更详细的我也不知道了，反正如果我去动这两件东西，明月就会紧张又慌乱地把我抱开就是了。这样一来，我反而更喜欢到那个地方去，我感觉得到，这让明月非常的头疼，他又拿我毫无办法，这让我非常，非常开心。

不过话又说回来，虽然我经常骚扰她，但妹妹其实很喜欢我。她的头盔连着一个屏幕，她如果有话想对明月说，那上面会显示出来。她有好几次都跟明月说："不要把猫咪赶开嘛！我想它陪着我，哪怕不能抱它，不能摸它的毛……"

每当那时，明月就又一次露出呆滞的表情，连眼睛都翻成了白眼。这倒不是因为他生我的气，而是因为这是相互冲突的两种情况，作为一个机器人，他要用程序判断那件事优先。听起来很麻烦是不是？嗯，我也觉得。

最后要说的，是一个存在又不存在的人，明月叫他"先生"

他和妹妹一样，只在屏幕上给明月发来信息，但又和妹妹不同，他的信息里面文字很少，倒是有很长一串数字和字母。明月告诉过我，这是坐标。先生是一个星际船员，在几千光年以外的地方漂流航行。他也是妹妹的父亲，时刻关注着女儿的学习和成长，所以也要在航行的间隙提醒明月，要尽到一个机器人保姆的职责。

"我可是最优秀的型号耶！"每到这时他就举起手，"业界精英。"

如果忽略掉他那机械关节里"咔咔"作响的声音，倒还像那么一回事。

我打个哈欠，试图无情地拆穿他那无聊的自尊。不知他有没有理解我的意思。总之，他愉快地从厨房的烤箱里，拿出了一个盘子，而盘子上装着暗金黄色的点心。

很遗憾，没有肉味的东西，我一点也不喜欢。但明月似乎兴致很高，他抱着我到庭院坐下，调整大气显示模式，变成了黑色天空上一轮明亮的月亮。周围一暗下来，我就困得想要睡觉，于是趴在他的腿上，迷迷糊糊地半闭着眼睛，听着他唠叨。

不过，按他的说法，他是在作诗。他始终想象那些记忆复制中的人类一样，写下一首记录机器人心情的诗歌。但是很遗憾，人类的感情是最微妙的东西，他常常写下第一个字，就会变成为第二个字陷入判定的状态，更多时候，他会因为可供选择的字数太多而陷入死机状态，但他总是乐此不疲，我也懒得管他，只在关键时刻"喵"一下，以示鼓励。

作诗最后总是会变成吟诗，明月拉长了机械声音念道：

"明月——几时有，把酒——问——青天。"

他偶尔会停下来摸摸我："中秋是团圆的日子啊，不知什么时候妹妹能醒来，先生能回来，我们一家能团圆呢？"

嗯，中秋也团圆，春节也团圆，圣诞也团圆，人类真麻烦啊……

就这样，在他的吟诵声里，在这个小小行星上，一个小小保护罩的庭院里，我和明月，优哉游哉地渡过猫生中平静的又一天。

二、妹妹

这样的日子过去了多久，我不知道。

总之，在吃了数不清的猫罐头后，一天清晨，明月急急忙忙地跑了起来。

就像前面说的一样，他除了照顾妹妹，和收发先生的信息以外，基本没有正事可以做。而他又跟我不同，不怕粉尘，不怕气味，更不怕那个什么该死的放射性物质。所以他经常能到保护罩外面去，找一些记忆复制回来研究，妄图成为一个诗人。

虽然他的感情达不到诗人那样丰富，但他还是有感情方面的 AI

系统的，所以那一天，他的工作效率特别高，整个"人"也显出难得的兴奋来。

"喂！你知道吗？先生就要回来了！"

"喵！"

我在说"恭喜恭喜！"。

"接下来我们要忙了，首先要让妹妹醒过来，让她适应这里的生活环境，教她这里的事情，还要处理先生的债务，跟他探讨是继续进行航行，还是就在这里生活……"

"喵——"我想我的意思是，看起来好麻烦，还是你去做吧！

"总之，接下来的三年要忙了，加油吧，老伙计！"

他拍拍我的头，我却丝毫没有高兴的感觉——混蛋！三年是什么意思？这不是白忙活吗？你自己折腾去就好了，不要打扰我睡觉！真是毫无时间概念的机器人！

当然我也没有资格说他，作为一只猫，对人类的计时概念并不清楚。

三年是多久？一千个猫罐头吗？我不知道，也懒得知道。

倒是明月变得积极起来，他不再纠结于记忆复制，而是开始调整妹妹的营养液和头盔的情况，剩下的时间他整天整天地泡在给养系统里和厨房——我是不反对这样的改变，但是有一天他给我在猫罐头外做了全素的午餐时，我还是狠狠地挠了他一下。

"说不定妹妹是个素食主义者嘛……"他愁眉苦脸，仿佛要哭出来。

可我不是，如果不让我吃肉，我宁愿去吃那难吃的猫罐头。真可惜，明月是个机器人，要不我可以在他强迫我长期吃素的时候咬他一口，就算尝尝肉味儿也好。

就这样，在我们的争斗中，前期准备结束了。明月特地挑了一个中秋节，准备让妹妹清醒过来。他做了万全的准备，保护罩换了美丽的景色，屋子里放着悠扬的音乐，当然少不了大餐，虽然他依旧做了不少不带肉味的月饼。

在妹妹的强求下，我被放到她床边的一张椅子上。明月转过身，开始调试妹妹的苏醒系统，随着键盘有规律的敲击声，那个有点纤细，但面色红润的女孩，缓缓地睁开了眼睛。

"猫咪。"她语气微弱却异常坚定，"想先看猫咪。"

我很感激她对我的惦记，于是配合地"喵"了一声。她艰难地摘下头盔，黝黑又明亮的大眼睛转向我，然后瞳孔突然睁大了——

下一秒钟，她猛地甩手，用头盔向我砸过来！

我毫无防备，被那沉重的东西打到，不自觉地发出"喵——喵——"的尖叫。

"妹妹！"明月也很吃惊，他赶紧跑过来拉住她，"怎么了？"

"什么猫咪？这简直是怪物！怪物！让它走！"

"不对呀！"明月一头雾水，感觉就快要进入判定状态了，"这是一直陪着你的猫咪啊！"

"不可能！头盔里的世界认知系统里的猫咪不是都是……四条腿，两只眼睛……虽然颜色不同，但是会有两只眼睛……然后，耳朵翘起来的，这个到底是什么啊？"

明月似乎明白了，他瞬间变得严肃起来。他一把把疼得还在躲的我抱起来，郑重地放在妹妹面前——这回轮到她躲了。明月却毫不退让，他一字一句地告诉她："这就是只猫咪。"

"虽然经历过辐射，长得跟你认知中并不一样，但它的确是只猫咪。"

"而且和你一样,是那次事件中,坚强的幸存者。"

三、先生

在吓到妹妹之前,我始终没有觉得自己丑过,大概是明月也没有审美倾向。

但是后来,妹妹跟我熟悉以后,她放给我看一些正常猫咪的图片和影像,我才明白,自己是多么的可怕——首先,我只有三条腿,一只眼睛是完全闭合的,所以一眼看过去,脸上只有一只眼睛。其次,我的毛色,是淡淡的绿色。要知道,在正常的世界里,除了绿毛龟,没有动物会选择这种诡异的颜色。最后,妹妹说(我那时在摇尾巴):

"你是只猫耶!"她有些恼怒的样子,"为什么学狗摇尾巴?"

我没见过狗,也不知道那到底是什么样的生物。只是这样的情况下明月还能辨别出我是猫,不愧是机器人。在那天,他完完整整地为妹妹介绍了这颗行星的历史——

这颗行星曾经有城市、乡村、森林,但有一日,原本供给能源用的核电厂发生了剧烈的爆炸。那时的妹妹和明月正好在地下室里玩捉迷藏,于是躲过一劫,但行星上的大部分生物,都死光了。那时候的先生和明月,正在数光年外检修飞船,同样也躲过了这场灾难。

人们如同逃难般往外涌去,明月很清楚,此时一出地下室,年幼的妹妹就会没命。好在先生想了个办法,他购买了一整套的生态系统,转交给明月,让他在自家小屋边建立一个不受辐射的空间,直到妹妹长大,再带她离开。

"这套系统可不便宜啊!先生是赊账买的,所以一直在还债。"明月的脸上露出怀念的表情,"那时候所有人都拼命往外逃,我难以判定留下来是不是对的，死机了好几次——不过还好，挺过来了，我觉得现在这样也不错。"

他拍拍我的头："而且还很幸运地，捡到了这位朋友。"

"所以，妹妹。"他很严肃地说，"我已经通过营养液和知识输入系统，让你五年长到了十七岁的年纪，但这还不够，这段时间你要努力锻炼，争取能在先生回来之时，一起离开。"

我从来没有见过他那么认真的样子，妹妹似乎也被说服，认真地点了点头。

之后的日子里，我们由两个变成了三个。

好在妹妹经常跟明月用头盔交流，他们很快就变得熟络起来。虽然明月对妹妹的教育太过上心，对我有些忽略，但妹妹很好地弥补了这一点。对了，她还经常把吃不下的肉让我帮忙解决，就这一点，我就足以对她死心塌地。

第二年的中秋，是我们三个一起过的。明月苦心做出来的点心，终于有人吃了，我想他应该很开心。可实际上，气氛并没有想象中的融洽，对着保护罩上的月亮，明月和妹妹都沉默着，一言不发，这让我觉得奇怪，但并不难受。

"明月。"妹妹突然出声叫他。

"嗯？"他回答。

然后是长久的沉默，久到我睡一觉，又起来了。

"……那个，我想说……嗯，还是……我是说，我以前在认知系统里知道，好像有种叫 X 设备的东西……给猫试试？"

我感到明月抖了一下，幅度之大，我从未见过。

但妹妹没发觉，她还在说着："那种东西，能生成新的假皮，肌肉，甚至是神经反射流程，据说用久了也没有感觉，一个人甚至能完全变成另一个人……说不定也能变成新的猫。"

"别开玩笑了!"明月突然喊起来,"不行!"

连我都被吓了一跳,不要说妹妹了。明月似乎注意到我俩的惊慌,感觉温和了语调。

"你根本就不了解猫,它说不定很喜欢现在这个样子……"他笑起来,"而且,我的好妹妹啊,你知道那玩意儿有多贵吗?"

……看来,他最终还是说出了心里话,这个死穷酸!

那个被称为先生的人,在第三年的中秋之后,终于踱着步子,缓缓地回来了。

和明月珍藏的照片不一样,他的脸上,多了许多纵横交错的伤疤。这让久别重逢平添了几分紧张的气息,明月和妹妹一左一右挽住他的胳膊:"到底发生了什么事?"

"航船回来的时候,遭遇了事故……我和另一个人在宇宙漂流了好几天,可终于获救时,他却撑不住了,人的面目都被压得看不清了。"他声音很粗,叹一口气,摇一次头,"真可惜,钱没有了——不过,再没有钱,也好在还活着,能见到你们俩,真是太好了。"

明月露出感动的表情:"没事的,老爷,我们一直住在这里也好。"

妹妹也说:"是啊,一家人在一起,才是最好的。"

只不过她说的显然比较勉强,也难怪,只能在头盔虚拟场景里看到的父亲,突然真人出现在眼前,多少会有些陌生。我注意到妹妹的眼神,她似乎在偷偷观察些什么。

总之,第四位成员,先生,住进了家里。

他对我没有什么特别的感觉,我对他也是,除了他鼾声有些大,抽烟的味道比较浓郁以外,这个家里就像没这个人存在一般。明月仍旧在叨叨，从过去的事情到这些年的经过，先生只是沉默地听着，不做表态。倒是妹妹，总是躲在暗处上下打量，那眼神让我背上发寒。

差不多一个月后，妹妹在厨房偷偷抓住了明月的袖子："你不觉得他有些不对劲？"

"他？"明月看向我，"猫没有事情啊？"

"不是猫，是我爸！"妹妹赶紧压低了声音，"那个，认知系统里的，是他亲自录的吧？"

"嗯，一部分是在你出生之前就录下来的，我亲眼看见的。剩下的一部分，是他在航船里录了传输过来的。"明月说道，"应该没有问题，到底怎么了呢？"

"很好。"妹妹点头，"那我记得，在认知系统里，他从来不抽烟。而且，他的腿受过伤，不习惯像现在这样跷二郎腿地坐着，还有，你记得吗？他根本就不喜欢吃土豆，甚至到了厌恶的地步！但是现在他天天吃土豆！习惯可以改，口味可是很难改的啊！"

"你到底想说什么？"明月注视着她，若有所思。

"我想说，他根本不是我爸，而是冒名顶替的另一个人——你记得吗？他是和一个同伴一起遇难的，但是那个人面目都模糊了。所以，我直觉，现在在这里的父亲，肯定是他那个同伴，他害死了他，然后用 X 设备变成了他的模样……"

"你……想太多了。"明月苦笑，"说了很多次了，别看太多小说……"

他还好意思说人家，自己还不是整天看心灵复制？我正想看接下来怎么发展，但妹妹却一把拉开了他的袖子，打开关节："我知道你有检测 X 设备的系统，快看！"

明月的脸色变了，他拼命挣脱手臂："不能按！"

可妹妹的速度比他还快，三下两下，按下了电钮。话音未落，明月的身上就发出"呜呜呜"的响声，他的脸色越发苍白，像是马上要死机过去。

"什么啊！"妹妹一下子把它关上了，"原来你这个功能早坏了啊！"

"是的，是的，早就坏了，我一直不想让人知道，所以……"

就在两人说话间，先生悄无声息地走进了厨房，他似乎听见了两人一部分谈话，脱口而出："你们在讨论 X 设备啊？"

这回是妹妹被吓到脸色发白，她本能地抓住明月的胳膊，往后退了过去。

先生却非常淡定，他甩了甩手臂："其实我也……装了一个……"

"呀！"妹妹尖叫一声，按住了嘴，她的猜想实现了，这不能不让人吃惊。

"我在医院知道的，我那个同伴，已经死了。他可是个很年轻有为的人啊，喜欢抽烟、跷二郎腿、吃土豆，但就这么没了，茫茫宇宙，好像从来没有人出现过一样。我很想有个什么方式去纪念他，但不管哪一项都不合适，但后来我听说，有种简易的 X 设备，也不贵，能保留一些死去人的方式。就像……就像以前说的，移植心脏以后，就与那个捐献者的习惯一样，所以，我把那个同伴的一些习惯装在了身上。"

他说到悲切处，渐渐地老泪纵横。

"能活着回来真是太好了！能见到你们……真是太好了！"

明月的眼神变得温柔起来，他拍拍妹妹的头，又向先生走去："真好，明天就是中秋了，我们四个……不，应该是五个，终于团圆了！"

我看着他，我的机器人老朋友，终于实现了自己的愿望。
从此以后的每一年中秋，他都能过上团圆的日子了。

四、明月

时光飞逝，我第一次明白，什么叫天下没有不散的筵席。

妹妹飞快地长大，这个小小的保护罩的空间已经不适合她了。虽然她强烈反对，但明月还是半强迫地把她送上飞船，送上了宇宙大学。女孩子适应环境总是飞快，很快她就不再回来，只有每年中秋发来邮件"想吃明月的月饼"，后面还加了我不懂的表情符号。

先生倒是没有离开的意图，他似乎认定了这里是自己的故乡，然后自己就理所当然地老死在这里。

宇宙航行的经历让他比普通人老得更快，人经常不知不觉地睡着。但也因此，他对我变得温柔许多，经常抱着我，在天幕的阳光下听着明月的絮语。

我也老了，但作为一只猫，我没有什么可以挂念的东西。反倒是明月，我甚至有点担心，当我和先生都离开时，他怎么办？会一个人住在这个地方吗？过了更漫长的时日，直到自己坏掉？想一想，没有人听他叨叨，也没有人陪他过中秋，还是怪寂寞的。

后来妹妹工作了，她提了很多次，由她来雇用专业的护理机器人照顾先生和我，让明月去到她的身边，但明月都干脆地拒绝了。

"我怎么说还是先生的机器人，不是妹妹的机器人啊！"他这么说着。

妹妹好几次想说什么，都欲言又止。在经历了数十次锲而不舍的拒绝之后，她终于在屏幕另一边掉了眼泪："你是不是还在担心那个事情？我不是小孩子了，我爱你，但即使你在身边，我也会过着正常的生活的啊！"

明月听了，即使是机器人的他，差一点又陷入了判定的状态。可过了许久，他才笑着对屏幕边的妹妹说："我是第一次知道这件事呢，真的很荣幸。"

"你……你竟然不知道？"妹妹很惊讶。

"但是，并不是因为这件事拒绝的，我有其他的原因——对不起，不能说。"明月再次笑了起来，"还是要说一句，我很荣幸，真的很荣幸……"

仿佛放下了彼此的心结，从此，妹妹联络这里的频率变低了。

而我的机器人老伙计显然心里很快乐，他开始训练我，自己按按钮，制作猫罐头。我年纪已经很大了，再做这些训练简直力不从心。可看他很开心的样子，我也没办法装得懒洋洋的，更何况先生也挺感兴趣的，我也只能努力配合他们。

蓝天之下，一个老人，带着一只老猫，一个老机器人在旁边"咔嗒咔嗒"地鼓掌——

呵，真是一派美丽的夕阳红景象啊！

那时的我是慵懒的，完全没有想到，接下来会发生的事情。

先生是在一个清晨过世的，临去的前一个晚上，他对在他身边的我，说了声郑重的"谢谢你"，不过我想，他不单是对我说的，而是对明月说的。

可惜的是，我并不能转述给我的老伙计。只能在先生不再动弹后，才"喵呜——喵呜——"地把他叫过来。明月看到他安详离开的样子，摇摇头说道："终于还是到了这一天了。"

我听见有什么东西"咔嗒"一下，很响，或许是我这只老猫的错觉。

先生的葬礼非常简单，我们把他葬在庭院之中的土地之下。那一天正好是中秋，明月按照习惯，在他的墓前祭祀了他喜欢吃的菜，还有月饼。我在这时突然发现，兜兜转转，一切又回到了从前，只剩下我们两个人赏月了。

按说以诗人为目标的明月应该更伤感才是，但是他没有，他只是勤勤恳恳地做着猫罐头，连月饼都没做——我感到了一丝反常的气息。

夜幕降临，原本曾经喧闹过的小世界，恢复了最初的安静。

明月坐下来，在我的对面，给我端来了很好吃的肉。

可惜，我已经再也咬不动了。

"猫，你不会说话，真是太好了。要不我的秘密也没法说了。"

明月抚摸着我的毛，低声说道，我看见他胸口有数字出现，那似乎是——倒计时？

"其实，我一直有个秘密，没有告诉别人。那就是，妹妹其实不是妹妹，也不是先生的女儿。"他顿了顿，"其实那天，我没有在家，而是在街上。核电站爆炸的瞬间，我的判定系统以救人优先，我随手抓了个小女孩，冲进了旁边商店的地下室，才幸免于难。"

"刚好那家商店，就是出售 X 设备的地方。我就趁着那女孩吓昏了，让她穿戴上 X 设备，让她暂时变成先生女儿的样子——而先生真正的女儿，已经在那场灾难中，遇难了。"

"是的,那一天在厨房里,不是我的监测设备坏了,是它确实感应到了妹妹身上的 X 设备。我欺骗了先生,按照机器人法则,我要被强制停止运行,直到主人同意才能再启动。但同时感觉优先判定法则,我不能伤害先生,不能让他伤心,所以他在世时,我就可以理所当然地继续运行。现在,他去世了,优先级不存在,所以我……"

"我再也不能动了,重启的可能性也不大了,换句话说,差不多也是死了吧!"

"没想到我会走在你前面吧?不过没关系,这里的生态系统还能运行,你再活个五六年都没问题,而且妹妹还会回来,会把你带走的……你就好好地……活下去吧!"

"你不会告诉她真相,我很放心。猫,我真的很高兴跟你相识一场,那么……保重……"

他的声音低了下去,然后嘴里模糊地跳出最后几个字。我虽然不能理解,但我明白——

明月在他机器人生涯的最后一刻,终于成了一个诗人。

如同他崇拜的李白杜甫一样,用最短的字,凝固了一生的记忆,欢乐,还有爱。

五、猫

我是猫。我来自一个叫喵星的地方——这是老朋友明月跟我说的。

现在的他,长眠在遥远的行星之上。

我已经很老很老了,老得几乎没有牙,也走不动了,但我每天还在努力吃东西,努力活着。

虽然希望渺茫,但我想如果有一天,我希望能给人讲讲明月的故事,讲讲他的诗歌,讲讲他的一生,讲讲他酷爱过的团圆中秋夜——

这个愿望,会有实现的一天吗?

赶在陷落之前

SHE·程婧波

整个洛阳城只存在于她的梦境中。如果她醒来,这个梦境就会坍塌。

大业四年　元宵

我第一眼见到洛阳的时候,它浑身散发着一种灼热的焦味。在漫无边际的黑暗中,嘎吱作响的洛阳城中投下一道道黑魆魆的影子。后来,洛阳燃了起来。四处亮起的灯火把它照得如在白昼中,人们在灯海中涌上街道。夜幕下的洛阳就像一枚纸糊的灯笼,它为自己的火焰所灼烧,一寸寸地亮起来,又一寸寸地黑下去。最后,这个灯笼燃得只剩下了一堆灰烬。

我的记忆中再也没有这么璀璨的元宵了。

大业十四年　寒食

西门御道里以西是长秋寺。

这儿的僧人们早课都唱的是《韦陀赞》，晚课则唱《伽蓝赞》。什么时候唱，全凭打云板的和尚什么时候打。寺里有个五味园，种着桂树、朱槿、香茅、优昙花和暴马丁香。因此长秋寺的桂花糕和花蜜饯很有名。寺里还另辟了地种上地瓜、芝麻、莲藕和石香菜。每每僧人们晚课的时候，我便顺着他们在泥地里踩出的一条小路，绕过莲池，去寺角摘些石香菜。

这天我刚蹲下来伸出手，就听见身后响起一声暴喝："禅师！"

我回头，昏暗的天光下，一个项上绕了一圈佛珠的男人正站在不远处瞪着我。他的面孔白而薄，似乎要透出香气来；而那些佛珠，则各个光滑透亮得像珍珠。

"我，我只是看看石香菜长新芽了没有。"我赶紧缩回手，蹲在地上看他。

"跟我来。"他丢下这句话，头也不回地走了。

我悻悻地站起来，仍旧采了一把石香菜，胡乱地塞进怀里，抬脚跟了上去。那人沿着我来的路走，每一步都踩在我之前踩出的脚印上，不留自己的半点痕迹，所以看不出来他到底是不是贴着地面在飞。

经过那驮着释迦牟尼佛的六牙白象，他走到了大殿侧门的一个禅房里。我跟了进去，他已经在佛龛前坐好了。

青灯照着桌上的一把竹尺，那尺面儿竟有些光亮得泛油。

他既不说话，也不看我。

我伸出左手来，眯缝着眼睛。

眼前有个黑影晃动了一下，接着手上传来三声：啪啪啪。

他拿尺子打完我的手，仍旧是不说话。

我只得又换上右手去给他打了三下。

"回去吧。"他说。

我站着，他坐着，我睁眼的时候只看见一个铮亮的脑袋。

我朝着这颗脑袋躬了个身儿，扭头一溜烟儿跑了出去。

几颗疏星投下的微光照着静谧的长秋寺。络绎不绝的香客和晚课的僧人们似乎都在这个平凡的春夜里消失不见了。

沿着黑霭霭的僧房一路快走，穿过两道偏廊，我猛吸着气，低头只顾着赶路，冷不丁瞥见暴马丁香树下坐着的一家子。

这家都穿着极好看的衣裳，父母正在丁香树下招着手，让孩子过去一同吃点心。那家的孩子同我一般，也是十岁的样子，却并不像我头上挽着丸子一样的两个小髻，而是将头发高高地束起。

在漆黑一团的树荫里，有荧光在这三人的皮肤和衣裳上流转。乍一看，他们就像是绣在墨色屏风上针脚绵密的一块留白。

他们似乎很开心，一直咯咯地笑个不停。

我听那对父母唤自己的孩子叫"离阿奴"，他们一同吃了点心，母亲又陪儿子下了几回棋。

那棋盘和棋子上也有莹白的光在动。

我呆看了他们半响，突然想起波波匿还在家里等着我，只得拔脚又开始跑了起来。

出了长秋寺，月色更加清朗了。

回家的路一目了然。

跨进院子的时候我闻到一阵炒鸡蛋的香味。

波波匿一边往灶膛里加柴，一边头也不回地问我道："东西呢？"

我赶紧从怀里掏出石香菜，递到她跟前。

她一把抓过去，攥在手里，放在鼻子尖儿下使劲地闻了又闻，那模样就好像她又亲手抓到了一只鬼一样。

波波匿是个"抓鬼婆婆"。

我和波波匿住的地方，在西阳门旁的延年里。这里没有人怀疑我不是她的孙女。我从记事起便叫她婆婆，但在我的记忆中，她并不是我的亲婆婆；至于我的小名"禅师"，波波匿也说绝非是她取的。漆黑一片的洛阳城里有多少人像我们一样，住在同一个屋檐底下，却有着旁人无从知道，甚至自己都无从知道的关系——这又是另一回事了。

而我对波波匿来说，除了可以去长秋寺里帮她偷石香菜，似乎再无用处。波波匿抓鬼并不收钱，因为没有人出银子请她去抓鬼。她是自愿的。就好比僧人讨求布施，我们之所以没有饿死在洛阳城，是因为她常去向僧人讨求小米、地瓜和蜜饯。而长秋寺那位年纪不大的云休方丈也总是放任我去偷石香菜，只是每次总要在左右手心各打三下。

在夜幕笼罩下的洛阳城里有许多鬼魂。波波匿身上总是带着一串用竹篾编成的小笼子，她从野地、宫闱、伽蓝或是民居中抓到鬼之后，就将它们放入这些笼子里。如果一次抓得太多，她就随手扯下一根狗尾巴草，将脆韧的茎压在舌头下一捋，然后像穿蚱蜢一样，穿过那些鬼魂的脊背。那些鬼魂一个个只得老蝉大小，黑头黑脸，身子却有些发灰。它们被穿在狗尾巴草上，发出细细的嗡声，再也无法动弹了。

然而关于我未曾见过的一切，却总是比现实中的波波匿更加令人神往。我常想，她必定从顽童时代就是能见到鬼的。当她像我一样梳着两个丸子似的小髻时，就开始在洛阳城的街肆中收集那些鬼魂了。洛阳城从来都是这样为夜幕所笼罩。有一副巨人的骨架拖动整座城市迁徙，阳光永远无法照到洛阳，这座"夜城"也就充满了鬼魂。它们如此之多，没有人知道它们从何而来，唯一的解释就是鬼魂也能繁衍鬼魂。于是波波匿一直没办法捉完洛阳城所有的鬼魂，她这一生只重复做着同一件事，阳光从未爬上她的额头，她却已经变成一个白发苍苍的老妇了。

波波匿抓了这么多鬼，但始终没有抓到她要找的那只。

她在找一只叫"朱枝"的鬼。

"抓到朱枝会怎么样呢？"我曾问她。

"迦毕试才会死心。"

"迦毕试死心了会怎么样呢？"我又问。

"那些该死的白骨才会停止、不动。"

"白骨停止不动了会怎么样呢？"

"洛阳城就会停下来。"

"洛阳城停下来了会怎么样呢？"

"阳光会照到这里。"

"阳光照到这里了会怎么样呢？"

"我才能见到想见的那个人。"

我所知道的关于洛阳的一切都是波波匿告诉我的。

城里有三个她从来不碰的鬼魂。她们是三位光着头、穿青袍的女子，总是喜欢蛰伏在永宁寺被烧毁的浮屠上。波波匿说她们是前朝的三位比丘尼，葬身在永熙三年二月的一场大火里。她们的头发、眼睛、牙齿、乳房和四肢都熔成了黑色的灰烬，嵌进了烧毁的浮屠中。我一直奇怪为什么波波匿总是抓一些又小又没意思的鬼魂，却不管这三个动静很大的鬼魂。她们热衷于不歇地歌唱。三位比丘尼的歌声，从北魏一直吟唱至今，萦绕在洛阳黑夜中的街道。

  而我们在朗月的夜里能够清楚听到的那种嘎吱作响的声音，则来自波波匿所憎恶的那副巨人的骨架。这具白骨力大无穷，它一下子就能将洛阳城连根拔起，然后给洛阳套上鞍子、肚带、缰绳和笼头，牵着这座城一路向西。从我记事起，就非常热衷于跑到离延年里不远的西阳门去看白骨是如何拉动洛阳城的。它的每一块骨头都是独立的，这些骨头每一根都足有一株老槐那么粗，它们悬浮在空中，骨头和骨头之间仿佛被看不见的血肉所牵引。二百零六块白骨在星光的照耀下若隐若现，直入云端。它们的律动如此一致，脊柱就好像一条长线，而那个孤零零的头颅则像飘向月亮的风筝一样。

  白骨永不松懈地拖着洛阳城沉入黑夜。长久的迁徙带给这座城市一种灼热的焦味。洛阳城就像大地肉躯上一个锋利的犁，将土地耕开。地下的血脉翻涌而出，蜿蜒成一条无法愈合的疤痕。

  洛阳每时每刻都在崩塌和瓦解。城里的每一口井都枯竭了。它们成了洛阳断掉的牙根，深深地插在这座带着腥味、无比巨大的口腔中，在日益萎缩的牙龈下发出碎裂的声响，逐渐变成了粉末。终于有一天，洛阳城里再也找不出一口井来。

  波波匿说，洛阳离陷落的日子不远了。

  如果是那样，她就可能再也见不到那个她想见的人。

  白骨的主人防风氏活着的时候差不多是一条龙。他死在会稽山。

有人去过那里，施了法术，唤醒了这堆白骨，驱赶它着了魔似的拖走洛阳城。

这个人就是迦毕试。

我一直以为迦毕试一定不是普通人，他与长秋寺的云休方丈不同，他与宫城里的皇帝杨广不同，他甚至与那些鬼魂也应当是大不相同的。

可是有一次，当我跟着波波匿去贫陋的东市酒肆抓鬼时，她突然指着一堆穿着破衫喝酒的人说："瞧，迦毕试坐在那儿呢！"

于是我看见了迦毕试。他坐在人群中，敞着怀，喝着酒，除了生得金发碧眼，其他都实在太普通不过。

后来我每次跟着波波匿去东市酒肆总会看见他。他的位置从来没有变过，似乎他一直都是一动不动坐在原地的。波波匿说这个胡商有两颗心，其中一颗长在左臂里。他在臂上文了不空成就佛和他的坐骑迦楼罗。因此在东市的酒肆里，你总能在一个男人赤裸的胳膊上看到一只张牙舞爪的鸟儿，它的心贴在他臂里的心上，一齐跳动着。

有一次，当我盯着他胳膊上起伏的朱红色鸟儿看时禁不住想：他并不属于洛阳城，现在，洛阳城倒似乎是属于他的了。

从他敞开的衣襟里可以看到一条像蜈蚣一样的黑色疤痕。波波匿说迦毕试就是从那儿掏出了自己的心。他的心现在悬在九十丈高的空中——差不多同永宁寺未被烧毁的浮屠一样高，那也是三个比丘尼的鬼魂能够飘到的最高的地方。在一些平淡无奇的夜晚，她们会细声吟唱出迦毕试那颗心是如何搏动着，以神秘的法术驱动防风氏的白骨的各种细节。这些细节是如此骇人听闻，以至于洛阳城的百姓在这些夜晚中通宵点着烛火，他们一整夜不做任何事，只是大睁着眼睛不敢睡觉。

我从来没有看到过迦毕试那颗血淋淋的心脏，因为洛阳总是沉溺在黑暗之中。白骨借着月色泛出银器一样的光芒，而那颗心脏却总是比黑夜还要黑。我看不到它，波波匿说它就跳跃在防风氏的胸腔里。我很快就相信了她的话，因为我总是能够听到静夜里那颗心脏收缩又鼓胀的声音。

波波匿还说，以前没有人敢用这样的法术，是因为一个人只有一颗心。一旦把心挖出来给了防风氏的骨头，自己也就死了。而迦毕试是有两颗心的，现在，他靠左臂里的那颗心活着。可是那颗心很小，只有一截拇指大，于是迦毕试只能终日坐着。

和迦毕试的一动不动相比，他的沉默更是如同磐石一样坚固。因此我只能猜测他那个疯狂举动的初衷，为的是挟持洛阳城到他远在西域的家乡去——然后在一片黄沙之中，在洛阳城陷落之前，他必定会开口说出某句重要的话。

波波匿讲了一个完全大相径庭的版本。她说这个男人之所以如此疯狂，是因为他深爱着一个叫朱枝的女人，那个女人死在了洛阳城里。迦毕试要想再见到朱枝，就要防止已经成为女鬼的朱枝一不小心在阳光下化为一阵水汽。他驱动防风氏的骨骼，置洛阳于永无尽头的黑暗，就是为了某天能在黑魆魆的影子中遇到昔日的爱人。

这个解释除了把胡商想象得太像一个怜香惜玉又饱读诗书、异想天开的汉人之外，倒还算合情合理。

而一旦承认了这一点，波波匿耗尽一生心血去做"抓鬼"这件事就陡然增添了许多分量。

只有抓到了朱枝，迦毕试的心才会回到他的胸腔里，这时防风氏也才会放下洛阳城回到会稽山他那湖泊一样的坟墓中去。而只有洛阳城不再往西走，太阳才会追赶上我们，波波匿才可以见到她想见的人。

这是波波匿赶在洛阳陷落之前一定要做的事。

我们端着碗蹲在院子里吃了这顿晚饭。石香菜的味道在凉夜里伴着水汽弥散开。

头顶是流泻的星光。

周围走着几只鸡,它们用最快的速度啄去掉落在地上莹白如珍珠的饭粒。

今天是寒食,城里家家户户都在过节。过节意味着接连三天都不烧火做饭,以及要去东阳门替亲人烧纸钱。波波匿却仍要我去长秋寺偷了云休方丈的石香菜,烧了火、热了灶,炒了鸡蛋。

她没有谁要烧纸钱。我也不记得我有谁要烧纸钱。

我总觉得她和我是那么的不同,而这相同的一点,竟成了我们之间最无可辩驳的"血缘"。

"我能自己抓个鬼吗?"我问。

波波匿站起身,把碗里的剩饭倒在地上,几只鸡一哄而上。

"你抓鬼做什么?"

"那只鬼发育得很好,跟我一般高。之前咱们抓的那些又瘦又小的,全归你。"

波波匿奇怪地笑了一声,回答道:"莫不是你碰到了一家三口,一窝鬼?"

"你怎么知道?"

"他们还没死透,不算鬼,还不能抓。再等等吧。"

"那得什么时候呀?"

"一个月后。"

大业十四年　佛诞

佛诞从四月初一就开始了，一直要到四月十四才完。

其实佛是在四月初八这天诞生的，后人因错过了看佛怎么从母亲右肋下钻出来，于是立了佛降生像。在佛诞的日子里僧侣们要抬着金佛巡游洛阳，从一个寺庙转到另一个寺庙。往常，洛阳的皇帝老儿和百姓都一起到宣阳门点着火把，迎接灿烂的佛像。以花铺成的道路使得洛阳城缓缓地沉入一种舒适而腐烂的气味里。

今年的佛诞有些不同以往。因为皇帝老儿去江都了。他走的时候骑着一匹漆黑的马，带了一些同样骑黑马的卫士。他们从东阳门跃下的时候就仿佛是从洛阳这匹大马身上滚落的几粒马虱子。

波波匿决定在四月初七这天抓住朱枝。

这天终于到了。佛降生像从城南的景明寺里被抬了出来，一路经过护军府、司徒府、太尉府和左右尉府，最后到了宫门——虽然宫里已经没有了皇帝。在快到司徒府时，永宁寺的三个比丘尼突然歌声大作，夜空中掉下无数白色的绢花来。有不少人都说佛像那微闭的眼睛似乎张开了。

宫门外，迎接佛像的队伍嗡嗡地唱起了经。我在他们之中看到长秋寺的云休方丈也在。和尚们自己带着木鱼、堂鼓、坠胡和小钹，鼓乐声使得洛阳的黑夜仿佛一块纱似的要掉到我们头上来。突然，远远的一条街上亮起了无数灯火。

百戏要开始了！

我挤进人群里，看那热闹的游行队伍。里头有麒麟、凤凰、仙人、长虬、白象、白虎、辟邪、鹿马。他们走到哪里,人群就拥到哪里。突然,人群又统统朝着另一个方向跑去。那里的高台被火把点亮,来自西域的艺人开始耍起了吞刀、吐火、走索。屋檐下的灯笼都亮了起来。卖货郎沿街摆开了货摊。

这是洛阳才有的灯火夜市。

这是洛阳才有的繁华盛景。

洛阳是如此奇异的化身——它是一匹湮没在夜色里的马,一个割开土地血肉的犁,一张散发着焦味的嘴,一座即将陷落的城,一只看不到回响的瞳,一阵嘎吱作响的风,一场疯狂至极的爱,一粒闪烁着萤火的虫。

在没有止境的暗夜里,它耗尽全力发出最后一点微光。我突然明白了洛阳城的鬼魂为什么永远抓不完,是那微弱的萤火让腐朽的感情都绚烂得化作了飞舞的魂魄。

然而大业十四年四月初七这天的我并没有想到那么多。我被一个卖面具的货摊所吸引,站在跟前久久不愿离去。货摊上挂在高处的面具我根本够不着,而单是摆在最低处的这些就已经十分漂亮了!其中一张面具是一只两角的辟邪,流光溢彩,惟妙惟肖。我伸出手来,可手指刚碰到面具,它就掉了下来。

面具背后露出一张好看的脸。

我清楚地记得这张脸。就在一个月前,长秋寺颇有些凉意的春夜里,我曾盯着这张脸看了很久。

离阿奴,我记得他的母亲是这么唤他的。

他的身上已经没有了上次见他时的那种流转的白光。他已经变成了一个真正的鬼。

离阿奴伸出手在我眼前比画了一下,笑了:"你能看见我?"

"嗯,"我说,"你现在是鬼了。"

可我并不确切地知道把一个和我一般高矮的鬼放进竹编的笼子的方法。

"你愿意跟着我走吗?"我只好问他。

他点点头。

庄桃树从墙上跃下来的时候,看上去就像一只苍黄的纸鸢。

离阿奴说,当时他的母亲并不知道,他的祖父已经死在了遥远的南方。

离阿奴、他的母亲南阳公主、父亲宇文士及三人,被宇文士及起兵叛乱的哥哥宇文化及派来的家丁庄桃树活捉在自家的院子里。

被带走的那一刻,离阿奴甚至有一丝兴奋。

然而不久,当他们作为俘虏被带到山东聊城,一个名叫窦建德的人对他们说,自己必须杀光所有姓"宇文"的人。因为姓"宇文"的人杀了皇帝老儿杨广。

离阿奴被杀了。他的母亲南阳公主只流了一滴眼泪。

然而对我而言,洛阳的宫城里住没住皇帝,是件无关紧要的事情。对于和尚、商人、百姓、官员和卫士们而言,似乎也是件无关紧要的事情。

真正要紧的是亘古不变的历法和节日,迁徙不止的白骨和都城。

我摸到口袋里还有几文钱,于是带着离阿奴去吃烧饼和糖人。

我们又听了念梵唱经,看了吞刀吐火,离阿奴很高兴。

"对你没有好处的事,你做吗?"我问他。

他嘴里嚼着油桃,摇摇头。

"我求你做呢?"我又问。

他想了一下，点点头。

"帮我抓个女鬼吧。"我说。

如果真的抓到了朱枝，迦毕试就会死心，洛阳就会见光，所有的鬼魂都会消失不见。那个时候，离阿奴也会消失不见。所以让离阿奴帮我抓朱枝，我心里很愧疚。这就是我那么大方地请他吃东西的原因。

而离阿奴只是看着我，毫不犹豫地猛点着他那漂亮的脑袋。

百戏的演出让洛阳的中心更明亮，而四周却也更黑。

波波匿一路追着朱枝的气味到了长秋寺。

我和离阿奴蹲在她设的陷阱旁，眼睛一眨也不敢眨。

二更天的时候，青石板的巷道渐渐变成了红色。

因为走来了一个穿红衣的女人。

"那就是朱枝。"我对离阿奴说。

我们看不清她的脸，她的头发散得到处都是。

只要她走过了第三棵柏树，我和离阿奴同时使劲拉起手里的线头，朱枝就会被关进波波匿事先设下的竹篾笼子里。

一步，两步，三步……

扯线。

朱枝发出尖厉的叫声。她像一颗珠子那样弹了起来，高高地飞过我们头顶，落在了长秋寺的院墙上。

她不停地叫着，叫声凄厉刺耳，我赶紧伸出两手来捂住耳朵。

离阿奴已经追了上去。

等我反应过来，气喘吁吁地跟上去时，朱枝已经消失在夜色中。

我们靠着院墙停了下来。

我累得上气不接下气，脑海里是朱枝飞起来的样子。风吹着她深红的裙角，它们在夜幕中鼓起和飘动的姿态是那么炫目，就好像她只是一缕花蕊，而层层的花瓣正从她身上苏醒。

过了一会儿，地上映出了一个狭长的影子。

我抬头，看见波波匿。

"抓着她了吗？"我问。

她没有应声，递过来一屉竹篾笼子。我举起来，借着灯笼的微光仔细端详：里面空空如也，只沾了些夜露。

"又跑了？"

波波匿默默地点了点头。她突然显出不耐烦的神色，我赶紧解开一直焐在怀里的蒸糕，递到她跟前。她闻到里面石香菜的气味，总算有了好脸色。

波波匿咬了几口蒸糕，同我一道往延年里的家走。

每次抓不到朱枝，波波匿就会一连暴躁好些天，我却隐隐有点快乐。或者其实我并不是真心实意要抓住朱枝的。不然为什么我们抓了这么多年，却从来没有抓到过她呢？

走到一半时她停了下来，对着空无一人的街道说："出来吧，别躲了。"

离阿奴从黑影里现出身形来。

就这样，我和离阿奴一左一右地跟着波波匿，像祖孙三人那样，走回了延年里。

武德三年　冬至

武德三年的冬天格外寒冷，我站在长秋寺的莲池旁，手捧在脸前哈气。不远处有个跟我差不多年纪，面目模糊的小沙弥一边趴在岸上敲着池面的薄冰，一边嘴里嘟哝着："一九二九不出手；三九四九冰上走；五九六九沿河看柳；七九河开八九雁来……"

新皇帝选了长安做都城。那是一座在若干年前我们曾路过的城市。洛阳从长安的身上碾过，向着日落的方向奔去。东都变成了西都，西都变成了东都。而在我们身后，名叫李渊的新皇帝端坐在崭新的龙榻上，他的子民在倾倒的残垣间修筑起一座全新的帝都，长安就如同当年的洛阳一样，接受着世界的朝拜。

洛阳并没有陷落，人们却已渐渐将它忘记了。

我的五官和四肢日益敏锐起来。我能在黑暗中穿针引线，在青兽一样的屋脊之间跳跃，在比丘尼的歌声中听见洛阳城里最私密的呢喃。直到有一天，在习以为常的迦毕试的心跳之外，我突然听到了另一种完全不同的心跳。这种陌生的心跳就像猫走过屋檐或是雨滴落庭院。最后我终于搞清楚，那是我自己的心跳声。

我也终于明白原来命运并不是一条路，而是一条河。它会推着你走向某处，不管你愿意不愿意。

在一个晦暗的黎明，波波匿突然厌倦了她这辈子唯一着迷的事情。"禅师，"她用一种不紧不慢的口气对我说，"你去抓朱枝吧。抓住她之后，就去找迦毕试。"

我感到了前所未有的害怕，就好像突然被人看穿了一样。我已经可以抓住朱枝，但每次都故意放走她。我甚至不再关心洛阳什么时候陷落，因为我害怕阳光照到洛阳城里时，离阿奴就永远消失了。

然而波波匿的话对我来说是无法抗拒的。孤独像脐带一样连着我们，我已经把波波匿当成了世上唯一的亲人。

冬至这天，朱枝把自己关在永康里的一间客房。

她从里面把房门闩上，独自在房里诵起了《大悲咒》和《小十咒》。

我正在门外发愣，楼梯上传来噔噔的脚步声。刚藏好，就听到来人已经走到了门口。

接着响了三下叩门声。

门内诵经的声音停了一下，马上又唱了起来。

来的人声音急切地说，自己是宇文士及。

宇文士及为什么会来找朱枝？我百思不得其解。

而那房门一直没有开。

他站在门口兀自说了许多话。他的愧疚，他的无奈，他的思念，他的不知情，他的身不由己。最后，他问她：我们还能做夫妻吗？

她回答：我与你仇深似海，这辈子恐怕没这个缘分了。

宇文士及又说了很久。朱枝仍旧不开门。

宇文士及说的那些话，就是石头听了也会开出一朵花儿来，门里的人却说：非要见上最后一面，我只能打开门一剑杀死你。

最后，宇文士及鼓起了他这辈子全部的勇气，头也不回地离开了客栈。

他的脚步声是那么的孤独，一下一下地敲打着过道……

这一瞬间，我突然明白了，门里的那个女人不是朱枝。

朱枝一定是从房门进去，又从窗户溜走了。她能在月光里像珠子那样弹得很高，像鸟儿那样展开裙袂，华美地飞翔。

原本在房里的人，应该是南阳公主。

朱枝为什么会设下这个圈套，引我去抓南阳公主？

我跃上屋顶，那里果然已经空无一人了。

橙黄的月亮下，洛阳城那连绵的重檐、藻井、卷棚、庑殿都在微微颤动。连成一片的屋顶随着西阳门外那副白骨的呼吸而轻微地起伏着，如同洛阳是一个挤满了兽的畜栏。朱枝经过的地方会留下红色的印记，现在，这抹红色正淡淡地延伸向西门御道。

我说过我会在洛阳城青兽一样的屋脊之间跳跃。现在，我就正在鱼鳞一样滑腻的瓦片上跑着。每一次落脚，都能感到脚下的青兽在拱起脊背来接住我，于是我能弹得很高，落到更远的地方去。跑得快时，青兽都变成了巨大的鲤鱼。它们从洛阳城焦灼的土地中跃出，朝着长秋寺的方向游去。

在替波波匿抓鬼的月夜里，离阿奴教会了我在屋顶奔跑。

一开始，他须得牵牢我，不然我就会从屋顶上掉下去。后来，当我自己已经可以从东阳门的宜寿里一路跑到宣阳门的衣冠里，再按照佛诞日游行的路线，经过永宁寺，独自跃上宫城里那些华丽的庑殿时，就换成我牵着他了。

波波匿并没有向我提起过把离阿奴装进竹篾笼子的方法。他大部分时候并不像一只鬼，只是有一次，我用食指戳他的眼睛，才发现那里并没有什么眼球和眼白，而是一汪墨汁。

有时候我也会想，为什么一定要抓住朱枝呢？为什么一定要让洛阳城停下来？为什么一定要等到太阳照到洛阳城呢？这都是波波匿盼望的。但是离阿奴一定不愿意在陷落于日光的洛阳城里变成水汽。而其他人呢？洛阳城其他的人和鬼魂呢？他们会想要抓住朱枝吗？为什么这么多年过去了，没有人抓住过朱枝？他们不知道朱枝与洛阳城之间那种隐秘的关联吗？而从不开口的迦毕试，他最大的秘密或许正是他的沉默吧。波波匿故意编了一个漫长的谎言，里面只有一个永远抓不到的女鬼和一个永远不开口的哑巴，这样，就没有人揭穿她了。

　　只有想到这里，翻涌的好奇心才会让我不顾一切地想要抓住朱枝。而除此之外，似乎再没有比离阿奴的一举一动更吸引我注意的事了。

　　我跑了不多一会儿就追上了朱枝。长秋寺的院墙，树木和驮着释迦牟尼佛的六牙白象，都已经变得赤红。
　　而这条血舌一样的路的尽头，是云休方丈的禅房。
　　我进到禅房里的时候，朱枝正在梳头。
　　她的头发就像一泓墨色的泉水，流泻在房间的四处。
　　云休方丈锃亮的脑袋浮在这汪泉水之中，若隐若现。
　　我的手心里全是汗。朱枝就在我的面前。波波匿和我各自追寻的谜底，就活生生地在禅房里站着，等待揭开。
　　禅房里有一种熟悉的味道随着朱枝的头发弥散。我突然发现，云休方丈用来放竹尺的案上，放着一钵新摘的石香菜。
　　月光透过窗棂照进来，把这气味搅得有些奇怪。在这熟悉又奇怪的气味里，我伸出手来，触摸到了从未想到过的那个结局：
　　朱枝的头发一寸一寸地断裂了。它们在静夜里发出蚕啃噬桑叶的沙沙声，纷纷扬扬地落到了地上。最后，朱枝的头上只剩下了一簇乱蓬蓬的白发。而云休方丈刚才被她的黑发遮住的身体这才露了出来。他正盘着腿坐着，紧闭着双眼。
　　我正想叫醒他，这时，朱枝的衣服也一寸一寸地掉落了。那层层叠叠的深红色裙袂像被无形的刀所剪裁，从她身上絮絮地剥离。最后，朱枝的身上只剩下了一套脏兮兮的灰衣。
　　我目瞪口呆地看着这一切，就像三年前我第一次看着她珠子那样弹落到长秋寺的院墙上一样。

　　而紧接着，朱枝的脸竟然也开始脱落了。我还没有看清她的模样，她的脸皮就变得干燥而翻卷，一阵风吹来，就像拂尘扫过佛案，那层贴在脸上的皮肤就消失不见了。最后，朱枝的面上只剩下了一张皱巴巴的老脸。

　　波波匿的脸。

武德四年　元宵

　　洛阳城仍在一刻不停地陷落。

　　防风氏的白骨永不松懈地牵着它往西走去，而洛阳已经不再是一匹湮没在夜色里的马了。在跋涉过不可计数的山峦与江河之后，洛阳成了一张千疮百孔的渔网。时间在这张网里无可阻止地流失，而关于洛阳城的种种传说和回忆也像光阴之河中的漏网之鱼一样，从洛阳松动的房梁上、倾倒的城墙边游走了。

　　若干年前那场浪漫而璀璨的迁徙，遗落为今日黑暗中的背叛与逃亡。

　　洛阳城里再也找不出一个可以说故事的人。洛阳即将陷落，而它早已被自己的城民遗忘了。

　　因为迦毕试还是没能在黑魆魆的影子中遇到他昔日的爱人。

　　我没有把朱枝交给他。

　　正月初十下了一场雪。

　　到十五的时候，雪还没有化。

　　我和离阿奴在院子里扎兔子灯。白纸糊的兔子灯往雪地里一放，几乎寻不着了。离阿奴就剪了几片红色的油纸,给它们做了眼睛。

我们做了一个特别大的兔子,这是兔婆。另有一些小的,是兔崽。做骨架的竹篾不够了,就拆掉波波匿用来抓鬼的笼子,再一弯一折,拿纸糊了,又多出几只兔崽。那几只被突然释放出来的鬼魂,带着有些意外的神情,嗡嗡地说了好一阵,赖在原地不走。过了一会儿,他们像狗一样扬着鼻子在空气里嗅着,最后一个接一个地钻进了兔子灯里,爬到装着茶油泡过的白米的小盏子上,把身体浸在米粒间,昏昏沉沉地睡了过去。

这是一些无家可归的鬼。没有了装他们的竹篾笼子,他们就自己钻到了竹篾做的兔子里。

我和离阿奴一边扎着灯,一边等"过灯"的队伍。他们会从东边的建春门出发,一路都会有人加入进去,队伍走到我们延年里的时候,就能是几百号人了。

我拿手拧着兔婆的耳朵,扯来扯去。等了半天,"过灯"的队伍还没到。

后来我竟等得在雪地里睡着了。

我在睡梦里听到离阿奴说"来了来了",然后看到两盏扇面灯打头,一条长长的灯龙进了延年里。沿路不断有人擎着荷花灯、芙蓉灯、狗灯、猫灯加入进去。等队伍出了延年里经过长秋寺时,和尚们也点着灯加入进来。最后,有上千人都参加了"过灯"。人们似乎习惯于明亮的灯火,而不是长久的黑暗。人们也似乎忘记了洛阳正在陷落这回事,纵情享乐着。经过永宁寺的时候,三个比丘尼的歌声变成了一阵大风,把"过灯"的队伍吹散了。我手里的兔子灯晃了几晃,装着米和灯心草的盏子倒了,噗啦一下,米都撒到了我身上。火苗像温暖的豆子,在我的头上、脖子里、手背上、裤腿上滚落。我变成了一根燃烧的灯心草,灼热难耐的滋味从头到脚蔓延开……

我突然惊醒了。

院子里静静的,一片白皑皑的雪上,端坐着一圈红睛的白兔。

白兔的肚里点着灯,先前还在睡觉的那几只鬼被灯心草烧到,噼噼啪啪地跟着燃了起来。他们只惨叫了不多一会儿,就都烧成了一缕青色的烟。

我突然觉得难受,坐在雪地里哭了起来,呕出许多东西。

离阿奴从院子外面跑回来,他对我说:今天城里漆黑一片,没有人扎灯。

"谁让你点这些灯了?"我气鼓鼓地说。

他看着我,没有说话。

"都熄了!"我爬起来,拿脚去踹那些灯。

离阿奴默默地跟着拿脚去踹灯。

等所有的兔子灯都暗下去,变成跟雪地一样的颜色,我开始把它们一个个都翻过来,朝里面喊:"波波匿!波波匿!"

离阿奴没有再帮我。

他站在雪地里,脸上带着疑惑的表情,一动不动地看着我。

在发现朱枝和波波匿就是同一个人的那天夜晚,我把波波匿装进了她亲手做的一只竹篾笼子里。

原来"抓鬼婆婆"就是鬼;而她穷尽一生要抓的鬼,就是她自己。

波波匿和迦毕试究竟有怎样的恩怨,我想这个故事一定与波波匿口中那个朱枝与迦毕试的故事大不相同。

可是不管他们之间有什么样的故事,我都不能把朱枝交给迦毕试。

波波匿和离阿奴是这昏暗无光的洛阳城里我宝贵的亲人。如果把朱枝交给迦毕试，我就要失去波波匿；而当阳光照进洛阳，我也将失去离阿奴。唯一的办法就是把朱枝囚禁起来，永远不让迦毕试找到她。

离阿奴不知道，朱枝就关在一只兔子灯里。

米是鬼魂的禁符，她只能伏在那盏浸了茶油的米上。那些灯芯草，不能点。

等我在一只兔子灯里找到波波匿时，她已经被熏成了黑乎乎的一团。我提起灯，走到院中的水缸边，把灯整个儿按进去。再拎上来时，波波匿已经被洗涤过，变成了朱枝的样子。身上的黑灰掉干净之后，露出她深红色的裙子，像一尾被捞起来的金鱼。

"波波匿！"我叫她。

她睁开眼睛，诡秘地微笑了一下。

"禅师，你为什么不肯放了我呢？"

"因为我不能把朱枝交给迦毕试！"

"洛阳的秘密，并不是我和迦毕试之间的秘密，"她缓缓地说，"洛阳早就已经停止迁徙了。"

"不可能，"我说，"我听得到迦毕试的心在防风氏的胸腔里跳着；我的眼睛里总是无尽的黑暗。如果洛阳早就已经不动了，太阳会照进这里的。"

"你听到迦毕试的心在防风氏的胸腔里跳着，那没错。只是你听到的另一个心跳声……并不是你自己的。"

"那是谁的？"

"是别人的。禅师，你在大业四年的时候就死了。"

"不可能！你撒谎！"

"禅师,洛阳城只是你的一场梦。只是你有的梦长,有的梦短。短的,像元宵的梦,十四年前的洛阳燃了起来,或是今年'过灯'节上灯笼燃了起来,并没有什么不同;长的,像迦毕试的梦,一直要在黑魆魆的影子里遇到另一个人,却总是遇不到。"

"洛阳的迁徙也是梦吗?"

"是的。这是你最长的一场梦。"

"你又在编故事了。我是鬼,你们是什么?"

"你梦里的洛阳城就是一个鬼城。禅师,你想想,为什么会这样?洛阳为什么总是黑夜,洛阳的鬼魂为什么总也抓不完?因为你在这里遇到的所有'人',都是鬼。所有你以为是鬼魂的,其实都是人。南阳公主和宇文士及都还活着,他们并没有变成鬼。而我既不是人也不是鬼,我是迦毕试左臂上的那只朱红色的鸟儿。"

"你编出这样的话,为的就是让我放了你。骗不了我!"

"禅师,有一个人不在你的梦里。他可以证明我的话。"

"谁?"

"云休方丈。"

云休方丈有一张白净年轻的脸,一双素净柔弱的手。单看这些,是断不会料到他和我有多么复杂的因缘的。

然而我对波波匿的话将信将疑,终于还是带着那盏兔子灯去了长秋寺。

僧人们正在佛堂里唱着《伽蓝赞》。我走过种着桂树、朱槿、香茅、优昙花和暴马丁香的五味园,再又去园子里一一察看了地瓜、芝麻、莲藕和石香菜。我还使劲掐了一把石香菜的茎,里面立刻流出明绿色的汁液来。这怎么可能是梦呢?有这样细致入微、活灵活现的梦吗?

甚至经过那六牙白象的时候,我都特别仔细地抚摸了它。它冰凉、坚硬,不像是可以梦出来的。

进了云休方丈的禅房,他像所有比他年纪大出许多的得道高僧一样,早就知道了我的到来。

他平生第一次用和蔼的眼光端详着我,然后半是自言自语地开口道:

"禅师,这是你的执念,还是我的呢?"

然后,从云休方丈的口中,我了解到了一段波澜不惊的传奇——听起来如同发生在陌生人身上,却又的的确确与我有关。

隋朝的长公主南阳与西域来的胡商迦毕试相爱了。大业四年,长公主下嫁宇文士及,同年生下一名女婴。女婴出生的时候,脖子上缠着脐带,连哭都没有哭一声就离世了。宇文士及怕公主伤心,也怕得罪了皇帝,连夜从民间抱来一名男婴。当夜负责接生的产婆和宫女后来在一场宫廷瘟疫中全部死去。

那个女婴,其实就是公主和迦毕试的孩子。她并不是难产死的,而是被人下了咒术。下咒术的,正是迦毕试左臂上文的那只鸟儿。原来那只鸟儿可以化作人形,是一个黑发白肤的女子,自唤朱枝。朱枝也爱上了迦毕试。可是她那颗鸟儿的心脏是如此之小,而嫉妒又是如此之大。朱枝咒死女婴之后,陷入了死婴的梦里。在梦里,洛阳变成一座黑暗的城市,总是无法被阳光照射。而朱枝也成了一个白发黑肤的老妇,叫作波波匿。在这个婴孩的梦里,所有的因果报应竟然得到了精确的安排。波波匿背负着一个生生世世的难题,那就是她必须抓到朱枝。

我大气也不敢出地听完了云休方丈的话。

这才发现自己已经把手里的兔子灯揉成了一团纸。我低头看着这团雪白的纸，想起兔子灯都是中间有一个大的兔婆，两边各有一只小兔崽的。云休方丈说的都是真的吗？为什么听起来那么离奇？原来我不愿放手的亲人，并非亲人；而我一直视而不见的人，却又是生我的人。

这都是真的吗？

如果是真的，那我十四年来的生活，波波匿教给我的一切，都是谎言了？

我举起食指，鼓足勇气戳进自己的眼睛。

再拿出来看时，食指上果然沾着墨汁。

我真的，只是一个死去了十四年的鬼吗？

白骨拉动的洛阳城，真的只是一个离奇而冰凉的梦吗？

赶在陷落之前，南阳公主遇见了宇文士及，朱枝变成的波波匿遇见了迦毕试，离阿奴遇见了我。而我已经死了……

每个人，都找到属于自己的真相了吗？

夜凉如水。石香菜的味道又幽幽地散开来，好像很多年前的那一天。

朱枝从揉成一团的兔子灯里飞了起来，好似一颗赤红的弹珠。她在空中长出了翅膀和鸢尾，在禅房中盘旋了数圈之后，飞入云休方丈的左臂。我吃惊地发现他的左臂上竟然文着不空成就佛和他的坐骑迦楼罗，跟迦毕试左臂上的一模一样。

而云休方丈敞开的僧袍里，露出一条蜈蚣一样的黑色疤痕。

在这个非凡的夜晚，世界碎裂成了千万块呈现于我面前。夜色中迁徙不止的洛阳城，到底是因为朱枝太爱迦毕试，还是迦毕试太爱南阳公主？是他们刻骨的爱驱动了防风氏的白骨，抑或一切真的只是我的一场长梦？还是如同朱枝到了我梦里就变成了波波匿，云休方丈到了我梦里就变成了迦毕试。而到底是谁挖出了自己心脏去驱动防风氏的白骨，云休方丈还是迦毕试？

  如果是迦毕试，那就如同波波匿和云休方丈告诉我的，这一切只是我的一个梦。

  而如果是云休方丈，那么迦毕试就完全是一个幻影。那云休方丈在遁入佛门之前，需要多么刻骨的爱，才会掏出自己血淋淋的心脏？又该有多大的执念，才会去驱动白骨拉走洛阳城呢？如果洛阳城是真的在迁徙中住进了我们这许多鬼魂，那么当云休方丈放下他的执念的时候，阳光就会照进这里，那时对于鬼魂们来说，才是洛阳真正的陷落。

  这个世界的真相如此之多，谁又真的知道呢？

倒影

SHE·顾 适

人的记忆具有欺骗性，事实上我们的脑中存在着过去和未来，只是未来这部分被刻意隐藏了。而"全知者"就是同时具有过去和未来记忆的人。

一、预言家

马克是一个很特别的人。所以当他表示要带我一起去见一名预言家时，我一点都不感到惊奇。

"但你是个科学家。"我还是忍不住说。

"我是个科学家，没错，但我不信仰科学。"他看看我，大概是我的神情看起来太可笑了，便又解释道，"这就好比一个屠夫，是不会信仰猪肉的。"

我哈哈大笑，这就是马克特别的地方。他自己就很有意思，而且总能带我去见更有趣的人。

"看到她的时候，你要记得保持礼貌。"他带我走到一个颇为普通的住宅楼前，小心提醒着，脸上带着难得一见的崇敬神情，"这位预言家是很注意这一点的。"

我怀着忐忑的期盼随他走上一级级楼梯，心中猜想着预言家会有的模样。光线忽明忽暗，空气里有一股熟悉的灰尘味道……话说回来，这实在不像是一个预言家会住的地方。

他停在顶楼——事实上他只停了一秒钟，然后门就开了。我看到一个瘦弱的女孩子，脸上挂着慈祥而温柔的笑容。

我想我没有用错形容词，这正是一个女孩：大概十四岁的模样，手脚像这个年纪的大多数姑娘一样，比成人的看上去要更加细长。她穿了一身极其特别的黑色紧身衣，露出洁白而纤细的脖子，其上是一张圆圆的少女的脸。与她的外貌不同不相符的是，她的眼神却是敏锐而包容的，就像是一个老人。

"艾德，是你！"她看来很快乐，像是见到了老友一般张开双臂，猛然抱住我。然后立刻后退两步，优雅地低下头："真抱歉，我忘记你还不认识我。"

我有些茫然，不明白到底发生了什么，艾德是我的乳名没有错，但她怎么会知道？马克恭敬地说道："您认识林？这真是太好了，我还担心您会不高兴。"

"我很高兴你带他来，谢谢你。"她迟疑了一下，似乎是在回忆他的名字，"……马克？"

"正是！"马克露出一个夸张的微笑，"您居然记得我的名字。"

她淡淡一笑，摆出"请"的姿势，对我说道："进来吧，艾德，我准备了你喜欢的印度拉茶。"

她的房间同她的人一样特别。一张大床上摆满了书，书桌上却是茶和点心，圆形餐桌的腿被锯掉大半，其上摆满了各色软垫。乍一看很古怪，细看时，却又仿佛在哪里见过这些家具。她先是有些羞愧地表示"房间很乱"，又低声自言自语"我到底做了什么"，然后，才很自然地对我指指那张桌子，说："坐啊。"

我迟疑了一下，小心翼翼地坐上去。马克却还是站在一旁。看他欲言又止的模样，我不由得暗自觉得好笑。

马克今年四十三岁，是分子生物学和心理学博士，刚评上终身教授，走到哪里都昂首挺胸，活似个大螃蟹——对了，马克还是我的研究生导师。如今他在这小女孩面前竟缩手缩脚，像个小学生一般无措。她倒了茶，端到我身边来，突然疑惑地抬起头盯着马克："你是谁，你是什么时候进来的？"

"刚刚……"马克说。

"不。"她尖声打断他的话，又把脸转向我，柔声道，"他是怎么回事，艾德？"

我虽然不明所以，还是说道："是马克带我来的。"

"马克，是吗？"她这才放轻了声调，对他说道，"谢谢你。"

马克尴尬地挠挠头："不客气，我来是想问您……"

"我没法回答你要问我的问题。"她打断他的话，把茶递到我手里，飞快地说道，"我不知道你女儿的考试成绩。"

"哦是的，我就是想问这个……"他看上去更加慌张，"可她的成绩越来越差，她真的没救了吗？"

"这些事情和我有什么关系？我怎么会知道？"她终于看向他。

"可您是一位预言家。"

她皱起眉毛，这一刻她的脸上融合了长者的权威和孩童的咄咄逼人："好吧，那么你的工作是什么？"

"我是一个学者。"

她点点头:"学者先生,你知道曲速引擎的构造原理吗?"

"我……"

马克的脸涨红了。很显然,他不知道,正如作为预言家的她不会了解马克女儿的考试成绩一样。

我在一旁大笑起来,这可真是一个绝妙的反击。她却惊呼道:"杯子!"

她话音才落,滚烫的茶便随着我身体的颤抖泼溅出来,手上一阵刺痛。

她慌忙把茶接过去,念叨着:"我竟然忘记提醒你了,真抱歉。"说着又轻轻吹了吹,神情专注而温柔。

我问道:"我认识你吗?"

她停顿了一下,才回答道:"你会认识我的。"

二、采访

毕业之后我没有选择科学事业,而是去做了一名记者,这样,我的世界里就不会缺少新鲜有趣的事情了。与旁人相比,那个预言家女孩除了能让马克毕恭毕敬以外,并没有表现出什么特别的天赋,因此,没过多久我便把这次古怪的经历抛诸脑后。

然而三年后的一天,我却接到了主编派来的任务:"林,我需要你去采访一下这个人"他递给我一个地址,"据说她是本世纪最强大的预言家。"

我竟一眼就认出了那个地方:"最强大?"

"你看看——世界杯、美国总统换届、南美地震……每一次都是完美的预测!还有这个,她前天的微博,'明天下午四点,血与火。'"

我微微一怔，如果当时这条信息所代表的含义尚无法看出所指为何，但此时此刻，所有人都明白，它是在说昨天的坠机事件。

连时间都准确无误！

"你知道，和她见面的机会非常难得，但是……"主编故意停顿了一下，"当我发邮件去问她时，她立刻同意了，并且指定让你去采访她。"

我突然觉得有些兴奋："为什么？"

"说不定是她对你很感兴趣呢。"

我只好笑道："老大你可得好好待我，说不定我是下届总统呢。"

"就算是总统，"他眯起眼睛看我，"你也得给我交稿子！"

再次站在那幢小楼前，我心里竟有些感慨，才要进去，便听到楼上开窗的声音。

"艾德！"她大声叫道。

不知怎的我也有了几分欣喜，那种家人式的呼唤让我很安心。

等进了门，我才想起来，自己竟独自闯入少女的闺房。她看来是一个人住的，炉子里炖着一锅汤，散发着柔软的香气。她长得更高了些，也稍稍圆润了一点。我很惊异自己竟对她的模样记得如此清晰。她的房间格局也变了，虽然还是那些家具，看上去还是不大正常。我先坐下，又站起来，说："我今天是为工作而来。"

她笑了笑，伸出手："你的采访稿？"

我从包里拿出本子来，我向来有提前把问题写下来的习惯，看来，她连这样的小事都能预知。

她看了看，从床上的书堆里翻出一张纸来，递给我："还好我都记得，没有落下什么。"

我不明所以，低下头去看时，却愈发惊诧：这纸上所写的内容，竟是逐一在回答我的提问!

"你怎么知道我要问什么?"我惊奇地说。

她笑着看我:"你忘记我的职业了?"

我这才叹服——她果然是预言家。

"这些是你可以发表的内容,艾德。"她这样说。

我赶忙又细细去看,果然看出她的措辞经过了谨慎的考虑,用词考究,又模棱两可。仿佛回答了,又仿佛什么都没有说。

"这样的回答……"我有些不满足。

"已经足够你写一篇精彩的稿子了。"她笃定地打断我。

我无奈地看着她:"你这是让我就此离开吗?"

"嗯……"她微微一笑,"只要你答应我,接下来我们的对话不会出现在你的文章里,那么,这就不是一个逐客令。"

"我保证不写。"我说。

"以你父亲的名义。"她伸出一只手,做出起誓的手势。

我有些挂不住笑,但是最终还是照做了:"嗯,以我父亲的名义。"

她笑了,说:"抱歉,艾德,我知道你不会写的,但我还是要让你这么做。"

"为什么?"我问。

"虽然未来不可改变,但我还是会常常感到恐惧……"她没头没尾地说着,把茶杯递过来。

我找了个舒服的地方坐下,轻轻呷了一口——还是印度拉茶,绵软的口感和适当的水温,我禁不住赞叹了一句:"好喝!"

她的脸上也露出满足的笑容:"是啊。"

我说:"既然你是个预言家,你必然知道我要问你什么了。"

她乖乖回答道:"我知道你的问题是什么。"

"你愿意回答我吗?"

"你还是把它问出来吧,这样我们的对话才会比较顺畅。"她也坐下,平视我的眼睛,"这样才符合大多数人说话的习惯。"

"也是。"我点点头,"请问,你是如何预言的?"

她捧了一杯茶在手里,放到嘴边轻轻抿了一下,没有直接回答我的问题,反而问道:"艾德,这是我们的第一次见面吗?"

"当然不是。"我说。

"可我不记得我们见过面。"

"你忘了吗?"我觉得有些受伤,"马克教授带我来的。"

"我不记得他了。"她回答道,"看来我以后不会见到他。"

我迟疑地看着她:"为什么?"

"该如何解释这件事情……"她说着,拿起我的采访本,"我们来假设,这个本子就是人的一生。"

我看着她,等她继续说下去。

她拎起写着今天采访问题的那一页:"这就是今天,现在,此时此刻。"接着她翻到第一页:"这是我们出生,是过去。"

我已经猜到她要说什么,果然听她说道:"这封底,就是我们的死亡,是未来。

"对于大多数人来说,他们都会从前往后写,今天以后的世界,就是一片空白。人们能够回忆过去,却无法知晓未来。"她说着,把那个本子翻转过来,"但我不一样,我的本子是从后往前写的,我的记忆里充满了未来,明天发生的事情,对我来说,就像是你在回忆昨天发生的事情。"

她停顿了一下,又捧起茶杯抿了一小口。

我怔怔盯着那个本子,好像是明白了,却又一时间无法接受这个事实。

"你的预言,就是你的记忆?"

"是的,它们都在我的脑子里,所有的一切,越近的,就越清晰。"她点点头,"相对的,你们能回忆起来的过去,对我来说,就是不可获知的未来。"

我愣了一下:"你是说……你忘记了过去的一切?"

"对。"

"那么……"我拼命找寻着她话语中的逻辑错误,"如果你忘记了已经发生的事情,你怎么能够和我对话?怎么会知道我问过你什么?"

"触手可及的过去和未来,都是可以推断的。"她说,"比如,你知道我的汤很快就要煮好了,你知道你今晚会住在哪里,你也知道我会回答你的提问,甚至很多时候你知道我会回答你什么。所以,我自然也能够猜出你刚刚问过我什么。"

"但是,你的回答还是超过我的预测。"我伸出双手,试图更彻底地表达我的震惊和不解。

她看来很有耐心,继续说道:"艾德,你要明白,我生活在你们之中,我要学习如何同你们对话,时时刻刻都要推测你们说过什么。但你不需要学习这门技巧。"

"所以……你不记得我们曾经见过面?"我混乱地想着。

"我不记得我们曾经见过面,但我知道,我们还会再见面。"

这句话很奇异地让我感到安心。她没有留我吃饭,于是我错过了那份香甜的南瓜浓汤。回到家,我开始写稿子,有了她给我的那张纸,果然异常顺畅。合上计算机之后,我忽然想起马克,便给他打了个电话。他的声音听上去很愉快:"你又见到她了?"

我告诉他我们见面的状况,甚至还说了她预言的来源。这些信息让马克极为兴奋:"预言是她的记忆?这真是太神奇了!"

我却感到十分沮丧,我对他说:"可你难道不明白吗?如果她说的是真的,那么未来就是不可改变的,而我们现在所做的一切都是徒劳。这样的世界太让人绝望了。"

"那你会怎么做?"他总是喜欢这样引导我。

我说:"我会选择不去相信。"

三、第一次见面

有一段时间我经常去拜访她,对她那个小小的房间也愈发熟悉。她总像照顾老友一般热情而友好,这让我十分愉快,因为我知道我们还会继续见面。在心底有了这个认知之后,我就很少再问及她的预言,甚至连自己的未来也不甚关心——不管怎样,我都是可以再见到她的,不是吗?

她独自生活——如今我已经可以确定这一点——并且把自己照顾得有点糟糕。有一个周末,我帮助她把房间整理得更舒适了一些,她高兴地接受了,并且做了一份大餐作为回报。我心满意足地吃着自己最爱的食物——咖喱鸡肉、西兰花炒豆子,以及喷香的白米饭,然后捧起她为我煮的茶,靠在沙发上。她坐在我身边,像一只猫一般把头搭在我的肩膀上。

我的错误就在于,我以为这是一个暗示。

在我作出任何举动之前,她就已经躲开了。她略带惊恐地看着我,说:"为什么?"

当然,她是不可能问"你要做什么"这样愚蠢的问题的。

我说:"我以为你愿意同我在一起。"

"不!"她先是坚决地拒绝,让我的心一下子缩紧了,然后才又说,"我是说,我当然愿意和你一起,但不是你想的那样!"

"为什么?"我们好像总是在互相问这个问题。

"因为我们不会在一起,因为这是不可能的,因为……"她瞪大眼睛,混乱地对我说道,忽而又停下来,看着我一字一顿地说,"我不能,我们不能。"

我感到一阵恼火:"你总要给我个理由!"

她看着我:"艾德……"

然后,却没有下文了。

"为什么不能?"我追问道。

她轻轻叹息了一声,坐在沙发上,说道:"因为……我无法记住过去。你难道不明白吗,对我来说,这是我第一次见到你啊。"

——永远的第一次见面!

我突然觉得不安起来。她的眼睛里流淌着一种我不熟悉的光芒——陌生。果然,下一秒钟她皱起眉毛,质问我道:"你为什么会在这里?"

这个神情,就像当年她质问马克一样。

"我来找你……"我的声音越来越小,心底极为恐慌。

"你来找我做什么?"她警惕地说。

"聊天,喝杯茶。"

"那么,你以后不会再来了。"她坚定地说道。

在那之后,有很多次我试图再联系她,但都没有成功。她消失了,电话、邮件都联系不上,连微博也停止了更新。我去她住的地方,却只得到房屋正在出租的消息。这让我怅然若失。我突然发现自己居然有那么多的问题要问她，但正如她说的那样，似乎每一个问题都有一个可预知的答案。有时候我觉得自己在同她对话，但其实，我只是在同自己对话。

这样的日子过得浑浑噩噩，混乱不堪。我去问主编是否知道她在哪里，但他却沉默不语，只用奇怪的眼神看着我。最终我只得回到校园，去找马克教授。

他听了我的描述，对我说道："告诉我，林，你问了你自己什么问题？又得到什么答案？"

"我只是想知道她在哪里。"我有些烦躁地回答道。

"如果你不能回答我的问题，那么我也帮不了你。"他一脸遗憾地说道。

这应该是我和他之间第一次的非正式争吵。他总是很照顾我，尽管我成绩不出众，论文也写得颇为糟糕，而他却是这个学科里最热门的导师之一。

"林，每个人的未来都在自己的心里。"他说，"我很抱歉你失去了她。"

失去？我并不明白他在说什么。

我需要她，我的脑子里只剩下这一件事情，这个想法日复一日在我脑子里转，已经让我到了崩溃的边缘。我需要她，我要见到她，我必须得见到她……

我突然觉得有些头晕，马克已经先一步扶住我："我想你需要帮助，林。"

"我必须得见到她……"我说。

他扶我到一旁的躺椅上坐下："你需要休息。"

他的话仿佛有魔力，让我昏昏欲睡。他又重复道："你需要睡觉。"

我合上眼睛,坠入梦乡。在梦里,我在无边无际的镜子迷宫里寻找她,到处都是我的倒影,却看不到我需要的那个人。

我想要问她……

"什么?"

这个声音让我猛然睁开眼睛。我发现自己还在马克的办公室里,她就坐在我面前,又长大了几岁,是个成熟漂亮的女人了。

"你要问我什么?"她又重复了一遍。

马克不在。我环顾四周,立刻发现了这一点。她怎么会在这儿?

"马克在哪里?他让你来的?"我问。

"我不认识你说的那个人。"她看着我,像以前一样温柔地说,"艾德,你怎么了?我一直以为你生活得很好。"

"我很好。"我恶声恶气地说,"在你出现之前——在你离开我之前,我一直都很好。"

"我以为你不需要我了。"她说着,垂下眼睛。

"我需要你。"我说,"我每天每夜都在想你。"

她泪盈盈地看向我:"我也是。"

"和我在一起,好吗?"我软弱地哀求道。

"不。"她说。

"为什么?"

她摇摇头:"不,艾德,我虽然忘记了过去,可我始终都记得一件事情。"

"是什么?"

"你会知道的。"

"见鬼,到底是什么让你这么坚定地拒绝我?我要你现在亲口告诉我!"

"你很快就会知道的。"她说着，把手指向马克的书桌，"答案就在那里。"

四、全知者

我立刻跳起来冲过去，在桌子上看到一份未完成的实验记录，标题是《全知者》。

我似乎在哪里听说过这个奇怪的名词，当然，我并不知道马克在研究这个领域。

带着一丝窥探的愧疚，我打开了那个本子。上面这样写道：

"作为一名心理学家，我一直在试图寻找目前的科学理论无法界定的事实。

"'全知者'是一个非常特别的命题。这个命题认为，人感觉到时间从过去走向未来，只是一个错觉。人的记忆具有欺骗性，事实上我们的脑中存在着过去和未来，只是未来这部分被刻意隐藏了。而'全知者'就是同时具有过去和未来记忆的人。

"我一直在试图寻找到一名'全知者'，或者启发一个人成为'全知者'。这是一项非常艰难的工作，大多数预言家都是骗子，直到我遇到林。"

我猛然抬起头来，她消失了。

"答案就在那里面。"她的声音好像还在。

我翻到下一页：

"林并不知道自己还有另一个人格，但是我却有幸见到预言家，她始终对我很冷淡。

"当然，即便见面我也无法看到她，我只能看到林，她在林的身体里。我一直以为她是个男人，直到我带林去他儿时的住处（我不知道这是不是一个错误），然后林竟然见到了她，并且告诉我说，她是个小女孩。

"我听到了他们的对话，用常规的视角来看，是他在自言自语。我没有使用任何方式记录他说话的情形，因为预言家人格显然对我十分警惕。

"我知道我不应该干涉他们的交往，但是林的情感却陷入了一片泥沼。他当然不能爱上他自己，即便她是一个彻底不同的人格。"

我大为震惊，木然站在原地许久。马克的意思是——她就是我。我和她是一个人。

那个预言家，就是我。

可是，这怎么可能？我看到的她，难不成是幻觉？

过往的一幕幕却在往眼前翻涌——她住处熟悉的气味，她指名要我去采访她，她知晓我所有的喜好……是的，是的，如果马克的女儿和她的记忆无关，那么为什么我的一切都是和她是有关的？还有——在我吃到她做的饭菜之后，她脸上的满足感……

可怖的寒意从背脊蹿上头顶，我仿佛是一个溺水的人，而手中的这本实验记录就是唯一的浮木。我急忙往后翻，可之后的许多页记录，都被撕掉了。只剩下结尾处的一段话：

"作为学界寻找到的唯一案例，林证明了'全知者'是存在的，只是以另一种我们没有预料到的方式存在。双重人格本身已经非常罕见，它往往与极端的心理痛苦相关联。或许这个现象可以产生一个猜想：那就是，作为'全知者'会是一件极端痛苦的事情，因而林最终将自己分割为两部分：作为一名正常人的他，与作为预言家的她。

"如果可能的话,我应当去访问林的家人,来了解他小时候(也就是预言家人格还没有诞生的时候),是否有什么特别的举动。但很可惜,林是一名孤儿,他的父母在他八岁时因车祸去世。之后他换过许多位监护人,他们都认为他没有任何异于常人的地方。"

五、倒影

我的视线凝在那行字上,无法动弹。

那页纸变成巨石,拴在我的脚上,拖我沉入水的深处,无法呼吸。

我想起来了,一切就发生在那幢小楼里,顶层的公寓里总是飘荡着印度拉茶和南瓜浓汤的香气。

那时候我八岁。

我告诉过爸爸和妈妈,不要出门。

我知道会发生车祸,我知道他们会死。

我哭泣,乞求,在房间里大喊大叫,砸东西,甚至试图伤害自己。

但是他们只当我在发疯。

他们把我锁在自己的房间里,脚步远去,然后再也没有回来。

我知道发生了什么,他们死了。

我看着镜子里的自己——这是你的错。

那个倒影渐渐变了,变成一个有着圆胖手脚的小娃娃。

她,预言者,她知晓所有的未来,却无力阻止,无力改变。她曾经是我,但不再是我。

我告诉她,他们的死是你的错,我恨你。

她还是个婴儿,但却会说话,她伸出手,试图抓住我。

"艾德。"

她奶声奶气地呼唤着。

我砸碎了那面镜子。然后躺在床上，闭上眼睛。

我不要看到她，我不要听到她的话。

我知道，明天，一切都会好起来的。

一切，都会好起来的。

莫比乌斯时空

SHE · 顾 适

X 就是我。我们身处的这个世界，是一个莫比乌斯时空。

一、THE END

五分钟前还是万里晴空。

乌云从山间压下来的那一刻，我突然明白我们完了。这只是一次小得不能再小的争吵，我甚至都不记得自己到底做了什么，让林可的眉梢微微抽动了一下，但我明白她生气了。于是我去给她倒了一杯蜂蜜水，放在茶几上，代表我无声的歉意。

这杯水却被 X 喝了。

我痛恨争吵。所以当林可的手指快要戳到我脸上的时候，我转身离开了那座小木屋。北大西洋的海风迎面卷过来，让我感到一种彻骨的冷，直到那个时候我还不知道自己留给她的背影意味着什么。X 追到车里，试图解释他不是有意的，我只对他说了两个字："上车。"

离开 A 镇的公路只有一条，那里几乎可以算是世界的尽头。转过三座山之后，雨点忽而模糊了挡风玻璃，于是我终于看到了我们的结局——完了，全完了。我们两个人的关系就像是气球，刚开始只是瘪瘪的一小团，我们轮番往里面吹气，小心翼翼用手捏死了出口，不能容许一点空气漏出去，它越涨越大，越来越满，直到有一天，哪怕一个最轻微的碰触，都会让它轰然破碎。然后一切过往都消散无踪，一切付出都了无意义。

"……你得慢一点，我是说真的……"

X 的声音透着紧张，他一手抓着安全带，一手握着车门上方的把手，整个人像一只绷紧的虾。我和林可在斯塔姆松的青年旅社遇到了他，一个大概六十岁的中国老头，操着流利的英语，正在找人搭车去下一站。但在看到他的那一瞬，我就知道他会跟我们同行。X，他自我介绍说，仿佛他是数学方程里一个待解开的谜题。

好像的确得慢一点。我看了看仪表盘，指针指向每小时一百六十公里。这是山路，我的左手边是山，右手边是海。慢一点——我深深吸气，然后放松了脚尖。

但随着空气从我口中呼出，骤然放松的还有我的手指。车子晃动了一下，当我想要再次掌控它时，一切都太晚了。从山间落下的一颗尖利的石块扎破了左前轮胎，伴随着刺耳的刹车声，这辆租来的福特车先是向左撞上岩壁，然后方向又调转一百八十度，掀翻了路旁用于标识边界的反光杆，一路颠簸着滚下山崖。

碧蓝的大海冲进我的视野里，我甚至还没来得及感觉到恐惧，只是突然彻底地忘记了自己的存在，纯然惊奇于周遭发生的一切。我想我的头被撞破了，但我并不觉得疼，只觉得脸上有一片湿湿黏黏的东西。

原来我的血是冷的——这就是我脑海中的最后一个想法。

二、莫比乌斯环

有一件事我一直想不通，那就是大多数遇到严重灾祸的人，在向别人描述自己的遭遇时，都会用第三人称视角，就好像他们真的看到了似的。然而这就是我正在做的：我用非常微弱的气音，慢慢向警察描述我见到的一切——那是一个弯道，我的车速太快了，有个石头扎进轮胎里，车弹跳了一下然后撞上山壁，然后又调转方向坠到海里。我不会跟他说我记忆中的另一部分：世界翻转之快仿佛是摄影师把镜头扔在甩干机里，我完全不清楚发生了什么车窗就全碎了，那些细小的玻璃珠子全往车外甩出去（而我竟然还想了零点五秒钟为什么它们没有掉进车里来），然后就是迎面扑过来的大海。

我同警察说话的时候，X坐在隔壁病床上看着我。他的情况要好太多，只是轻微的擦伤。当然如果他不是这么幸运的话，我也无法活下来。医生说我的颈骨骨折，是X把受伤的我从车里拖了出来，然后一手夹着我游向岸边。他拦住路过的车辆，要了电话报警，救护直升机在二十分钟之后赶到，于是才会有现在医院里高位截瘫的我。

是的，我无法感觉到自己脖子以下的一切，就像它们从没有存在过。

很快病房里就剩下我和X。我们彼此都有点尴尬，不知道该怎么开始第一个话题。我想问问林可，但我知道她并没有像电影里经常演的那样，哭着出现然后我们重归于好。她消失了，就像她也从来都没有存在过。我对X做了一个"谢谢"的口形，然后就闭上了眼睛。黑暗并不等同于睡眠，三个小时之后我睁开眼睛时，X还是在那里一动不动地看着我。

这一次他先开口了。

"我年轻的时候也遇到过严重的车祸，当时我躺在床上看着天花板，觉得自己的未来就是一摊屎。"他拿出一卷透明胶带，在手上摆弄着，"然后有个人这么安慰我说：我们平时生活的世界就像这卷胶带，你总是走在光滑的一面，就算不断把它拉长，你还是只知道有这一面，永远都不会了解它的另一面，有胶水的那一面。"

他把胶带扯下来一段，粘成一个环，然后指着环的内面对我说："但其实要我说，这一面可能更接近于世界的本质——或者是这卷胶带的本质。"

我翻了一个白眼作为回答。如果他不是我视野里唯一在动的东西，我一定会看向别处。

X像是根本没注意到我的表情："但如果我们换一种粘法，把胶带旋转一下，而你还在上面走的话……"他拆开了那个环，用两只手把胶带拉平，然后慢慢旋转右手，直到胶带被拧成一百八十度，才再把两个带着胶水的端头粘到一起，"那么当你顺着原先光滑的道路走下去，就会发现自己不小心踏上胶水面，走入世界的内部。"

"一个……莫比乌斯环。"我说。

"原来你知道。"X笑了，他把那段胶带圈扔进垃圾桶里，"我就是想告诉你灾难不一定是坏事。"

"你是说，高位截瘫？"

"作为一个医生，我认为你的头能活下来已经挺幸运的了。"

"谢谢……你的……安慰。"

"振作点。"他站起来，走到我身边，就像是在宣布一个预言，"一切才刚刚开始。"

三、副体

我向前迈出第一步。

脚底的压力真实得让我头皮发麻，尽管我知道只有头皮的感觉才是"真实"的。

这是医院向我推荐的新产品，"副体"是最新一代的虚拟现实技术，通过在大脑皮层植入一块芯片，把真人大小的机器人感官映射到我的大脑上。简而言之，就是通过我身上仅剩的这颗头来遥控这个机器人。

"他们会在实验室培养你的皮肤细胞，附在它的外壳上，"保险公司的人对我说，"这样你走在路上别人甚至都不会发现你是在用'副体'，你完全可以回归正常的生活。"

我通过它看，通过它听，通过它闻。我在路边买了一杯咖啡，然后坐在树下看人们走来走去。阳光照在我的脸上，我甚至可以感觉到那种微妙的温度，阳光的温度。我感觉风从身后吹过我的手臂，于是我想要回头看，然后却惊醒了。

真正的我只拥有一个枕头。

X 认为免费的"副体"是保险公司的骗局："他们想让你自己来照顾自己，一个机器人比无止境的专业护理便宜太多了。"

的确如此。我再次闭上眼睛，控制"副体"回到房间里。我给我自己喂食、刷牙、擦脸、翻身（以免长褥疮），揭开被子换尿布，感觉比起养一只狗还是麻烦一些。但我很高兴这么做，因为就算只有一个头我还是可以照顾自己,我有尊严。

X 说:"你只差去找个工作了。"

我觉得这是个好主意。之前为了用副体照顾我自己,我已经接受了专业的护理训练,所以我直接问 X 是否可以在他的家庭诊所工作,他接受了。

"你的薪水就是你的医药费。"他不客气地告诉我,"除此以外我还会给你的机器人一个充电基座。"

就这样,我在莫比乌斯环的胶水面开始了新的生活。起初我举步维艰,后来却慢慢习惯了一切,甚至觉得这就是生活本来的样子。X 还是给了我数量可观的薪水,于是我再一次出去跟女孩们调情,去度假,去上医学院,用副体做这些事情甚至比原先的身体更容易。我可以在夏威夷租一个带八块腹肌的副体,鬼混到凌晨再从床上爬起来回到充电基座,然后在大学图书馆的另一个副体上醒来。每一次我需要打理真正的自己时,我都会假装去上厕所,然后迅速切换到诊所里的那个副体:检查药物、翻身拍背,确定监视器上的血压心跳一切正常。

"我有一种很奇怪的感觉,"我对 X 说,"那次车祸让我从肉体的桎梏中解脱出来,接近自由。"

X 笑着摇头道:"你还差得远呢。"

"为什么这么说?"

他说:"尽管你拿到了医生执照,但你至少得每四个小时回到自己的身体旁边一次。"

我问他:"你难道还有什么别的办法?"

"当然,"他说,"抛弃你的身体。"

四、克莱因瓶

我站在手术台旁,最后一次深呼吸。

X问过我究竟想在这台手术里扮演什么角色,医生?医生的助手?还是纯粹的病人?

有很长时间我也不确定自己是否能有勇气亲手切掉自己的头颅。但X换了另一种说法,他说我切掉的是无用的身体:"你不能按照大小来判断什么是被切'掉'的,而是要看哪部分要被扔掉。"

所有的仪器都已经准备好了,手术我早已在心里预演了一万次,但真正站在这里的时候,我还是感觉到不可思议。我的头颅,正在控制着我的副体,切掉我的身体。

这个副体是医疗专用的,手指不会发抖,即便意志突然失控,也只会立即锁死所有的动作。X站在我身边,一旦出现问题他就会从我手中接过手术刀。

我俯下身子,看着刀刃逐渐靠近我苍白的皮肤,表皮之下是颈前静脉、气管、喉腔、咽部,两侧是颈动脉和颈静脉。它们长得就像医疗标本那样完美准确。每一步都是安静的,有条不紊的,所有的血管都与仪器上既定的通道相连,我身体里剩余的血液也迅速被机械抽空,成为"我"的备用食粮。层层肌肉的后面是颈椎,在处理脊髓的时候我感到些微晕眩,但也就是这样了。过了这一关,剩下的都只是小问题。

当一切结束之后我停下来,最后一次睁开自己的眼睛,与我的副体对视。

"晚安。"我对自己说。

X 和我一起把头颅放到医疗保存库。我的脚下是一个上万平方米的巨大库房，机械手忙碌地把一颗颗头放进它们指定的格子里去。四壁的屏幕上显示着每一个"人"的健康状况。

"你的头也在这里，对吗？"我问 X。

他耸了耸肩没有回答，而是带我走向中央的操控台，那有一个古怪的瓶子，瓶颈弯折向内，瓶身泛着豆青的釉色，看上去价值不菲。

X 说："既然你知道莫比乌斯环，那么你也应该听说过这个。"他把手放在"瓶子"上，瓶身登时变成透明的，我才发现这只是个立体投影，X 继续说道："注意看这里，它的瓶口同瓶底相连，所以这其实是一个三维世界里无法存在的……"

"克莱因瓶。"我接着他说。

"你果然知道。"他笑着打了个响指，瓶子里随即出现一只蚂蚁，"如果我们把一只虫子放在克莱因瓶里，它就可以向上顺着瓶颈毫无知觉地爬到瓶子外面来。因为这个瓶子的里面，也正是它的外面，它不分内外。"

我原本以为灵魂在我的肉体之中，现在它却在它之外："……你是说我自己就是一个克莱因瓶。"

他点了点头："是的，你终于明白了。"

这真可怕，甚至比我走上世界的胶水面时更可怕。在这个巨大的头颅仓库里，我渺小如蝼蚁，正在顺着一个看不见的连续曲面往外爬。直到我摆脱了我的肉体，抛弃了我的克莱因瓶。

"不要告诉我一切还是刚刚开始。"我说。

"嗯……"X 五指合拢，关掉了那个立体影像，"你有没有听说过白屋？"

五、白屋

白屋与副体完全相反。

作为一个感官映射端,副体观察的是外在的世界,正如我们每一个人类——看,闻,听,触,这些感受的对象都是自身之外的,而它内部的运转却完全是本能的。

在抬脚行走的时候,副体并不会告诉使用者,这一个动作调动了哪些轴承、杠杆和螺丝钉,也不会让我了解有多少电力消耗在这一步之中。它只是告诉我,我正在一条崎岖不平的秋日山路上,向前走。

而白屋的观察对象是内在的世界。

它的设计原型是一个空心的球体,在其外壳上向内里遍布镜头,如此一来,任何在球体之中的物体,都会被全方位地观察。在同一时刻,它的每一面都向白屋呈现。而对于这个物体而言,控制白屋的人,就像是一个无所不知的神。

为了能让我的意识与白屋相连,X对我的头颅又进行了一次改造。我们把一个特殊的芯片接入大脑的视觉感应区,因为我即将拥有的眼睛不再是两只,而是无数只。即便如此,在第一次将意识接入白屋时,我还是无比感谢X让我丢弃了身体,不然就算在高位截瘫的状态下,我大概都能呕吐到把自己呛死。

眼前的空白是没有边界的,因为边界就是我自己。所有的东西都与原先不同,它不是颠倒、不是对调,而是彻底地内外翻转。我在上,在下,在左,也在右——我在外面,世界在里面。

十天之后,X放了一个黑色的小球到白屋里。它应该是从顶端坠落的，但我同时看到了每一个方向的它，甚至无法判断白屋里面究竟有几个球。"放我出去——切断连接，求你！"我挣扎着嘶鸣，但 X 忽略了我的抗议。那简直是地狱般的折磨，尤其是当他开始晃动那个黑球的时候，我觉得简直像是有人拿了一根铁钎，在我的大脑里搅。

"让时间帮助你看清它。"X 说。

我完全不知道他在说什么。

"把注意力集中在单一视点上，"X 吼道，"然后在白屋里滑动。"

说起来容易！我足足接受了一年的训练，才掌控了如何让自己在白屋里移动。

在任何一个时间点，我的意志都仅仅集中于某一帧的图像之中，我会让自己围绕着被观察的物体滑动，就像是摄影师在推动镜头。滑动的速度越快，我能够控制的白屋就越大。

当第一只具有生命的蝴蝶飞入白屋时，我终于明白它赋予我的恐怖力量。我可以靠近看它的磷翅和口器，也可以远离看它飞行的方向，我可以放慢时间看它的腹缓缓收缩，也可以加快速度看它衰老和死亡。它在我面前无所遁形。

X 说，是时候让人踏入白屋了。

一个人！

"你要仔细挑选第一个进入白屋的人，"他给了我一份长长的名单，"这很重要，他会踏入你的灵魂。"

林可，这是一个多么奇妙的巧合。我的视线停留在这个名字上，直到现在，我都可以回忆起它在我舌尖跳跃的温暖。

我的白屋敞开了门，一个小女孩走了进来。她不是我记忆中的那个人，只是个四五岁的孩子，但她的每一步依然踩在我的心里。

我几乎感觉到血液正在冲刷我的鼓膜，让我产生一种心脏在"怦——怦——"跳动的错觉，然而很快我又想起，很久以前，我的心脏就已经是医疗废弃物了。

她有些茫然地转了一圈，然后就开始找寻出口。"爸爸。"她哭泣着，把两只小胖手举到半空中。

X——我急得声音都在抖——让她出去！

"不。"他说，"你自己想办法。"

在我意识到自己正在做什么之前，我看到一个副体走进我的白屋——那是我。

我的副体抱起她，她先是疑惑地看了看我，然后忽然哭得更大声了，近乎尖叫。这声音让我害怕。我把她放到门外，再把门关上，切断了声音的来源。

……有那么几秒钟的安静，是我永生难忘的。

那是我第一次用副体来观察白屋，也是我第一次用白屋来观察副体。我伸出手去，想要碰触两者之间那层无法看到的边界，但却扑了个空。如果有人把此情此景画成米开朗琪罗的《上帝创造亚当》，那么在我的副体探出手指的同时，作为上帝的白屋却还没有实体的手。

"见鬼！"我听到 X 的咒骂声，"你现在不能同时用副体和白屋！"

下一刻我就明白了 X 在说什么，两个视野的重叠让我感到极度晕眩，然后是恐怖的头痛，就像是有人在用榔头猛敲我脑袋的同时，一只异形想要从我的大脑里破壳而出。

X 切断了所有的连接，我骤然坠回到久违的黑暗之中，安宁得近乎永恒——"晚安"，我仿佛听到有人这么说。

六、莫比乌斯时空

X说我睡了很久。

我猜想那次事故可能伤害到我的大脑，但白屋中的辅助计算机完美地补充了记忆的不足，我有时甚至觉得它比我更熟悉我的过往，就像一切早已记录在案。我学习的下一课是在白屋中建构一个实体世界。"这才是白屋存在的意义，也是你的新工作。"X说，"让我们从设计一个小木屋开始吧！"

于是我循着记忆找到了那个房子，它建在海边的石头堆上，有着暗棕色的顶和亮红色的墙面。底层是门厅、两间卧室和一个厕所，二层是客厅、餐厅和厨房；壁炉是装饰品，但暖气永远会把它烘得热热的——打开窗户，就是宁静的挪威峡湾。

"所有的细节。"X强调说。

所以我又在墙上挂上了极光照片，在橱柜里摆上整套的餐具和玻璃杯，在冰箱里放了红酒、黄油、牛奶和蜂蜜，地面则铺上厚厚的羊毛地毯。小木屋建好之后没多久，林可就和她的父母一起来旅行，在我创造的小木屋里——她长大了，是个会自己玩手机的小姑娘了。作为白屋，我负责暖气、电力和生活设施的智能控制。林可喜欢对着空气说：拉开窗帘。然后我就忙不迭地把窗外的群星送到她眼睛里。

"喔喔！"她趴在窗口惊叹着。

我进步得很快，不久我就建了一组小木屋，接着是一个渔村，乃至整个镇子，我忙碌地穿梭于每一幢房屋和每一条公路之间，我深入地下去查看每条管道的流量，除了阳光和云朵，一切都在我的掌控之下。又过了几年，我已经能够在计算机的帮助下同时控制两个视野，让我的副体走入我的小镇，通过自己的体验，来不断修正白屋的漏洞。

我打磨着我的世界，让它接近于完美。有一天 X 来了，那是我最后一次见到他。我们约在白屋边缘的一个渔村，那里在我看来接近于世界的尽头。他说："这跟我当年遇见你的地方真像啊。"

"我就是照着那里来设计的。"我对他说，"有时候我觉得世界就像是一个莫比乌斯环，我走了很久才绕过环的内面，终于又回到最初开始的地方。"

"你有没有想过这样一种可能，"他看着我，说道，"或许时间也是一个莫比乌斯环。"

我茫然地重复："时间？"

X 说："在我们的眼里，时间是一条无止境向前延伸的直线，但真的是这样吗？"

"不然呢？"

"一个身处于莫比乌斯环中的二维生物不会感知到空间的扭曲，因为在它的世界里只有一个平面。作为一个三维生物，人类可以通过对时间的记忆感知到四维的时空，但我们却无法感知到时间的扭曲。"他顿了顿，又补充道，"除非……当我们走过时间的胶水面回到光滑的起点时，发现自己变成了记忆中的另一个人。"

七、The Beginning（开始）

越来越多的游客来到我的小镇，无穷无尽的工作几乎要把我压垮。之后的几年我不断完善计算机的设置，使之能够独立应对人们的需求——我想从白屋的重负中重获自由。

我做到了。

为了庆祝，我定制了一个最新的副体，它甚至有味觉和痛觉，可以像人类那样进食和受伤。然后我去了斯塔姆松的青年旅社，我知道每年这个时候林可都会来这里旅行。

但这一次她带了一个男人来。

一个自负的傻小子。林可挽着他的手，就像他是她的全世界。

"我想搭个车。"我对他们说。

"哦，当然没问题。"他傻乎乎地答应了，"可我还不知道您的名字呢。"

"X。"我说。

我们沿着海边的公路开了八十公里，毫无疑问她还是选了A镇的那幢小木屋。他们两个人一间卧室，我自己住一间。

我醒来的时候天还是黑的。林可坐在屋外的长椅上，眼里噙着泪。

"他一直在加班，除了打电话就是发邮件。"她说，"我还比不上他的计算机有吸引力。"

我尽可能地安慰她，直说得口干舌燥。回到小木屋里，我看到餐桌上有杯水，便端起来喝了，是甜甜的蜂蜜水。然后我听到他们两个说话的声响——好吧，这次他们要和好了——我想。但不一会儿我就听到她的尖叫，以及他摔门的声响。

她看上去悲痛欲绝，就像世界都碎了。我追到车上想问他到底在做什么。

"上车。"他只对我说了这两个字。

我跳上他租的福特车，打算要好好劝劝他。谁知他一脚把油门踩到底,加速度让我的后背猛然陷进车座里。我手忙脚乱地系上安全带,然后死死抓住车门上方的把手:"你得慢一点,我是说真的……"

他像是没听见,又漂移经过一个弯道。我的左手边是山,右手边是大海。

我看向他,突然明白了一切。

——X 就是我,我们身处的这个世界,是一个莫比乌斯时空。

乌云从山间压下来,五分钟前还是万里晴空。

野兽拳击

SHE·彭思萌

> 精神的强壮需要肉体强壮的反哺,我们只要等待在这虚拟时代里的"文艺复兴"。

一

1

家门在我身后缓缓合上,如同一具喷着冰霜的行尸走肉,我麻木地走进卧室,跌进了棉花堆一样柔软的床垫。

"啊!啊!"我拼命捶着床垫。

这一整天,我用尽全力维持先锋产品经理的形象。不!不是那种普通的先锋产品经理,而是内蕴激情,对最新科技动态了若指掌,又能为达成目标而一鼓作气狂加十年班的实干派——这是我最初自己规划的饱满立体形象。

然而,今天的所遇所感却耗尽了我的心气。此刻,我只想声嘶力竭地打开心头的盖子,那里面正煮着一锅恶毒的绿汤,不断翻滚的气泡释放着咒骂的音符。

我的技术合作人是薇姐,她用一双纤纤玉手递过来她的技术实施方案,虽然迟交三天,但好歹是交了。我接过来一瞥,封面上的"广告"写成了"厂告"。

她完美的假睫毛下是完美的眼线,完美的眼线下是完美的口红,只见双唇轻启:"还有什么问题吗?"

我只想冲她下巴来一记左勾拳,让她该死的鲜血淌在那该死的妆容上。

"没问题,太谢谢你了。"我微笑。

我的上司东哥,两个月没打过照面,我拿着下半年工作计划去找他,他让我在会议室等了两个小时,终于钻了进来,"快!快!我这儿一堆活儿等着呢!这事儿那事儿的!"

我将五条计划一条条讲解完毕,深思一口气,停下后,欢迎我的是一阵沉默。

"您觉得这……下半年计划还有什么问题吗?"我忍不住问。

"啊?结束了?"东哥猛地说,他迷瞪的双眼忽然瞪得溜圆,鬼知道他刚才在眼镜后面看什么。

他清清嗓子:"没问题,很好,good。"

我只想冲他脑袋挥一记右摆拳,让他见鬼的工作把他彻底埋在这会议桌上。

"好的!"我笑道。

从东哥的办公楼一百一十层回到我的负五十层,一群格子衫的年轻人跟我一起挤进了子弹电梯,开始窃窃私语。

"你知道活动部有多傻?"

"他们又在做什么?"

"那套改了'一百年'的广告系统呗,还得改。"

"跟他们比,我们得算前沿科学家了吧!"他们笑得满面春风。

没错,活动部,那就是我刚刚调入的部门。我该怎么对付他们,跳起来扫踢扫倒一片,让他们趴在这里感受直降地底的快感?这不成,拳击比赛不能用扫踢,得想想别的招数。

我走出了电梯。

冷静,这些不过是适应新岗罢了。我蜷了蜷背,让自己更深地陷进了床垫,暖气渐渐温暖了我被寒意浸透的身子。我一抬眼,眼神触动了视界上方喷着白气的发动机,四面黑暗落下,我受够了这些人,只想去《野兽拳击》里堂堂正正打一场。

想到《野兽拳击》,我的心微微收紧了,因为两个月来,第一次发现这个游戏的兴奋的火焰依然在我心头燃烧着。

2

那天与今天类似,我疲惫地回到家中,夜已深。

"欢迎回到巨力引擎",耳边是聒噪的鹦鹉叫声,我仿佛回到了我的草原。

头顶是瓦蓝的天空,云朵一层追着一层赛跑,牧草随着微风一浪一浪倾倒,一直舞到我的脚下,广阔的草原一望无尽。

"最新游戏……"我有气无力地说。

一堆五光十色在我眼前铺陈开,我打起精神,抬了抬眼皮,一个一个看过:解谜、拼图、悬疑探案、小宠物换装、5V5MOBA、日式和风 RPG……

就是些老掉牙的游戏,而且娘炮无比,我一无所获。

难道没有带劲点的游戏吗?我一下子望着萌萌:"我想打架。"

萌萌是一只五彩金刚鹦鹉，长期以来，它总是敬业地在栖木上歪头看我，神气活现，聪明非凡，但现在它眯起了眼，露出一副迷瞪瞪的表情，而显然，我是更傻的那个人。

我字正腔圆又对它讲了一遍："有没有能让我发泄情绪的，可以打人的游戏。"

"这个吧，"萌萌奶声奶气地说，伸出一只爪，向我比出一个"划"的动作。

从两边的角落里，一只老虎和一只狮子忽然蹿向空中，它们人立而起，带着一红一黑两只套子的兽爪相对挥出，重重相击，望天而嚎。

四个黑字应声出现："野兽拳击"。

有意思！

我冲那两只凶恶的野兽眨了一下眼。

一张纸飘落在我的面前，标题是："野兽拳击"的游戏规则。

我抓住这张泛黄的羊皮纸，只言片语映入眼帘："身体致伤风险""年满18岁""必须安装至少13片标准重力感应芯片""准职业等级比赛需装备标准电竞服"……

怎么回事？像真的一样，一般而言，这种官方辞令在游戏开始前一滚而过就可以了。

我一阵烦躁。

罢了罢了，说不定是款良心作品呢，我安慰自己，耐着性子对羊皮纸眨眼，羊皮纸纹丝不动。

我看了一眼萌萌，它正伸出一只爪子微微晃动，好像握着一只看不见的笔。

好吧，我抓过羽毛笔，歪歪扭扭署上了自己的名字："王文"。

羊皮纸心满意足地卷起来，轻巧地飞走了。

这次是真的要开始了，来吧，细节考究的"良心"大作。

空间的抽离发生在一瞬间，流云天空与草原消失了，一切都黯淡下来，取而代之的是我只点着一盏小灯的房间。

我躺在床上盯着无生气的天花板。怎么回事？我闪退了？

"嗨，丫头，"传来一个苍老的声音。

我吓了一跳，转过头去，发现一个老人站在我的屋子中央。

它周身的微微光亮提醒着我，这是一个虚拟形象。

"你确定这个地方合适比赛吗？"它四下望望，"我看也行，勉强能安置下拳台。"

这可真是一个高度拟人的AI，面部表情细腻，语言素材也很丰富。作为硬核玩家的我，很想见识一下设计它的这位同行。

老人的背心上也绣着狮虎相搏的图案，显然，和萌萌一样，这是游戏中的那种引导新手的NPC。

"我们要在AR视角下比赛吗？"我问。这年头，只有专门设计给工作时偷偷玩的小游戏，才做AR模式呢！

"丫头，别那么迷恋画质，重要的是打斗本身，"他把毛巾搭到椅背上，站了起来，撞了撞两个硕大的手套，"你准备好了吗？"

什么，这就是我的对手？

"等等，"我说，"你是我的对手？你是……人吗？"我已经顾不得措辞。

"是的，我就是你开局比赛的对手，叫我'大师'，"他弓起身子，出起空拳，"带上你的拳套吧，没有也无所谓，能痛快打一场就行！"

我可能忘记介绍我自己了，我叫王文，一个互联网产品经理，可能是天天沉迷于那些精密的全景式VR和虚拟系统设计，忽视了身体的锻炼，但终究是个一米七的有志女青年，血气方刚，孔武有力，现在要和这个干瘦的老头子干一架？

忽然我也没那么想打拳了，我摇了摇头。

"来吧，我可比你强壮多了。"老人坚定地说，他的眼里闪着光芒，不再像一个老人。

我跳下了床。

我们身边竖立起四道围栏，堪堪沿着我家的墙壁而立。

"叮——"天花板不知何时垂下了一只铜铃。

老头向我冲了过来，挥舞着大大的拳套，比我想象中快，也比我想象中有力，我想说"我还没准备好……"但话音未落，我徒劳地举起双手抵挡，他把我举起的手臂打到我头上，即使隔着一层手臂，我的眼前仍然一阵一阵发黑。

"好痛……"我呜咽，我的脑子疼极了，有生以来第一次我害怕自己会死掉。我抱着头朝后踉跄，一直退到围栏边，如果不是害怕背过身子会死得更快，我一定要翻出围栏跳过去。

好在老人的攻势没过多久就缓和了下来，我的手酸到再也举不起来，就放下胳膊，大着胆子凑上去，学着他的样子挥去一拳，但他很灵活地压低身子，躲闪过去，瞬间就绕到我旁边，"咚"地打中了我的肚子！

我好像被一头猛犬迎面撞上，肚子上松软的皮肤凹陷到不可思议的地步，他的拳头直接揍上我最柔软的一包内脏，我无法做主，一下坐到了地上，弯着腰，晚饭吃的金枪鱼三明治喷涌而出，整个房间里都是一股酸臭味，我又吐又喘，难以呼吸。

"哎嘿！"老人大叫一声。

我勉强抬起头看他，他跳到了拳击台另外一个角落——我家大门口——看着我，十分得意。

而我面前出现了两个亮闪闪的红色数字，从"10"一直倒数成"0"。

铜铃"叮——"地敲响，"'大师'获胜""KO"两行红字在空气中闪闪发光。

老人走了过来，"试着站起来。"他对我说。

我深吸一口气，站了起来，却无论如何也迈不开腿，我感觉肚子上破了个大窟窿，乖乖站着毫无知觉，但只要有一丝动作牵动到肚子，它就整个开始抽搐。

痛经到昏过去的时候，也不过如此。

我就捂着肚子站在那儿，像个白痴。

"来吧，年轻人，再跟我练练。"

练个鬼！我想，对着蒸汽机眨了两下眼。

老人消失了。

我肚子上的伤痛也是。

房间内的光芒黯淡下来，只剩我的莫奈地毯美妙绝伦的睡莲叶上堆积着一些真切的呕吐物。真见鬼，我没有钱买家庭机器人，还得自己清理，明天还要上班，我头痛欲裂。

但奇迹一般，呕吐后的第二天，我依然回到了这个游戏，跟着游戏里的教学NPC"影子"学习了基本步伐和拳法，我很快找到了诀窍，即使带着痛苦，也能挥出拳头，一个星期后，我就打败了这个绰号"大师"的老人。

我喜欢上了这个要么痛揍对方、要么被对方痛揍的游戏，它带给了我现实中难以寻觅的快乐。

二

1

  我才开始期待在《野兽拳击》痛揍更多对手呢，东哥却破天荒给了我一个大项目，"很多人说你根本不适合做产品经理，倒是做行政这种不怎么需要动脑子的事儿比较合适，但我也实在没有其他人选了。"东哥说着，丝毫没有顾及我作为听众的心情，就把这任务扔给了我。简单来说，就是大搞一场全民广播体操推广，只为配合一个政府的体育日活动。

  从二十年前虚拟实境技术大爆炸到现在，全世界人们都被这个虚空中铸起的新世界深深迷住了，在这个纷繁迷人的世界里继续过去的游戏，依然是杀杀怪物、做做拼图、开开脑洞、换换服装，但一切的乐趣都千万倍于过去地刺激着人们的神经。

  人们简直就像从木房瓦屋搬进了云上的凌霄宝殿，很快习惯了这里。

  不要说那些从此一两年都不离开房间，戴着植入式眼镜躺在家里的极端分子了，他们宣称足不出户依然浪游世界，就是对那些只在休闲时接入VR游戏世界的人们，再想让他们费劲儿伸伸胳膊动动腿也难极了。只有谨遵医嘱的病人和苛求自己身材的精英会走进健身房猛练一阵，枯燥的投入和微小的进步哪儿比得上虚拟视界带来的无限刺激呢？

  出于对社会健康的考虑，政府经常办些全民健身日之类的活动，每次都要找关系紧密的眼镜公司合作。

  大学毕业后，我在澳洲学了两年工业设计，毕业回来就进了这家全国最大的眼镜公司,这可是个好行当,因为这年头人人都有眼镜,就算打个扑克、麻将,阿伯阿叔也一定要用眼镜接入引擎去打,伴随着"轰隆、轰隆"的炸弹特效,这样才带劲儿嘛!

如果你生在上海这种大城市,政府甚至会直接发你一副眼镜,就担心你不知道怎么交那些个电费、水费,开证明办证件,或者错过天上地下的虚拟广告牌。当然了,广告牌全由政府批设。

公司的生意冲出中国,遍布世界,和政界广泛合作,在整个华人世界里卖出了十亿个眼镜终端,包括了上海的普发眼镜。我在这家公司担任软件产品经理,听起来很美好,我负责的任意一个产品改动,只要审核部门审批同意,就能立刻在所有公司的眼镜上生效,可以说我能主宰十亿人的一部分虚拟世界体验,而在我们这个时代,虚拟世界体验基本就是人们精神生活的全部。这听起来是一件很厉害的事情,但我从来没有这么觉得,我始终没有学会去主宰任何人,哪怕是我自己。

作为一个刚工作一年的产品经理,我还从没接触过资源更多的项目,我之前的数个小项目都做得如温暾水一样。我在活动部的工作终于慢慢展开了,这就是那个可以做出点儿成绩让人们看看的机会,我开始整日整夜扑在这上面,几个月的时间里自动忽略了一切娱乐。

我想把事情做到好,让别人知道我不是个徒有其表的孬种,我知道其他同事是怎么在背后议论的:"那个'女海龟'不过是小白脸,除了一张脸,她还有什么本事呢!"

他们怎么说都还好,只要小叶不这样说就好。

每天下午三点到四点之间,我会跨越大半层办公区,去办公区最边上的天台抽一支烟。我站在巨大的虚拟天台上,这是地底造景的权宜之计，但那拂面的清风和偶尔徜徉而过的鸟群依然让我心神荡漾。当整支烟的三分之一在火星中燃尽，不出所料，门会被推开，四个男人推推攘攘进来，偶尔会少一两个，但大多数时候是四个都在。两个格子衬衫，一个深色衬衫，一个灰色帽衫，他们在天台上你给我点一支，我给你点一支，消耗完一两支烟的时间，讲些我很难听懂的笑话，再推推攘攘回去。

"你也是产品经理吧？"

"是呀，你们是哪个部门的？"

第一次搭话是深色衬衫起头，我后来知道他叫大象，那以后我们也会一直聊天，他们有些固定的话题，看我总是落单，便也捎带着我。我们每次至多聊到一支烟燃尽，但相遇实在太巧太频繁，所以慢慢也就熟悉了，他们四个都是隔壁技术部的，穿格子衬衫的是两个程序员，穿深色衬衫的就是大象，我的同行，另外一个产品经理。灰色帽衫的那个是项目经理，眉清目秀的，叫小叶，他们聊天的时候他话最少，老是笑，但他不知道，我会一直竖起耳朵听他说话，我知道他的口头禅是"唔""可以""有意思"，这无趣的话究竟有什么趣味，我仔细思考过这个问题，没有得出任何结论，我只能任凭这每一个字轻轻地敲击在我心上。

那个下午，我从看过的几十套广播体操中抬起头来，终于完成了整套广播体操的设计。

人的全身共有六百多块肌肉，这套广播操照顾到了大部分主要肌群，动作也充满巧思，设计可谓独特又合理。我招招手，和我的程序员胡神一起走进我们项目作战室，那是临时征用的一间体感室，就在吸烟室的旁边。

我刚进公司就植入身体的那一套动作捕捉芯片派上了用场，我昂首挺胸走起路来，从第一节"踏步运动"，到最后一节"伸展运动"，我不知录了多少遍，停下来多少次，终于完成了动作粗录，我满身大汗躺倒在会议室地面上，看着空中那个做着操的蓝色小人，疲乏忽然爬满了身体。

"明天你再细调下动作，广播操的雏形就显现出来了。"

"这个体操为什么不让专业人员来录？"

"东哥说了，这部分没有预算。"我叹了一口气。

"我还有个问题，这个广播体操究竟有什么意义。"

"做广播体操可以让大家锻炼起来呀，能让最普通的群众都参与到运动中来，你说有意义吗！"我张口就来。

"但政府不是要送出引擎币吗！如果不是为了拿游戏币谁会来做这个操，这个随便设计一下不就好了。"

我一下子不知道说什么，因为我觉得他说得对，事实上，这个东西哪怕照抄一下九十年代最老土的广播操，对最后的结果也毫无影响。

"走吧走吧，再躺地上要着凉了。"胡神拉我起来。

走出体感室，整个办公区一片漆黑，空无一人，对于这种事，我已经习惯了。

我坐上了回家的胶囊快车。

快车高高掠过地面，在高楼大厦间游龙一样穿梭，万家灯火在窗外闪过。我记得刚从澳洲回到中国，第一次乘上这列远比悉尼先进的胶囊快车的时候，车内窗明几净，全透明的车厢外是这座城市繁茂的植被和闪闪发光的建筑，深深钻入地下数百层的建筑在地面上拔起喷泉水柱造型的高楼，极速电梯舱像炮弹一样从地下发射出，直达千层高楼的最高层，我的心也快要被弹射出去了。

那时，比起那些留在地广人稀的澳洲的同学，我觉得自己要幸运得多，能和这个世界互联网中心城市一起成长，打定主意做一款最伟大的产品。而现在，我不恨任何人，我回忆不起任何一张脸，我只感觉快要被恼人的庸常淹没。

我第一次注意到这些迷人的建筑里有一些人影，在巨大建筑的掩映下，他们人数众多，面目不清，动个不停，像蚂蚁一样渺小，我恨这些蚂蚁，我恨这种渺小。

胶囊快车外不时穿过城市上空的霓虹灯，也让我心生怨恨，那些身上带着 Logo 和广告标语的飞龙和热带鱼扇着翅膀翩翩飞动，比真正的动物更生动美丽，微笑舞蹈的明星虚拟图像，比明星本人的笑脸更闪亮，他们之中不时喷出一阵虚拟烟火。我想，我也是这样华而不实。说实在的，我真的有点讨厌我的外表——苍白的皮肤，无辜的大眼睛，像个没有经过事的书呆子，我恨不得长一张同事大象那样的脸，他的脸就像他的人一样，黝黑，不起眼，但连薇姐都觉得他可靠可信，大家交口称赞。

我干脆取下眼镜，所有的虚拟人物和人造星空一起消失，整个世界静谧下来，只剩灯光映照出火烧一般的天空。

不过十几分钟，我就回到了佘山市郊，这儿曾经是富人的别墅区，但现在富人们纷纷迁到了更时髦、更宁静的金山，整座山都是给我这样的年轻人提供的市政福利建筑，蜘蛛网一样的自动扶梯直通家门口，我恍恍惚惚站了一会儿，就进了家门，而家门一合上，我就已经不太记得我为什么不高兴了。

我倒在床上，打开了眼镜，浸入引擎，现在正是游戏时间，所有的同事都在线，他们全在引擎上最大的游戏——"太空战记"中厮杀个不休，我却兴趣寥寥。

读书的时候，我可是个狂热的游戏爱好者，真正的硬核玩家，一有什么新游戏就非要试着玩玩，我也曾对"太空战记"以及其他一些大众游戏感兴趣，如造军舰、组兵团、在宇宙中开荒拓地等，跟同事们热热闹闹地玩上一阵。但很快就丧失了耐心，两三天没玩，就发现差距越拉越大，等级差得太多，竞技场也打不过了，就没意思了。

　　总的来说，我是个小众游戏迷，我特别喜欢发掘各种特别的小游戏，我宁愿玩这些很少有人参加的游戏，三天打鱼两天晒网玩着，至少我可以自己控制节奏。

　　此时的草原，几只无尾羊、刺猬、喷火龙，还有一个戴着红头巾的哥布林推推攘攘，想往我面前挤，这些都是游戏里的小信使，个个驼着邀请水晶，看着它们，我才意识到我为那个广播体操项目忙活了多久。

　　"让它们都回去，以后不许再来，"我对萌萌说，"给我接野兽拳击。"

　　很快，游戏中的影子老师站在我的地毯上了。

　　"欢迎回来，王文，"面目黑暗模糊的影子举起双手，叉开双腿，摆出一个格斗式。

　　我站到他旁边，看着他的手臂，模仿他滑动的步伐。

　　"左勾拳，这个是左勾拳。"他说。

　　我挥出左勾拳，感受着拳头击破空气，撕出一条口子。

　　"用心些，打时要无人似有人，有人时似无人。你要尽力打好练习的每一拳，像痛揍你最恨的人，不留余地，不用全力，你根本不会提高。而真的跟人对打时，你反而要冷静。现在，想象你最想揍的人站在你对面，你要打掉他的下巴。"

力气经由拧胯传至拳头，我大半个身子卷过去，挥出一拳。揍掉他的下巴。

"你手上戴的是什么？"我问。

"是拳击手套，你连拳击手套都不知道吗，你不会真对拳击一无所知吧？"

是的，我对拳击一无所知。

我就这样跟着他整晚打空拳，我不知道从哪里来的力气，打拳直到第二天清早，整条地毯上都是我的汗水，两条胳膊酸到抬不起来，索性一天没去上班。

2

两个月后，广播体操的产品终于对外发布了，我跟胡神一起守着监测数据，瞪着干涩的眼，等着小红点在全国地图上亮起。

"十点整。"胡神说。

第一个小红点亮了，那意味着第一个做广播体操的人进来了，然后是第二个第三个……小红点亮成一片，数据不停跳动，终于，十万人同时在做广播体操。

若问我的感觉，那就是没有感觉，数据不好不坏，基本达到预期。但我忽然糊涂了，我在上海地图上触开一片红彤彤的区域，画面放大，那是我们的一个实地活动点，在一个小广场上，一群大爷大妈正在做最后一节伸展运动。在他们前面的空中，有一个闪着蓝色幽光的小人在领操，大爷大妈们跟着这个小人比画动作，可以说参差不齐，但也勉强到位。

"毕竟是老年人，不容易了。"我说。

小人结束了伸展运动，俏皮地做了一个空翻，鞠躬扬手，向各方致意,大妈们停下了动作,眼神涣散地盯着四面的空中。

"我领到了!张姐。""我也领到了,引擎币哎,真的太好了!""来嘛,打一盘,打一盘"……三个大妈在广场上席地而坐,马上开了一盘斗地主,很快,整个广场上都是一片炸弹轰隆之声。

我关闭了这个细部影像,回到全国地图,小红点依然闪烁一片,数字翻动不停。我感觉胡神的眼光投向我,但我不敢接,"我去抽根烟。"我一脚踢到了椅子上,简直是逃出了作战室。

作战室外,技术部的人们都不在自己位子上,他们聚在一个工位旁,像嘈杂的鸟群一样,对着天花板指指点点,嘻嘻笑着,我顺着他们的眼光往那天花板一瞥。

一个蓝色的影子,再仔细看,是一个蓝色的小人,在空中翻腾不休,侧上举的双手画出一个圆周,我的手臂一阵酸痛,这是第三节"双臂运动"。

"下一个季度大家继续努力,要是谁偷懒,那简单,你猜怎样,我会把你弄到活动组去做这个广播体操。"中间工位上的人说。

那人一身紫色的夹克,尖尖的头顶,那是技术部的头儿——拉哥,他牵动着嘴角一笑,我搞不清楚这算是玩笑还是当真。但他旁边的人们发出了一阵实在的哄笑,人群的嘈杂更胜一阵,人群最外面那个穿着蓝衬衫的,可不就是大象,而大象旁边,是的,我最不希望看到的,一个灰色帽衫的身影。

我跟跟跄跄,没有去吸烟室,而是跑向了洗手间。

自那之后,我不再傻干活到半夜,而是尽早干完活儿,尽早回家。我家里被我弄得一股子汗味,最后一件妨碍打拳的家具也搬走了,餐桌、懒人沙发、床头柜,都没有了,莫奈地毯上沾满星星点点的污迹,但我已经不在乎了,我努力跟着"影子"练习,不断挑战新的 NPC。

有时，我会问其他同事："你们玩体育游戏吗？"

得到了否定的答案后继续追问："拳击游戏呢？那种互相打架的游戏。"

"是真的打架吗？"

"是的，但不是和人，是跟 NPC 对打。"

"像街斗那种？"

"不是，不是那种遥感游戏……要你自己去打，真的要去揍别人。"

他们对我笑一笑，说现在还玩体育游戏真是难得，然后说他们宁愿自己身体好好的，不要跟什么虚拟人打来打去。

新的项目接踵而至，但哪怕在公司里，我也开始分心，中午午休的时候我就着手做些准备。

其他同事躺在午休室里，接入梦境控制，睡一个美妙或轻浮的短觉，要么打一会儿"太空战记"，趁中午时间将昨晚被击落的星舰修复一新，而我则躺在那儿看老拳手的视频。

这些资料还算好找，几十年前，世界各国还广泛存在着拳击联赛。但随着电子竞技兴盛，人们对拳击联赛的热情不再，拳击联赛渐渐消亡殆尽。好在视频资料都保存下来了，我就一个接一个看着那些视频，想象着自己在场上的出拳，有时候也忍不住真的比画两下。

"哎！你在干吗？"一个同事恰好准备在我旁边的床位休息，显然是被我乱挥的手臂吓到了。

"颈椎病，活动活动。"

"哦。"

我开始变得对同事特别宽容，因为我觉得自己是一个隐姓埋名的高手，在准备那种真正的高手间的对决，马上就要赶赴华山之巅，除了挤出时间多做练习我没有第二个念头，这感觉太美妙了，我都无法跟任何一个人描述。

学习、战斗，一遍一遍地挑战"钱哥"。

这个矮个子黑人从他金光闪闪的椅子上站起来，他的出场非同凡响，无数的美元从天而降，绿色的纸币、金光闪闪的硬币，莫奈地毯上、拳台上瞬间堆满了这些玩意。我试过把这些闪亮的钱抓在手上，但比赛结束它们就消失了。他抖落金光闪闪的披风，八字大步晃过来，但比赛一开始，就不是那么回事了，他的步伐完全变了，他一个滑步，我想躲开，但躲不开，永远躲不开，像此前数不清的经历一样——他的重拳砸到我的额头，我应声而倒。

我受到了伤害，我想，我的脑子，我不能保证它是否还好好地悬在头骨中。拳头好像重重砸在了头骨上，砸出一片混沌，受伤的脑子燃烧了起来，我的两个手在地上扒拉，在满地的美元里扒拉，我要浮起来，有那么一会儿，我深信自己是一只鸭子，我不能沉下去，我要浮起来。

过了一会儿，脑子里的火团渐渐暗灭，我又能想起来我是个人了，我感觉到倒计时数秒的红光在我头上亮起，一片模糊的光影在头上盘旋。

钱哥走过来了，"又是你，小妹妹，你太业余了，我可是职业选手。你知道我这职业选手的拳头有多值钱，这拳头又经过了多少锤炼？不，你不会知道的，你一辈子也不会知道。你太弱了，你不是天生的拳手，没有天赋，没有斗志。弱者，就要趁早认清现实。"

我的背上凉凉的，怀疑他朝我啐了一口口水。

我用手拽下了眼镜，痛感消失了，我又能看到东西了，不能再这样下去了。

3

我开始疯狂地在网络上搜寻，我和钱哥之间横亘着的是一条马里亚纳海沟，无论怎么向"影子"学习都无法打败他，我要找个挥锹人，无论如何，带我填平这条深沟。

我要去索寻一个老师，一个真正的老师。

还好在这个时代，最小众的爱好也有线上的聚集之所，很快，我在"拳坛"找到了一个叫库总的人，他坐在"拳坛"充满神圣意味的白色大理石石阶上，高谈阔论各种历史和实战话题。

我仔仔细细观察着他，对于所有人的问题，他都直言相告，哪怕惹得对方不高兴，也要说出那种打拳的方法不对，错在何处。跟我与人疏离不同，他有一种对人真正的关心，而这是我唯一能与之相处的一种人。

当然，除他之外我也别无选择，库总经营着整个上海唯一一家拳馆，而我迫切地需要一个拳击教练，不然就只能放弃游戏了。

一想到放弃两个字我就没有任何的想法，不行，死也不行！

于是我在论坛跟他联系，说我想找一个教练长期训练。

"来就是了，这周六，"他什么情况都没多问。

那个周六我在宜山路上来来回回好多趟，一条电子飞龙在这条街上飞来飞去，其他闪着亮光的广告牌也弄得我眼晕，这样来回多次，我终于注意到一块破破烂烂的招牌，它没有使用任何的虚拟广告牌，也没有在电子地图上登记，就这样夹在两处店铺之间。

这招牌甚至还没有普通房门宽，黑底白字，上面写着"技术性击倒俱乐部"，因招牌空间过于狭小，只能四字一行地写作两行。招牌下是一截通向地下的楼梯，又窄又陡。

顺着楼梯下去，昏黄灯光中，除了脚下的阶梯什么也看不到，能听到间或响起的重物击打声，我硬着头皮往前走，下到了一个阴暗潮湿的地下室。

在这个投射着冷森森荧光灯的地方，我看到了老式拳击训练视频中的一切：沙袋、拳击台、哑铃，还有几个男人在击打着沙袋。整个房间都弥漫着一股汗水和铁器混合的复杂味道。

一个站在沙袋旁的男人注意到了我，走了过来。

"你好，我是王文。"我抢先说。

"你好，我是库总。"他这样介绍自己，把"库总"两个字咬得很清晰，我以为这是个外号，但他说得好像他生来就叫此名字一样。

库总是一个强壮的男人，又矮又壮，一身肌肉，穿一件白色背心，说话时完全不笑，让人想不到他是一个上海阿叔——上海阿叔在傍晚的公园石桌旁有很多，但没有一个像他这么强硬的。

"原来是个小姑娘，很好，很好，你之前练过吗？"他问道。

"自己练了两个月"。

于是库总叫来旁边一个叫徐运的学员跟我做实战练习。

徐运拿来绑手带和拳套，但我两手一摊，全然不会，他只好一点点教我，给我示范了三遍绑手带的绑法，"记住了？"徐运咧嘴。

"嗯。"我使劲点头。

我们站上拳台的时候，我努力把他想象成一个NPC，一开始我打得很强势，徐运在拳台上躲来躲去，但第三回合的时候我有点累了，他瞅准一个空隙打中了我的脸，我的鼻血瞬间流到了嘴巴里。

"对不起，对不起。"徐运过来说。

"没事，我们把这个回合打完吧！"我说，我不想流露一点软弱，我想让库总喜欢我。

我们打完以后，库总看起来很高兴，虽然依然没有笑，但说了很多鼓励我的话："很好，王文，很好，你很有天赋，徐运已经打了三年了，你打得简直和他相当，当然，力量不如他，但对女拳手来说，很不错了。你的节奏控制得好，战机也找得相当准，你的步伐非常灵活，就是体能弱了点，只要让我训练，我一定能带你赢职业联赛。"

我很高兴，虽然现在已经没有职业联赛了，但又怀疑他说的是不是真的，毕竟前几天我刚被钱哥揍得没有还手之力。

"你能让我打得比钱哥还好吗？"我问。

"钱哥？"

"他是一个黑人，游戏里的NPC，他说自己是职业拳手，他打我就跟捏死小鸡一样！"

库总眉头一皱，吼了出来："别在我的拳馆里提什么游戏！"

"不是那种摇杆游戏，"我着急了，"是真正的拳击，跟刚才的对打没什么两样！"

"少跟我来这一套！我们这里只有真正的拳手，不要跳舞的娘娘腔。"

说完他就背转过身子，不给我解释的余地："你，看什么看，继续打沙袋！"

徐运飞快向我投来一瞥，"砰砰……"揍起了沙袋。

我傻乎乎在那儿呆站了一会儿，看着库总继续训练徐运打沙袋，知道他不会回转心意了，只好回家。

这事儿让我郁闷了几天，但我马上又开始在家里对着老视频打空拳练习，我想：去他的，自学也可以。

下个周六，我按惯例一直睡到下午醒过来的时候，收到了一个看起来怒气冲冲蹦着的小信封:"你怎么还没过来?你想偷懒吗?"

那是库总发过来的消息。

血涌上了我的脑袋,我身上好像生出翅膀,直接飞过去找他。

4

我开始在库总的拳馆训练,周末两天都泡在这里。

库总跟我好好聊了打拳这件事,之后训练结束的时候也会抓着机会跟我长聊,他简直像热爱拳击那般热爱着聊天。

他不只是问我上次打得怎么样,这次打得又如何,下个星期来不来。他希望了解我这个人,他确实对人有着真诚的关心,不像以前我认识的那种训练班老师,说话浮于表面。

当然,平时我也会跟别的人聊天,他们也会问我一些问题,但我不会说太多,因为我觉得别人问诸如"你在哪儿上班?"这种问题其实就是确认他们心中的刻板印象,我的嘴巴张张合合,毫无意义,我便流于表面敷衍两句,但库总不一样。

没有什么朋友的我简直是抓住了这个机会尽情讲述,包括我觉得自己在公司就是一头废物,我第一次打拳也只是想揍那儿的一些人,我觉得我服务的那个巨型公司,这个产品经理的头衔,还有我这张漂亮的脸都没什么意义,总的来说,我这个人就没有什么意义。

库总说:"如果你认为自己没有意义,那你就不会有意义了。他人只会因为你过去的事肤浅地评判你,他们不会真正了解你,甚至都不想了解你,而你这个人只会由你自己去定义,如果被他人的看法钳制,那就太傻了。"

我说虽然拳击只是一个游戏,对于我却意义非凡。

库总说,"因为它触动了一些你内心深层的东西,你生在现代,但你是一个天生的战士。你不害怕出拳,你也不害怕挨揍,总有一些人想用各种办法阻止人们出拳,反对暴力,减免受伤,设下一道道禁令,也总有人突破规则一次一次的出拳,那些人知道,不是只有皮肉伤才是伤害。你可以一拳不挨,依然被生活揍得面目全非。我想你已经在别处领教过一些无从反抗的拳头。何况拳击根本不像那些人指责得那样危险,它从来都不是危险性最高的运动,人们反对它、害怕它、抛弃它,只是因为这个隐喻太过于赤裸。"

我觉得库总很深刻。

这可不是单单指他会用"隐喻"这个词,我经常看到库总在拳馆看书,他把书递过来给我,我总是耸耸肩拒绝。

在库总的指导下我进步很快,唯一的遗憾是我去得太少了。我经常会说抱歉我真的没有更多时间来,如果我像徐运那样干着清闲工作,只是做做药厂的渠道维护,几乎天天都能来,一定能进步更快。

库总不直接回答我的话,他只是说:"只有你知道自己真正想要的是什么,更多的人在周末会躺在家里休息,或者随便出去逛逛,怎么过都是一生,关键是你自己的选择。"

虽然他不强制我过去,但每次我去,他都非常严格地训练我,他总是给我订一些非常具体的目标,然后拼命鼓励我去完成。

我这辈子还没试过什么体育训练,相对最相近的也只是高中时学过油画,那种长时间对着一个陶罐的素描训练,也像是一种拉力赛,而最后我总是昏昏欲睡,败下阵来。我身形高大,但面色苍白,长期加班始终让我处于一种亚健康状态。而库总说如果我不能增强体能,再好的技巧也无法运用,所以我大部分时间都在做体能训练。

一开始跑步,我连两公里都没办法坚持跑完,跑跑停停,叉着腰看那些迅速跑过的大妈。但库总鼓励我，他让我死也要跑到五公里，一个星期后我做到了，这是我以前完全不敢想象的，一个月后我就可以连续跑上十公里。

每次去拳馆，我都要先做完我的体能训练任务：先去旁边的公园跑上十公里，然后是跳绳、仰卧起坐，以及一整套肌肉拉伸动作。全部做完后库总会来检查我的电子运动记录。

每个拳击学员都有一张自己的小木板，就在拳馆地下室入口，库总会把每天的体能训练记录打印出来，钉在小板上，每次看着他把我的单子用大头钉按进小板里，我的心都在颤抖。

我不去拳馆的时候，也会在家坚持训练，我每天在上班前两小时早起，就为了做这些训练，再把电子记录传给库总，因为我知道，下次去拳馆，我会在小木板上看到这些训练单都钉得好好的。

做完体能训练，库总会安排我做技术训练，他拿靶，让我以各种拳法击打，或者和其他学员实战训练，然后打沙袋练习。

一般我会打上三分钟然后再休息一会儿，重复十次作为一组训练，这样来上几组，一个下午就飞快地过去了。

几个星期后，我在库总那儿训练，最后的自由训练时间，我就专心跟梨球较量。梨球是个有趣的东西，影子老师可没让我练这个，它就像个老狐狸那样狡猾，打的时候得全神贯注，不然它总能从拳头前溜走，我那时还不懂诀窍是竖起耳朵听它的震颤，而不是紧盯那颤动，老被它一颠一颠打中手腕。

我正陷在这种沮丧里，没料到头上一震，库总用拳套给了我一下子，"别傻了，走，吃饭去。"

我跟他和拳馆众人走了出去，我们从宜山路一直走到桂林路，钻进了一头虚拟公牛肚子后的烧烤店，大吃一顿牛肉烧烤。

这一个月的其他时候，我们都要遵循库总制定的死板的食谱，但今天，大家尽情放纵，大嚼冒着油花的牛肉。库总很享受大家聚在一起的时光，他不再板着那张脸，"嘎嘎"笑着给我们讲各种笑话，我抓住这个机会对他大问特问，原来库总老爹是个来上海做生意的台湾人，一个拳击迷，找了个上海媳妇就在这儿留下了，然后有了库总，怪不得他说话不太有上海味，除了骂人的时候。

库总从小就被他爹带去学拳，而他也确实爱上了这个运动，他年轻时候还参加了一阵国内最后的职业拳击联赛。但那时候拳击已经走下坡路了，拳迷越来越少，拳赛的票都卖不出去，后来联赛组织全部解散了，库总也就再没比赛可打，拿着他爹留下的钱开了这家拳馆，收留了一批拳击爱好者，大部分学员都和他相识多年了。

他认为是电子游戏抢走了人们对拳击的兴趣，这是那些眼镜公司和游戏公司联合起来搞的一个阴谋，所以他憎恶虚拟游戏及其有关的一切。

库总会把拳击场借给几个学员教小孩子上拳击课，收场地费，但对我们这些亲传弟子，他是不收钱的。我大吃一惊，只因他根本入不敷出，他对老婆儿子拥有绝对的权威，却全靠他老婆和儿子的收入支撑这个拳馆。

但库总觉得理应如此，他有独特的挑人标准，没有天赋或者不努力的学员他都不要，他觉得剩下来的这些学员都是他养着的职业拳手，只是我们暂时没有比赛可打。

"等着吧，职业联赛会回来的。精神的强壮需要肉体强壮的反哺，我们只要等待在这虚拟时代里的'文艺复兴'。"库总说。

我们只剩满桌空盘，这话也就成了结语。

我们走出烧烤店，一个老太太在门口等着，笑眯眯的，其他学员都叫她库嫂，我也那样叫她。库总跑过去一下牵起她的手，挥了挥手跟我们道别："小姑娘，有天赋，好好打拳。"他特意对我说。

拳馆训练让我非常愉快，身体情况也越来越好，甚至在公司里，我也感觉好受些了。

"薇姐，你答应今天给我的方案。"我在薇姐办公位后面站定。

薇姐今天化了个淡妆，蓝色的眼影下厚厚睫毛膏的睫毛一闪，头也不回："我正忙着呢！没看到吗？"

"你上周三答应今天三点钟给我的，广告系统改版的新架构方案，现在离三点已经过去一个小时了，没有这个方案，我和胡神他们手上的事情都没办法继续，请您一定抽出时间。"

薇姐转过了身子，她那抹得煞白的脸，还有脸上的蓝色眼影、紫色唇膏，一脸用色大胆的妆容上最不引人注目的棕色小眼翻飞，从头到脚，从我身上刮过。

"你急什么，再过一个小时就给你。别在我这儿杵着，一会儿自然给你！"她那比普通人厚重三倍的睫毛从下至上一翻，放飞出一个完美的白眼，又转了回去。

一个半小时后，我真的拿到了那份方案。

我已经在库总那儿训练了半年，体重增加十几斤，浑身都是肌肉，在这个全是男人的拳馆里成了一霸。但经过了这段训练，我性格的弱点也暴露出来了，顺风顺水倒还好，只要稍微陷入下风，我就乱了阵脚。一次，我正和徐运对战，他把我逼到绳圈一角，我几次想突围都被他的拳头堵了回来，我着急了，还击也绵软无力、毫无章法，徐运轻松躲了过去，一记重拳击中了我的肚子，我一屁股坐了下去。

其他学员在旁边哈哈大笑，库总恶狠狠地冲了过来，"港都（上海话：笨蛋）！你这臭毛病什么时候能改？你不是在跟游戏里傻乎乎的影子学着玩了。你总有落在下风的时候,别像只疯狗一样失态,再怎么劣势,你得一拳一拳好好地还回去!"

徐运把我从地上拽了起来:"继续,继续"。

训练结束后库总找到了我:"听着,"他瞪着我,好像在威胁,而不是在为自己刚才过重的话找补。

"你有真正的拳击天赋,等职业联赛重开,你会成为真正的拳王,我们这拳击复兴时代的第一个拳王,不要浪费你的天赋。"他说。

这样被夸,真让我感到受宠若惊,我努力回忆我这辈子还有没有受过这样的夸奖。

我像前面钓了一只胡萝卜的驴,拼命往前赶,我真的很需要这些肯定,每当我取得了一点点进步被库总夸的时候,都飘飘然欲飞。我对自己说,我要把拳打好,哪怕就为了库总一个人的鼓励。

三

1

那天好巧,我做完了一个又长又复杂的产品设计,抬起头来,正好是下班时间,剩下的工作也不紧急,我就没有继续加班。

走出公司,天光正亮,疾劲的北风直拍到我脸上,我朝车站的方向望了一眼,鬼使神差,却没往车站去,而是走向了反方向,漕河泾深处一座叫腾飞大厦的破败大楼。

据说这里几十年前是一个巨型企业的办公楼,但现在早已人去楼空,改建成了一个松散的艺术区域,专门收留一些落魄的艺术家。我走进了楼底下的车库,这儿空无一人,只在边角停着几辆单人蛋形飞车,在公共交通变成了一张密网的现代,是没有多少人保留个人小车的。车库中间几根粗大的水泥立柱间,是一片空旷的区域,和上次我来这儿一样。

我感觉到身体里分泌出大量的肾上腺素,心脏"怦怦"直跳,视力都变得更清晰,从脚腕一直延伸到后背的酸痛不知道什么时候消失了。深吸一口气,我浸入引擎,召唤出"野兽拳击"的NPC,我要在这儿打一场定点赛——虽然库总讨厌我打游戏,但我还是忍不住想试试他教我的东西。

一个高大白人出现在车库中央,满身肌肉,满头卷发,一对下垂的大眼睛,面无表情,而且似乎他的左脸比右脸显得更僵硬冷酷,他的绰号是"种马"。

拳台在立柱间升起,种马高大的身躯向我靠拢过来。

他上来跟我握了握手,我一愣神,没去接,当我反应过来的时候,他已经把手收了回去,但还是平静地说:"我们都不是废物,对吗?不管谁输谁赢。"

"对。"我打心底里说,我觉得他倒像条汉子,和这傻名字一点儿也不像。

但很快,种马就被我打爆了。他太笨重,动起来太慢了,我的第一记右手拳直接把他撂倒了,他背不沾地,从绳圈上弹起,但刚站直,我又给了他一记右手拳,他单膝跪倒,但倒数的数字刚刚跳动到"5",他又站了起来,左眼肿胀,眯成了一条小缝,我怀疑那只眼还能不能看清东西。第五回合,我故伎重演,这次他倒下后没有再站起来。他太高了,倒下之后几乎横跨了整个拳击台。

"王文胜"和"TKO"的字样在黑暗的车库中闪闪发光。

我能看到种马的嘴巴一开一合,嘟囔着什么,但听不清楚。

"我们都是好样的!"我上去拍拍他的肩膀。

"厉害！"我被身边的声音吓了一跳，拳台一侧不知道什么时候多了两个园区保安，他们站在入口那儿，朝我挥手。

我冲他们笑了笑，飞快地逃离了车库。

第二天，下班时间刚到，我就跑出了公司，赶赴第二场定点赛。

坐上从未踏上过的胶囊列车 R2 线，我从城南乘到城北，循着坐标一直走进华师大的校园。沿着校门主干道进去就是一片草地，草地外是细绳拉的围栏，但坐标恰巧在草地围栏内，我只好掀起细绳钻了进去，还好天色已暗，旁边人也不多。

我踏着枯萎的草皮往前走，一直走到了草地正中央，就是这儿了，视界上方的指路小标记变成了绿色。

我开始了比赛，对手是一个绰号"吾血"的白人拳手，抖落翠绿的披风向我走过来，我想他是个爱尔兰人，因为他的短裤上绣着绿色的四叶草。他说，"我别无选择，生活只教我打拳，我别无选择，只能让你倒下。"

我说："谁又有得选呢？"

我开始了比赛，大概一分钟后，吾血就被我照准面门的几记猛击打得倒地不起，我打破了他脆弱的鼻子，让一大片草地上染上了深色的光芒——沾满了他的鲜血。

我发誓，我没有任何出风头的意思，但比赛结束我终于有心思环顾四周时，发现这儿已经围满了刚下晚自习的学生。

他们朝我鼓掌，好像我是一个英雄，我害羞地笑了，从人群中走出来，看到远处的夕阳像刚从蛋白里面滚落的糖心蛋黄，打在了地平线上，染红了周围的一片天空。

定点赛的 NPC 像待割的韭菜一样诱惑着我，我受不了诱惑，第二天还没到下班时间，就从公司偷偷溜出去打第三场定点赛。

那地方倒是不太远，我循着坐标点找到了一条坑洼不平的小路——乐山路，沿着这条路一直走，等到坐标变绿，抬起头来却傻了眼，我走到了这里居民区的小菜市场。

正好是下班时间，整个菜场里人声鼎沸，热闹非凡，不要说根本没有比赛的场地，就算有，我浑身的每一根汗毛都在抗拒着在这么多大爷大妈面前招摇。

我在菜场入口呆呆站着，菜场散场后也会很快封闭，我努力想着有没有其他办法，买菜的大爷大妈在我身边川流而过，嫌我碍事还把我推到了一边，时间一分一秒地流逝。

终于，我狠下心来，跟着人流走进菜场深处，各种菜铺挤在一起，这家菜贩的菜蔓延到了那家的摊位上，连成一片蔬菜海洋。寸土寸金的菜场中央倒是有一片空地：一条白瓷砖台面上立着一块硬纸板，上书"肉铺休息，明日开业"，台面后是一块空门店，地面泛着油光，门店上还挂着几个吊猪肉的铁钩。

显然，这不是一块好的拳击场地。

我深吸一口气，走进猪肉铺正中间，开启了游戏。

一个外号"老爹"的红脸硬汉从猪肉铺一角的板凳上起身过来，他又高又壮，只是上了点年纪，须发花白，但他打得十分强硬，几乎从不闪躲，一直在进攻。

"人不是为……失败而生"，他气喘吁吁，晃动身体，"人可以被毁灭……"他蜷着的背忽然伸展，送出一记直拳，"但不能被打败。"

但他还是被我打倒了，不止一次，每次都伴随着一阵叔伯们的欢呼声："结棍（厉害）啊！"

而我一不小心滑了一脚，踩到一块半凝固的猪油，触到围栏绳上的时候，四周是一片惊呼。

"侬（你）当心点！"一位上海老阿姨从绳圈外探进身子，拍拍我的肩，她手腕上挂着的一袋葱挠得我脖子刺挠挠的。

在第二局我第三次击中他，他的肋骨发出"咔咔"的响声，那声音十分古怪，我几乎可以肯定，他有肋骨断了，而且不止一根！

他带着这些断掉的肋骨又和我打了一局，终于举起了手，放弃了比赛，铃声敲响。

"结棍！结棍！"大妈和叔伯们口口相夸，整个菜场里没有人在买菜，连菜贩都站在摊位上，大家手里拎着鱼、葱、鸡和鸭，把猪肉铺围了个水泄不通，还有人想把一捆芹菜、几个西红柿什么的硬塞给我。

我俯下身子，从人群中底下奋力钻了出去，我的衣服领子被拽出了好些个线头，身上那股子猪油味，几天都没有散去。

2

库总酷爱研究拳击视频，他几乎对每一个知名拳手、每一场经典比赛都如数家珍，训斥一些老学员的时候，最爱引经据典。

"你怎么能这样走位，你可知道'甜豌豆'维塔斯当年是怎样闪避开这一拳的？"他冲着和我对战的一个学员嘚瑟。

"是维塔克，'甜豌豆'维塔克。"我插了一嘴，我也近乎疯狂地研究过那些上个世纪的老拳手们。

"不错不错，你说的对，你了解的倒真不少，我就没看到过像你这么爱拳击的孩子，"他嘟嘟囔囔，似乎又对我竟然在拳击知识上超过了他很不满意。

"但你的闪避赶不上'甜豌豆'一个小指头，去去去，去练闪避！"他说。

库总把我带到沙袋区,让我以各种姿势躲开沙袋,他用手推动沙袋,让它晃动起来,这样我就要注意从各个角度躲闪,路过的人一定会觉得我们在玩某种游走游戏。

"你当然要做那种总是能打倒对手的人,但你也要避开对手的致命一击,闪躲,要够快,你闪避一千次,注意,是集中精力的一千次,可不是马马虎虎的一千次,你就会像我的猫儿躲开水一样灵活。"

如果我不幸被沙袋砸到,库总就要吼起来:"港都!侬则港都!(上海话:笨蛋!你这个笨蛋!)"

我们这样一直练着,何止千次,直到库总喊停,扔给我一瓶水。

"你该和那个钱哥打一场了。"

我举着水瓶的手僵住了,看了一眼库总,他面色舒展,不带表情。

"要不算了吧,游戏已经不那么重要了,现在我觉得打好拳就够了。"我小心地说。

"任何击倒过你的人,一定要抓住一切机会再跟他交手,很多以前伟大的拳手都是在二番战才击败了强敌。千万不要害怕你的对手,当然,我这样说了,你还是会害怕,因为你输给过他。你的这个高科技游戏会保护你不受皮肉伤,但有战斗就有失败,失败会带来精神上的伤害,那些无畏的英雄也会害怕,但我需要你驾驭你的恐惧,就算怕到极致,也要打好你要打的,去面对他,战胜他,这样才能康复,甚至变得更强大!"

我点点头:"人可以被毁灭,但不能被打倒。"

库总眉毛一挑,似乎不相信这话是我说的。

我依然不放心地追问:"你不是最讨厌游戏吗?"

库总说:"你是因为这游戏开始打拳的,继续这个游戏对你也有好处,我想过了,不是所有游戏都是坏的。继续这游戏能让你强大,你的心，可比外表看起来还要年幼。"

我仰脖将水一饮而尽，跟库总说就在这训练馆的拳台上打一场，他说行。

虚拟拳台和拳馆的训练台叠加在了一起，拳馆里的学员们围作一团。一阵飘飘洒洒钱雨落下，大家纷纷在拳台下争抢。我看到徐运把两个拳套拼命一扔，库总骂了句"再捡钱全部出去"，大家才停住了手。

钱哥抖落金披风，走向拳台中央，依然傲慢："又是你，小妹妹，我以为你已经放弃了，但金钱的滋味，着实诱人，对吗？"钱哥咧嘴笑着，"但你永远也尝不到这滋味。"

"这只是我的爱好，我跟你不一样。"

"爱好？钱不多时，都唤作爱好。若能靠拳头打下满仓钱财，又是另一番天地。你还没体会过钱的滋味吧？你可以先尝尝大爷的拳头。拳头、钱，是一回事，就是这么回事。"

我想，他肯定是哪个挣了大钱的拳手，还以为这是他发迹的年头。我听库总讲过很多这种故事，以前的拳手，大多是贫民窟的小孩，为了一点钱跟人打得死去活来，但也有靠打拳出人头地，赢得了不敢想的财富。但我哪儿指望从打拳挣钱呢，这爱好可没少花钱，世道变了。

"别跟他废话，开始开始，赶紧开打。"库总催促。

我开启了游戏，钱哥脸上的傲慢一扫而尽，眉头紧蹙，弓身跳跃。

钱哥几记致命的勾拳都被我躲开后，迅速调整了策略，他不再像之前跟我比赛那样，迅速挥出重拳将我击倒，而是更加耐心，他瞅着我的空档，主动进攻少了很多，而我有了更多余地挥出了几拳——全部落空。

钱哥笑了，他那两片黑色的厚嘴唇上下翻动，唾沫星子喷了我一脸，不出声音地对我说话："打不到，气死你。"

我气得又打出一组猛攻，这没有章法的几拳被他迅速闪过，四下一片嘘声。

库总急得在旁边大吼："清醒点，港都！"

铜铃敲响，中场休息。

我喷着粗气，走向绳圈一角，钱哥走了过来："疯丫头，从我的绳圈滚开。"

我回头看到库总在另外一角绳圈向我招手，见鬼了。

我掉头走了过去："冷静点，你还没输，"库总扔给我一条毛巾，"他是个高手，但你比他更快，当他是个活靶子，把他的肋骨打爆。"

库总拍了拍我的背，让我继续上场。

我沉下心，当心注意着钱哥的每一拳，用一记直拳擦伤了他那张从来没被我碰到过的干净的脸，然后步步紧逼，把他压制在拳台一角。库总说得没错，只要我沉下心来，我就比他更灵活。钱哥成了一个活靶子，我的拳头疯狂地落在他头上、身上，我从来没有这样打过一个人，就像打沙袋一样，我怎么打沙袋就怎么打他，直到他瘫倒在地上。

钱哥扶着围栏站了起来，他扭了扭脖子。

"有了金钱，有了名声，整个世界都会承认你。"他拼命晃动身子，躲过我几记刺拳。

"你想成功吗？那是一种最美妙的滋味。"他送出一记带着劲风的直拳。

我躲闪不及，学员们中发出一阵惊呼，这记劲拳直接打在了我的右肩上，但我同时近距离送出一拳，打中了他右边肋骨，这位置已经吃了我好几记重拳，又挨上这拳的钱哥，仰面倒了下去。

我还是控制不住想让拳头继续落到他身上的冲动，但看不见的裁判拦住了我，我回头冲向了我的角落，难以抑制地叫了一声，那声音非驴非马，像是发自声带中某种极为原始的音域，在闭塞的地下室中回荡。

我站在我的角落，等着数秒结束，那条马里亚纳海沟被填平了，我打败了曾经不敢想象的对手，这滋味无比真实，又无比虚假。

我还不能像在视频中看到的拳手一样，在胜利时即刻体会到喜悦。原始的兴奋褪去了，取而代之的是一种置身事外的平静，发生再好的一件好事，我都要好久以后才会慢慢醒过味高兴起来，而这种乐潮正像阵阵细浪，轻轻涌过来，渐渐没过了我的脚背。

数秒结束，铜铃敲响，"王文胜"，"TKO"！我稳稳地举起了双手，看着库总，我想让自己看似一个胸有成竹的职业拳手，像他教我的那样。

"要命！这个游戏有播报字幕。"库总咆哮。

"这游戏不是一直这样吗！"我刚说完，就看到了视界正中缓缓滚过一行字：

"'野兽拳击'王文 TKO 胜利，击败拳王钱哥！"

这行胜利播报红字滚动到视线正中停下，让我根本挪不开视线。

该死，红字？不是绿字？

绿字是整个游戏内玩家可见的播报，而红字是遍及世界的巨力引擎的全平台推送，只要接入平台的玩家都会看到，在这个周六的晚上，所有人都在打游戏的晚上，会有多少人看到这条消息？在我认识的人中，我甚至说不出一个没有接入巨力引擎的人。

我只在去年的"太空战记"年度总决赛后的连续几天看到过红

字推送，而那些推送的名字都成了明星。

我忽然注意到整个视线右上角的小信封，那儿不停地闪动，但我看不清楚，私信消息数量从 0 开始疯狂跳动，最后定格在了 10000+。

四

1

我收到了很多很多巨力引擎上的私信，认识的、不认识的人疯狂地发消息给我，除了身在家乡的父母，我谁也没有回复，我告诉他们我没有在这个疯狂的游戏里受伤，也会处理好后面这些事儿。虽然爸妈还有很多忧虑，但我自己也没有完全搞清楚状况，他们也就善解人意地没再追问。

整整三天，我没有去上班，我躲在库总的拳馆里。他放任我躺在拳台边那张破旧的绿沙发上浸入引擎，只在饭点把我拉去吃饭，而我已经完全信息过载了。

躺在我的草原上，我让萌萌一条一条播报那些不可计数的私信，有一些发信人声称和我一起参加过小学课外活动，还有和我同一届高中隔壁班的人，但我真的一点印象也没有了。更多的是我根本就不认识的人，看过了我的基本介绍资料，就迫切地想见我，他们都想知道我是谁，我到底在这个游戏中做了什么，有很多人根本就不知道"野兽拳击"是什么就疯狂地夸我，还有一些奇怪的威胁，一些没有意义的短句，比如，一些人失恋了，或者遇到了一些倒霉的事情，也向我倾吐。有很多留言来自国外，萌萌都帮我翻译成了汉语，有一些美女传 VR 形象给我，其中有一群美女站在草原上跳舞，令人难忘,但我不得不把她们都赶走了,她们不知道我也是女人。还有很多媒体希望约见我,太多家了,我不知道该答应哪家,所以一家都没有答复。还有几条留言声称他们也是这个游戏的玩家,他们想知道我是怎么打败那个变态的钱哥的,也想知道这个游戏到底为什么能有这个推送权限。

所有的这些留言我都看过了,是的,每一条!我想加起来应该有好几万条,萌萌不知疲倦地给我一条一条展示,我就长时间地躺在我的虚拟草原里,一收到新消息就马上查看,还利用间隙刷着媒体上放出来的消息,巨力引擎的保护工作做得很好,除了我的名字、年龄,媒体对我的其他信息一无所知,而且这个名字太常见了,他们也没办法确定我究竟是谁。

忽然"叮咚"响起了门铃声,我看看萌萌,我明明第一时间就让它屏蔽了串门,但它挠了挠脑袋说:"巨力引擎的官方人员想见你。"我只好冲它眨了眨眼,这毕竟是它的 boss。

两个穿黑西装的男人骑着马一直跑到了我的草原中间,下马站在我面前,我站起来和他们握了握手,他们马上恭喜了我,我也道谢。

他们自我介绍,比较矮的中年人是巨力引擎的 CEO 方谅,另外那个年轻的瘦高个是游戏业务的商务负责人谢竟然。

方谅说:"感谢你,孩子。我知道你是'野兽拳击'最成功的玩家,感谢你为这款伟大游戏的付出,我们已经等了你六年了。"

"为什么要做这个拳击游戏呢?"这是我最大的疑问,"很多运动比拳击更加热门,足球和篮球到现在还保留了联赛,而拳击却差不多死了。"

方谅说:"'野兽拳击'是我的老师席蓁先生最后的作品,拳击是老师当年的爱好,他视拳王泰森为偶像,还给自己起了个绰号叫大师,但谁也没这样叫过他。"

"我想见一见席蓁先生。"我说。

"这个暂时没法办到,他已经在五年前进入了冰冻状态。"

我努力让自己维持着表情,不至显得那么没见过世面。没错,一直有传闻说一些有钱人会花上一大笔钱,在垂垂老矣之时冰冻自己,虽然现在还没有完全成熟的解冻技术,但他们期望在未来会有更先进的唤醒和延寿技术,让他们醒来再活上一段日子,这是现代的木乃伊,神秘的永生之术,但谁真的这样做过我可闻所未闻。

他又和我聊了些别的,这个游戏是席蓁带领他一起创作的,他回忆起当年设计这个游戏的一些趣事,但也告诉我不能透露太多了,这个游戏的惊喜还在后面,让我好好打拳。

"有什么事情随时联系我。"方谅跟我握了握手,就骑马离开了,谢竟然留下来和我聊合作细节。

谢竟然告诉我,他们现在非常看重这个游戏,会成立专项组来运作,趁现在关注热度最高,让我先把现在这场比赛的视频播放权签下来,再配合做一些宣传活动,然后展现给我一份商业合同。

我抬起头来看合同,但忍不住问道:"那位……席蓁先生是什么人?"

"席蓁先生是巨力引擎的创始人,同时也是一名游戏设计艺术家。'太空战记'这款载入史册的VR巨作,就是他的作品,咱们现在看来稀松平常的虚拟沉浸式体验,在当年可是划时代的作品,而这款作品依然长生至今。当然,比起那种大型游戏'野兽拳击'只能算一个小品,但小品的意思也是小型艺术作品,对于席蓁先生来说,每一款作品都价值非凡。他的大作年年迭代,几十年来人们热情不减,有了这些大作为基础,他顺势打造了巨力引擎这个世界上最大的虚拟现实游戏平台,他就是虚拟现实游戏浪潮的领潮人,他是个伟大的游戏天才。"谢竟然实心实意地赞叹。

"那……究竟为什么是拳击呢?"我觉得理由不会像之前方谅说的那样简单。

"私人化的原因,恐怕只有方总完全的清楚。但我听说,做这游戏,出于他对过度虚拟化的一些担心,他一手开创了虚拟化娱乐的时代,但这个时代的一些苗头也让他不安,他想做出一个前所未有真实的搏击游戏,让人们感受强健肉体的力量,可能像方总说的那样,他自己在拳击中感受到了些什么东西。"

"我想他跟我的一个朋友一定很有聊头。"我感叹。

谢竟然点点头,继续说:"这游戏六年了,参与的玩家不到千人,大部分人连第一个简单的守关NPC都打不过。触动推送的NPC是钱哥的设定,这源于上世纪的一个职业拳王,虽然削弱了拳王的部分能力,但公司内也怀疑过钱哥是不是设定得太难了,会不会永远没有人能击败他,不过还好,你出现了。"

我默默不语。

"现在可以看合同了吧!"

我仔细看了分成比例,非常可观,职业相关,我也研究过一些电竞直播赛事的分成,这个确实算高了,我痛快地签了。

谢竟然带着合同走了,他十分满意,在走之前对我说:"前途无量,好好打拳,找个经纪人吧,年轻人。"

2

第二天我就回到了公司上班,我尽量谦虚、低调,但说实话,这一天跟这两个词都毫不沾边。

显然我不在的这几天公司上下已经传遍了我的事情，现在更得到了证实。每个人要么一脸真诚向我祝贺，要么揶揄打趣。

所有认识我的同事，活动部和技术部的，都带着满脸真诚向我问好，东哥专门从楼上跑下来看我，跟我聊了好一会儿，完全没有过问我这几天缺席不上班的事情，还给我推荐了一个绰号叫"公主"的经纪人："她是我大学同学，相当有经验，希望跟你联系上，你一定要跟她聊聊。"

我真的需要一个经纪人，所以即便是东哥介绍的也没有介意。当天我就去见了公主，她是一个非常主动也很有头脑的中年女人，一头时髦的短发，小鼻子细眼睛，但穿着利索，显得专业又冷静，还很直接。

"我在这行干了十年，"公主"啪——"地按下了打火机，"而且我刚离婚了，带着孩子，我需要钱。我们都有过运气不好的时候，但现在一切都过去了，如果能帮你操盘，我们的利益会牢牢绑在一起，我们一定能成功的。"她向空中喷出一道细长的烟雾。

我给她解释了"野兽拳击"的种种，我如何通过一年的艰苦训练达到了这个位置，她也给我说她的计划，她觉得我的首要任务是把游戏打穿，在首次击败榜上领先，保持推送曝光和在这个游戏上无可争议的第一位置，然后掀起一波搏击精神的推广热潮，在这潮流里成为一个符号性的领军人物。维持粉丝的热度也很重要，她希望我取悦电竞迷，后面的比赛要全部直播，让所有人看到我把强壮的虚拟拳手撂倒在地的样子，何况我还有一张适合上镜的脸，要定期参加一些曝光活动，竖立一个正面形象。

这些我都同意，我觉得她资源丰富，深谙此道。

"我知道你还有一份工作，但你必须全力以赴。在巨力引擎上有几百万个游戏，几十万名专业电竞选手，不知要过多久才会再出现这样一个传奇的吸睛游戏，无数希望出人头地的人也会盯上这块肥肉，你明白我的意思吗？必要的时候你总要做出选择。"她盯着我的眼睛说。

她让我放弃工作，这可能是我唯一无法同意的意见了。

我带她去见了库总，让他们一起聊了一会儿，他的意见对我非常重要，而库总也对她满意："说实话，我讨厌商业那一套，我当不了经纪人，但你确实需要一个经纪人，拳手要靠这么个角色和商业社会打交道。她很精明，是个行家，她或许真的懂现在的年轻人爱看什么，也明白有钱一起赚的道理。只有一条，跟她合作你要永远记得你是一个拳手，你是未来的拳王，不要被她完全包装成那些打游戏的娘娘腔。"

于是我跟她签了约。

她帮我卖掉了我过去比赛的好几项权利，还向巨力引擎争取了一份更优渥的长期合作合同，光第一笔视频的播放收入就让我咂舌，钱哥说中了，这是我从未拥有过的财富。

这些所有的收入我都要分她和我坚持要加上的——库总一份，我知道库总日子过得不太宽裕，而且我确实欠他一份。

接下来我继续训练，还要参加公主为我安排的宣传活动，而我也很享受被人注目的感觉。"野兽拳击"已经变成了一个现象级游戏，我知道NPC钱哥在应付着无数拳头的冲击，也成功地把绝大多数人打翻在地，无数热血少年希望打败钱哥，所以每次我说些什么，人们总愿意去听。

"我面对一个没有奖励的游戏全力以赴打了一年，哪怕我不知道有这份为人所知的奖励，我只是想打败那个挡在我前面的人，这就是战斗精神,每个人都需要为自己而战,这就是我们给自己的奖励。"我在直播节目上这样说。

而库总说得更激情四射:"看看我们的斗士!我们的时代需要拳击精神,所以王文出现了,看看我们的时代,这个时代还有人在乎拳击在乎这个热血的运动吗?公元前三千多年第一届古代奥运会上的拳击就在我们这一代消亡了,我们甚至都没有一个拳击联赛让我们的拳王加冕,这是一个多么可悲的时代!"

当然我在尽力争取我的那份奖励,在没有奖励的时候我在疯狂努力,而现在我已经尝到了甜头,我就害怕再落到无人关注的境地。

公主再次找我提出了抗议,要求我辞掉工作,现在我开始认真考虑这事儿了,我一会儿要光鲜亮丽地坐在媒体面前大放厥词,一会儿要汗如雨下地在拳台上训练、比赛,那还怎么指望我去公司跟程序员周旋产品设计呢?

我去问库总的意见,我的训练时间不够,库总也很无奈。

"还用想吗!"库总说。

"如果这游戏难道我再也打不过呢?如果我没有更高的天赋呢?这个游戏打穿以后我去做什么呢?我怕我不会继续赢。"

我忽然意识到:我并不像在拳击场上那么勇敢。

"你是我见过最有天赋的拳手,我年轻时经历过也参加过职业联赛,我知道职业选手是什么样子的,他们都不如你,你有真正的天赋。我是训练拳手的,但我从来没办法把你没有的东西强加给你,我只能看见你的天赋,然后告诉你,你会成为拳王,哪怕是这个虚拟游戏,但在这一代人的眼里你就是拳王,你会成为我们这个时代的第一代拳王,千万不要怀疑你自己,把你字典里面的'不'这个字给我删掉!"

我明白他的意思了，我看着他的眼睛，努力去相信他。

第二天我就去提出离职，公司出人意料地善解人意，我知道我不是工作最出色的员工，但上海总部的老板F总亲自来和我谈。"公司仍然希望在各个维度上和你保持合作，这里永远是你的家。"F总握手送别，让我如沐春风。

最终我们在公司大门前合影，这张照片上了各大媒体的头条。

这就是东哥、F总他们最喜欢说的"双赢"。

但我明白，对于我来说这里没有什么所谓的均衡，库总说过，从来不要想着均衡，你要在意的只有选择，以及选择对你的意义。

3

那以后，我的目标单一而明确，要做的事情简单而重复，周一到周六，反复训练，周日，战术研究。

击败钱哥以后，我正式进入了职业比赛，这些比赛中每场都要穿上昂贵的电竞服，在一个密闭的人形器具中穿脱，电竞服会产生真正的反作用力，而不仅仅是神经刺激，真人会被对面的虚拟拳手揍飞，血会在拳场上喷洒一圈，这可真让观众刺激。

我的训练也穿着电竞服在一个专门打造的训练馆中进行，在这里还让虚拟造景师弄了一整套完全适配的虚拟拳房，完全浸入式地训练，我击打沙包的时候，力度、角度等数据都嗖嗖地往外冒。那是一整个独立场馆，建在金山，圆形玻璃穹顶下宽敞、明亮，挂满了崭新的沙袋，不像库总那儿的——已经洗不掉的一股汗味。但库总骂个不停，"这地方不赖，但我得照看拳馆，还得抽空看看库嫂，这里实在太远了。"库总拍拍我的肩膀，但我不能没有他，他每周过来陪我训练两次，和从前一样。

库总不在的时候我只能完全依赖我的新团队。我有了一整个最好的训练团队，最好的教练，最好的陪练，还有一流的数据和战术团队，他们会帮我分析每一个选手的技术特点，以及历史上什么样的人都以什么样的方式击败了他们，我们调出视频资料，整天研究这些东西，然后针对性地练习我应对的招数，虚拟拳房里，一切赛况都通过数据反映出来，最后算出来一个我的胜率，而我只会公开打胜率在百分之九十以上的比赛。

我的生活就是训练、训练、训练，并追赶那些数据。很多人都会羡慕我一朝成名的机会，但我想这样单调而枯燥的生活是绝大部分人都无法忍受的。媒体会问我，出名后你过着怎样的生活，我说："单调乏味，枯燥无聊，绝大部分你们看不到我的时间都是这样，训练就是这么回事。"

几乎每一天我都带着伤痛入睡，但第二天又能神采奕奕地投入到训练中去，我知道我正面临着人生中最好的机会，我想牢牢地咬住这根胡萝卜。

"野兽拳击"带来的拳击热潮在持续发酵，席蓁和"野兽拳击"的这段故事在我们的几轮宣传下已传遍游戏界。首先是席蓁狂热的粉丝们，然后是巨力引擎上爱好尝鲜的游戏迷们，最后我已经不知道有什么人没在玩这游戏了，它成了跟"太空战记"一样成功的游戏，或许还要更成功一点？公共绿地上常常能看到一个年轻人赤膊上阵在跟一个虚拟老头对战，旁边围着一圈呐喊助威的朋友。

巨力引擎邀请我参加他们的战略会议，他们正在筹划新的拳击游戏，一个联网对战的大型游戏，游戏中甚至包括了职业拳击联赛的部分，这部分筹划需要几年时间，但如果成真，拳击联赛将真正被复活。

库总知道后非常高兴，高兴到好几天的时间里都怀疑这是不是游戏公司搞的一个新阴谋，直到新闻铺天盖地，我对他说破了嘴，他终于点头。

我也很振奋，这意味着未来我可能会有更好的去处——成为专业的联赛拳手，一切的后顾之忧都解除了，我只需要打好拳。

现在每一场比赛都签订了直播合约，我努力适应这种转变。

我那么希望得到关注，却比以前千百倍地害怕失败，为了应对好这些直播比赛，每一场比赛前我都会充分准备，我会在比赛前就召唤NPC对战试探他们的拳路，打上一场试探性比赛，然后在结果出来前终结比赛，再跟库总一起研究这些对手。

我们反复地观看每场试探性的比赛，发现每一个晋级NPC都取材自拳击鼎盛时期的著名拳手，库总能一个一个说出他们的名字，这真叫人兴奋，从来没有什么人能领教这么多巅峰时期的传奇拳手，尤其"野兽拳击"抹掉了不同重量级拳手之前的力量差异，让我这样的女拳手可以跟最重量级的拳王比赛。

我又打了几场比赛，线上挤满了观看直播的观众，赛场边也坐满了观众。公主把这些比赛安排在那种大型体育场里面，看台票销售一空，因为有了充分准备，这些比赛打得好看又卖座，我渐渐被冠上了一个绰号，叫"击倒"！我真喜欢这个绰号。

这些比赛前的试探性准备，库总觉得是为了更好的复兴拳击这场比赛，无损于拳击的荣誉，"过去的拳手也会在赛前做充分的准备。"但另外一些安排就让库总不太满意了。公主为我拉到了赞助服装、赞助眼镜，开场时还要拿着一些广告商品做宣传，比如以特定姿势喝某些牌子的运动饮料，以我出现在杂志封面的频率看，我和娱乐圈人物也没什么两样。

"这个雌老虎，把你卖了个底朝天，我算看清楚了！"库总吼叫。

公主把比赛安排得十分频繁，商业拳赛、表演拳赛、各种演讲和采访，库总越来越生气，他不同意这种安排，跟公主吵了几回，公主都是一副淡定的样子，库总干脆拒绝再和公主说话。

我没掺和他们的争执，但在我心里，我觉得公主没有错。我赢来了这些东西，全靠的是自己的努力，我的拳赛收入存在引擎账户里，等到比赛结束就能全部取出，那里面的数字有多少个零我已经数不清楚。

我的广告收入换来了最好的训练场馆，最好的训练团队，这些让我永远都是最棒的拳手。我还给父母买了大房子，给周围的人买了一大堆礼物，我得到的钱和声名，都是这该死的世界一直以来欠我的！

后来，库总不再和我说起这个话题，他只和我谈训练。

我知道库总对我失望，但我没有办法，就算拿出打拳赛的劲头也说不过这个倔老头，何况我压力越来越大、越来越忙。

库总的拳馆新来了许多卖力的小子，每天从早到晚练习，把沙袋揍得"咚咚"作响，他们从别的电竞项目转过来找找机会，进步很快。还有很多电竞选手、拳击爱好者、运动员纷纷涌入了这个游戏，他们中最有天赋或者运气最好的那个打败了"钱哥"，听说在贵州还有人打败了"石拳"。

后来我在拳击论坛上看到了这个传说中的贵州拳手，他发布了他打败"石拳"的视频，他个子不高，但打得非常凶狠。

他主动给我发来了文字留言"你好"，我也回复"你好"，但从此就不发一言，我们知道彼此都在憋足了劲往前跑。

4

六月是一个特别的月份，我中了一个名字的魔咒。

夜半惊醒的时候，会有十秒钟的平静，脑中平静如一汪幽碧深潭，十秒钟以后，一只怪兽从潭水中探头——这个名字又追上了我。

这个名字，就是我的下一场的晋级赛对手，正式比赛前的试战中我见到了这个传奇拳王，他的名字几乎就是拳王本身的代名词：阿里。

他对我说了很多话，他打拳的时候一直在说话，这个我就做不到，因为我会喘不上气。这些话没有一句指向某件具体的事或某个具体的人，每次我仔细回想他说了什么，只会觉得他并未表达什么，但总会在我的噩梦里出现。库总说这个叫箴言。

他还有一件让我着迷的事：有时候，我召唤他出来，就是为了看他的蝴蝶舞步，这真是个迷人的东西，每次他调动起舞步，训练馆里的所有人都停了下来，趴在围栏边看个不停，他可以从第一局舞到任何一个我不得不结束比赛的时间点，全场轻盈地点着地前后滑动。

"动起来，你也那样动起来！"训练馆里的清洁工都能这样冲我大叫，"王文，你也那样试试。"我的陪练也在怂恿我，"是啊是啊。"他们全在附和。

"闭嘴，我才是专业选手！"我这样说着，但也试着像他那样跳动，第一局没有结束，我的腿就一下一下抽动起来——那是抽筋的前兆，而他永远这样轻快地跃动，保持在我一米开外用超长的臂展不停地打出刺拳。

我忙着应付这些刺拳，而每当我向他近身突破想打出重拳，他都轻轻巧巧滑步闪躲开了，我根本不知道该向哪儿挥出我的拳头。

库总也仔细看了那蝴蝶舞步，他在拳台前踱步，拳台前那一块被他踏得光滑锃亮，他用脚尖在这地面上弯弯绕绕的画着弧线，不留一点痕迹，所以没有人能看出他在画什么。但忽然有一天，他说："来，学点新鲜事物。"

库总让陪练在我对面蹦蹦跳跳，我要盯住他，小心他的刺拳不给我好过，还要瞅着那些空档，猛地下蹲，绕出一个"U"字到他身前，左右开弓，一组组合拳打得他身上的护具"邦邦"作响。这打法让我觉得自己简直是一个偷东西的贼，每次练完这一套，我的肚子就像被人"咯吱"了一整天，一点也弯不得。

我学会了这一套偷偷摸摸的打法，就再去找阿里试战，我迫切地想击倒他，我的拳头能沾上他了，但只要我的拳头沾上他，他几乎是同一时刻，就那么一晃一退，我只有扑空。他是个卸力的行家，永远不会愣生生挨上一拳。

我变得害怕听到比赛这个词，有时候我想，这一切快结束吧！只要不继续训练，让我干什么都行，但马上又想，懦夫，该死的懦夫。

我问库总，什么时候比赛？库总让我自己决定，他说好的拳手都会自己决断战机，我的手开始发麻，那是惊恐发作的一点前兆，最后，还是发出了一条留言。

就在我向公主发出那条留言后的几天，"传奇拳王阿里""两个世纪之战"，这样的标语天上地下到处都是，所有我认识的人都在向我打听现场票，还说加多少钱都可以，我假装这一切与我无关。

开赛前我坐在后台，双腿像筛糠一样地抖动，库总走了进来："拳王，看看你的样子！"

我迈动双腿走上场去，跟阿里打足了整整七局。

直到铃声敲响,我还在拼命挥着拳头,最后无力地靠在了阿里身上。

"这比赛没有加时赛吧?"

"去他的加时赛!"

这可不是一句箴言。

然后,阿里消失了,我从他身上滑了下去,很多只手从旁边伸过来要拉我起来,我翻过身来用拳头乱揍一通,"该死!别碰我!别碰我!"

但一只有力的手还是把我拽了起来:"点数胜利,运道好。"

"王文、王文、王文",拳台下的叫声越来越响。

我站直了身子,举起拳头:"谁是最伟大的拳手?!你们说,谁是最伟大的?!"

全场呼喊着我的名字。

这时候,一件最不可思议的事发生了,一条银光闪闪的腰带从天而降,围上了我的腰际。

"恭喜王文获得'野兽拳击'世界银腰带。"新的世界推送红字开始闪耀。

一阵欢呼的巨浪慢慢将我吞没,浪潮之中,一张羊皮纸轻巧地降下停在我的跟前,我憋红了脸,抽出被库总搂住的一只手,用拳套攥住了这张纸,我拼命看着那上面的内容:

银腰带持有者王文:

您已于2052年8月6日获得"野兽拳击"颁发的空缺世界银腰带,世界银腰带奖金五百万元已发放至您的巨力引擎账户,游戏完结后可统一领取。

作为世界银腰带持有者,您已获得向世界金腰带持有者——"铁拳"发起挑战的第一优先挑战权与强制挑战权。

经野兽拳击管理协会商议决定，您须在三个月内，即 2052 年 11 月 6 日 24:00:00 前，于指定挑战地点 (30.889592,121.858359) 完成挑战，若超时未完成挑战，您的银腰带将会被收回。

世界金腰带持有者仅能在三个月内接受一次挑战，若挑战成功，您将获得世界金腰带，并保留"野兽拳击拳王"头衔。若挑战失败，您将保留您的银腰带，并清空账号成绩及所有奖金，第二顺位击败 NPC 阿里的挑战者，会获得这条银腰带及相应的金腰带挑战权。

祝您拳击生涯顺利！

"野兽拳击"管理委员会

五

1

这一次我不得不在黑暗中战斗，不能试战。

公主希望我去问问方谅银腰带的持有者是谁，我倒觉得没这个必要，我不想破坏拳赛的规则，而且那人除了迈克尔·泰森还可能是谁呢？不要说设计师本人推崇泰森，泰森的绰号就是"铁拳"，"铁拳迈克"。只有如此疯狂的拳手能配得上如此疯狂的游戏规则。

拿到结果的那一天，我的训练团队就开始了高效工作，他们搞出了一套"野兽拳击"拳手的模拟算法，结合泰森巅峰期的战斗数据，跟我做了对比。

结果是，我毫无胜算。

就连我碾压大部分男性顶尖拳手的灵活性，在泰森面前也不值一提。

他们又夜以继日地工作。我说过了，他们都是最好的专业人才，三天时间，搞出了一个虚拟泰森，库总、公主、教练、陪练、分析师们全部围在拳台旁边，屏息凝神。我换上电竞服，钻进了虚拟围栏。

眼前的泰森只是一个粗陋模型，面目不清，身上的肌肉却像最精细的山脉一样座座隆起，与其说是较量，不如说是一场虐杀，我的拳头根本沾不上他，而我一次一次被掀翻在地上。

在我第十五次趴在冰冷的地板上，又拼命想爬起来的时候，公主打破了寂静："可以了，可以了，我们都看到了。"

公主的脸上看不出表情，她一向如此，她紧紧抱着两条胳膊，抿了抿嘴，看着我，声音如常："抱怨的话不用多讲，放弃比赛吧！"

库总走到了她的面前，他们平时都不怎么站在一起，我这时才发现，他们身高竟然差不多，库总死死盯住她的眼睛："我不同意。"

公主的眼神毫不避让："高阳，把胜率计算给他看看。"

高阳说："一个月的时间太短了，基本不会有太大变数，按照现在的训练数据去估算，按照最乐观的情况，胜率不会超过百分之十。"

公主说："听到了吗？百分之十！也就是说，王文有百分之九十的概率失去引擎账户上的所有奖金，而且，只留下一个清空了的游戏账号。'野兽拳击'在挑战上做了那么多限制，王文可是花了两年时间才走到这一步，从头再来没那么简单，你最清楚一个拳手的运动生命有多长，你觉得这样没问题？"

库总说："她是拳手，不是懦夫，没有哪场比赛是注定会赢才会打的，要是连这点勇气都没有，拳手生命到这一刻就可以结束了，还做什么拳王！"

一阵能杀死人的平静，我的陪练小伙子说："您老息怒，话也别说这么死……"

公主转向我，她放下了抱着的胳膊，微微垂下柳叶眉："你的意思呢？王文，你自己决定。"

所有人都望向了我，我却低头拨弄着拳套带子。

"我同意放弃比赛，因为……因为我觉得这是一个对大家都比较好的选择。"

"很好，我会马上放出去你训练受伤的消息，下个星期我会安排一场媒体发布会，到时候你正式宣布因伤退赛，放弃这场比赛，咱们照样可以去打商业比赛，留得青山在，不怕没柴烧。"公主又抱上了两个手臂，眉梢牵动细细小眼，瞪着库总。

我赶快翻出围栏，想找库总解释，但就那么一会儿工夫，他早已不在训练馆了。

2

这大概是我有生以来最无聊的一个星期，只因我不用训练了。

在很长一段时间里，自从我加入比赛，我都是为了后面的比赛才拼命训练，现在我却没有比赛可打，我给自己和所有工作人员都放了个假。

真可笑，为什么不能放弃比赛，我有得选吗？谁会傻到去打一场必输的比赛，我的钱，我的世界第一的排行，我傻吗？我为什么要把赢来的财富拱手还给引擎？我才没有害怕失败，我可是被钱哥无数次打倒又无数次站起来的人。库总为什么总是这么极端，他是不是嫉妒我这么年轻就成了他梦寐以求的拳击明星？

我越想越有道理，但我的胸口却越来越闷，我想去找库总辩论一番，但他正在生我的气。我迫切地想找人聊聊天，随便哪个朋友都可以，而其他朋友……我好像以前没有注意到，我竟然没有朋友，曾经的同事全都疏远了，而全心训练的时候，我也没有时间去认识其他朋友，我想来想去，我最想聊天的人，还是小叶，我毫无理由地觉得他会理解我。

但我不可能去找小叶，自从我离开公司，就一句话也没和他说过，哪怕在我出名之后，他连个招呼都没和我打过！他肯定记得同事里出了一个女拳手，但我能跟他说什么？他又能回答我什么？我们根本毫无交情，所以我只好买了一个"小叶"。

这是一个跟他本人几乎完全一致的虚拟人，比我高一个头，面目白皙，他的话不多，接话时说的最多的是"唔""可以""有意思"。我拉起他的手，手上的皮肤是男性那种粗粝的弹性，温度比我略高，一切都是那么真实，打开眼镜，他会出现，关掉眼镜，他就不在。

我对天发誓，他唯一作用就是陪我逛街，我跟他一起走在街上，路人一定都以为我是那种有钱的女变态，才会弄一个虚拟的年轻男陪伴在身边，弄得我一定要带上虚拟面罩。

VR环境的试衣间已经通行，但很多女人还是坚持要用手去摸衣服或者包包的质感，一身运动服的我显然不属于此类，但此时我就和小叶在这些商场里瞎逛，我现在有数不清的钱，却没有沾染任何花钱的嗜好，每天就是训练、训练，我连花钱的时间都没有，那些钱大部分还存在巨力引擎的账户上连提都没有提出来，只是到手的那些广告费也够我花个痛快了。我们说说笑笑，不停地挑东西买东西，什么都不用想，非常开心。

"你打算什么时候去打商业比赛？"他忽然问。

我一愣，没想到他会这样问，我真的想就这样去打商业比赛？我的手又开始发麻，这酸麻一点点爬上了我的两条胳膊，我不知道该怎么回答他，只好眨了两下眼，"小叶"消失了。

他压根儿没有体会到我的处境，而我也没有什么奢望，我能奢望什么，他就是一个虚拟人。我坐在商场门口的长椅上抽烟，看着环形商圈中间跳着草裙舞的草泥马，神游天外。

"王文？"有人叫我，我发觉自己不知道什么时候脱下了虚拟口罩，我抬起头，准备给我的拳迷打个招呼，但那个人竟然十分眼熟，我使劲看了他一会儿，终于想了起来，他是大象，我以前在眼镜公司的同事。

大象走了过来，他眨着眼，微微惊诧地停在我面前，我站了起来，觉得一阵尴尬：我差点儿没来得及把"小叶"给收起来。其他尴尬都是小事了，比如我直接跑完步过来，穿着一件破破烂烂满是汗味的速干T恤，在商场门口的椅子上缩着，脚边是一堆五颜六色的购物袋。

而大象穿着浅蓝色的高档休闲裤，铁灰色衬衫，俨然一副IT精英的样子，我几乎忘了我以前有一阵子是完全朝他这个样子去打扮的，我离开公司的时候他已经是公司内最成功的年轻产品经理，接连拿到公司奖，后来听说他跳槽去了一家外贸公司，他在那儿干得挺成功，我还能断断续续看到关于他的媒体报道。

"你怎么会在这儿？"他问。

"逛逛街，比赛前，放松一下。"

"应该的应该的，听说你比赛前准备得太辛苦，受伤了，是哪儿，腿？"

"没事没事，一点儿小伤。"

"我女朋友很迷你,你得跟我录段视频,"

我点点头。

"好久不见了,你们都还好吗?"他继续问着。

"好,好,我们一伙同事都等着买票去看你的决战呢,但现在还没开放售票,你这儿能帮忙买到吗?"

"没……比赛时间还没定,还没开始订票呢。你们都有谁?"

"小敏,东哥,胡神,拉哥,还有我们一起抽烟那几个,我们现在还老聚呢!"

"小叶来吗?"

"小叶?来!他女朋友也很迷你。"

"哦……"我的心里突然有些不是滋味。

"真的好久不见了,你的胳膊好壮啊,比我还壮,我都有点怕了,哈哈。那时你还跟我们一块儿做产品经理呢,想想就好玩。"

"我那个产品经理做得也不是很成功。"

"没有没有,别这么说啊,你运气太差了……"

"不是运气,可能只有打拳比较适合我。"

"没有,没有,"大象摆手,"当时你确实挺倒霉的,好几个转部门的,就你进了活动部,在活动部做的那些事儿也很不容易了,当时我们同时进公司的这一批,拉哥一直跟我说你最有潜力。"

听到这话,我糊涂了:"当时拉哥分明在取笑我……我的广播操可被你们笑惨了。"

"哦,那事儿,你还记得啊,是有点过分了,"大象笑了,"但是呢,拉哥他就是这么一个人,他说的也不是你设计这事儿,他呢,他就是单纯觉得这事儿挺可笑的吧,他可不就是什么事情都取笑嘛。你可能不太了解他。"

我说不出话来。

"你还记得咱们当时老在阳台上抽烟吗？太巧了，都是缘分啊。"

"是监测器，我在你们工位上装了监测器，你们中有一个站起来我就能知道，我就提前跑过去吸烟室，在那儿等你们。"

"为什么这样做？"

"孤独呗，没有朋友。"

"哈哈，原来是这样，谁又不孤独呢。"大象看了看我，"你觉得我们算朋友吗？"

"你觉得呢？"

"一起抽过烟，聊过天，就算。"

"嗯。"

3

发布会开始前十分钟，我到了会场后台，公主早已经在那儿等我了。她的头发一丝不乱，穿着一身白色套裙，干练依旧。她递给我一张盖着红章的白纸，大大的标题上写：伤情鉴定书。她郑重地盯着我的眼睛，"你仔细签上名字，一会儿带进来，给媒体展示。"

我在发布会镜头前露面的时候，一阵刺眼的白光狂闪，公主微笑着伸出手帮我挡住亮光，声音放得柔若无骨，她对台下记者们说："请王文讲一下比赛的准备情况吧，但请大家提前做好心理准备，她上个星期辛苦备战对泰森的比赛，腿部严重拉伤，伤及肌腱，这事情大家应该都知道了，王文是那种看上去特别坚强的女孩儿，但伤情真的很不乐观。"

我咬着嘴唇，把攥在手心的伤情鉴定书掏了出来，慢慢展开，拉平，从左至右展示给在场的所有记者。

记者们眼睛瞪得老大，跟左右的人疯狂地交头接耳，一时声音大过菜市，甚至没有人在拍照，然后，一个站后面的老记者从椅子上立起，鼓起了掌，其他记者也一个接一个地站了起来，对着我鼓掌。

"好！牛！"有人叫道。

公主的两条柳眉挤作一团，瞪了我一眼，我毫无反应，她向前探过身子，看到了伤情鉴定书：那是一张白底面的纸，上面有几个大字：我将挑战泰森。

我给大家看的是伤情鉴定书的反面，那是一片白底，我用羽毛笔写上的几个大字。

记者们散后，我想走向后台，公主一把揪住了我。

"咱们之前是不是说好了？你怎么没有一点契约精神？"

"对不起，我改主意了，我还是想打这场比赛。"

"你以为你是什么东西，想挑战一切不可能吗？你这个蠢猪！"公主倒竖双眉，把伤情鉴定书一把夺了过去，往空中一扔，那页纸飘飘荡荡落在地上。

公主粉色的高跟鞋"登登"直响，一把推开了门，"登登"走了出去，又狠狠把门砸了回来，门发出一声通天巨响，关上了。

三秒钟之后，门又被猛地撞开了，打在墙上，又是一声通天巨响。"改主意可以，你们这些年轻人，可以今天这个主意，明天那个主意，老娘还要养家，没空陪你玩！"公主粉色的高跟鞋又"登登"而入。

她举起手一画，一排白底黑字的文件投在了空中。

"你已经严重违反了合作条款，不要怪我翻脸不认人，一切按退出机制来走，这些账，咱们来一笔一笔算个清楚！"

4

我没有想到芦潮港是这样一个地方，一望无际的芦苇荡延伸到海边天际，无休无止的大风拨弄着它们，芦苇汇成浪潮"哗哗"的声音，比我在引擎里的那片草原更加苍茫壮阔。

芦苇荡中搭起了一个巨大的舞台，四面是围栏和草地，公主想搞一场摇滚现场那样的热闹比赛。她不相信我对泰森有任何获胜的机会，已经决定和我解约，清算完了所有我的广告收入和团队支出，到最后，我竟然还背了一笔负债，公主愿意把这最后一场比赛的收入当作最后的合作，来抵扣我欠她的那些运作经费，所以她极尽宣传。

我一清早就来到这里，在后台调试好眼镜和电竞服，就待在高高的舞台上，看着临时增开的胶囊客车一艘一艘抵达，豪华空客飞机一架一架降临，舞台下的观众越来越多，有一些人穿戴着我名字缩写的衣服和帽子，甚至还投射出几个小小的我到空中，小小的我在空中挥胳膊蹬腿，十分精神，但那小小的样子让我想到侏儒，我有点犯恶心。

为了舞台效果达到最佳，开场时间定在傍晚，开场前，舞台下已经人满为患，我猜公主一定卖出了巨量的票，五万张？十万张？抑或更多？此外，还会有难以估量的观众在巨力引擎浸入直播。我不知道有多少人期待着我的胜利，我每天都会收到太多的消息，大部分都是鼓励，但肯定也有不少人是为了看我第一次倒地而来的。

我回到了后台。

每过一会儿，都有人忽然扯直喉咙，高叫我的名字，声音越来越尖锐。

夕阳已落，舞台上空升起了一只巨大的铜铃，敲响了一声，我吸了一口气,从凳子上站起来,公主正在跑前跑后,正好经过我身边,她说:"别急,还没到时间。"

我差点忘了那只乐队,公主弄来了一支叫"阿喀琉斯"的摇滚乐队做开场表演。

他们的标志是一位持矛和盾牌的古希腊战士,公主觉得这形象与我的战士姿态十分契合,这位带着鸡冠帽的虚拟战士在舞台上高高升起,豪放地用矛拍盾,发出一声巨响,"阿喀琉斯"的四位成员此时乘升降机来到舞台正中央,开始恣意地又叫又跳。他们巨大的虚拟形象穿着希腊战士服,和那位带着鸡冠帽的希腊战士一起熠熠生辉。

"阿喀琉斯"三曲终了,舞台上的轰鸣声和四位虚拟战士一起跳向虚空,凭空消失,四位乐队成员也从舞台中央降下。

舞台上陷入一阵黑暗,只有高空中的铜铃泛着一丁点冷光,观众开始有节奏地呼喊我的名字,声音越来越大,越来越大……我深吸一口气,站上了升降机。

黑暗中,我被升上舞台,一小束灯光打向了我,同时,我知道背后也升起了一个巨大的虚拟的我,好让离舞台最远的观众也能清清楚楚看到我额头上每一颗紧张的汗珠。

观众中爆发了一阵巨大的欢呼声,然后声音马上变小,因为我吸了一口气,启动了游戏。

"您确定开启金腰带挑战赛?这是您赛期内仅有的机会!"巨大的文字在拳击台上空闪耀。

我眨了一下眼。

一座泛着光芒的铁笼在拳台正中降下,笼中一个黝黑的身影,徒手撕裂铁笼,站到了拳台正中。那个我在无数比赛视频、照片,甚至是无数个无聊的娱乐节目中见过的"野兽"出现了。

　　他的腰上闪闪发光，这黑暗中仅剩的一点点光芒似乎都在那条金腰带上流转，我和黑暗中屏息静气的几万名观众一样，眼神被那腰带死死吸住，挪不开视线。他个子不算高，用拳击手的标准来说，一米八真的矮极了！我已经习惯了跟各种小巨人一样的对手搏斗，但他黝黑的肌肉饱胀而闪闪发光，比两个我还要宽阔。

　　他压低头颈，翻着眼睛看我，好像在打量一头猎物。然后，他向我走过来，一直走到把脑袋重重抵上了我的额头，舔了一下嘴唇，没有说话。真的野兽是不说话的。

　　我使劲推开了他，"比赛开始！"我大声说。

　　泰森冲了过来，观众们，尤其是很多小姑娘的尖叫声满场都是，此起彼伏，若是抛开此时的处境，我会觉得这是很有意思的一点，我的拳迷中，女性比男性多，"野兽拳击"如此暴力恣肆的游戏，玩家的数量也是男女均分，抹去了力量差异，出现了很多厉害的女拳手。

　　在这片尖厉的叫声中，泰森没有任何一个试探动作，重拳一记一记"砍"了过来，我拼命克制转身逃跑的冲动，任凭身体带着我晃动，左，左，右，右，左，错了，是右！我被当头撞翻，左脚离开了地面，然后是右脚，我倒下了。但混乱中，我抓住了一条虚拟围栏，我抓着那软绳往上站，但又滑倒了，怎么回事，地上抹了油？我想大叫，这地上抹了油，但只发出一阵嘟囔，我拼命抓着软绳，但那绳也像抹了油，怎么到处都是油？！

　　"该死！给我站起来！"库总的声音，我苦等不来的他，竟冲到了场边。

　　没有油，根本没有什么油，我拼命站了起来。

　　数字倒数到五，停住了。

场下的观众一片狂呼乱叫，跟我的头脑一样混乱。

"册那，侬库嫂出去称个猪肉竟然滑倒了，我刚好送她去医院。"库总小声嘟囔，又大叫起来："集中精神，步伐，你的步伐！像我们之前练过的那样！"

在我确定比赛后的那个下午，我就冲到了库总的拳馆，在那儿苦练了一个月"甜豌豆式"躲闪，就是为了不至于刚和"铁拳迈克"打个照面就趴下。

我深吸一口气，向后退了两步，开始活动起我的脚步，前后滑动，我要滑到他够不着的地方，我守住这个信念。他没什么好怕的，他只不过是个大号沙袋。

我再次闪过泰森一组快拳，鼓起勇气，勉强打出一些刺拳，看得出，泰森对我的转变颇为恼火，我的拳头没有对他造成任何威胁，而他开始越来越猛烈地出击，一个刺拳击中了我的眉骨，一些痒乎乎的东西越过脸颊，爬进电竞服，爬到我的肚子上。

万幸，铜铃敲响，我逃向了我的角落。

我竟然撑住了第一个回合。

5

库总冲了过来，用一堆酒精棉塞上了我的额头。

"剩下的六个回合怎么熬过去？"我倒吸着气。

"揍他！"

"怎么揍他？"

"狠狠揍，揍他的脑袋，狠狠地打，把你的上勾拳打出来！"

铃声敲响，我回到台上，抢先向他打出一拳，泰森牵动嘴角，那意思仿佛是，"来吧，我还没跟女孩子打过，就陪你玩玩，"我打出两个直拳，他轻松闪避，回敬一拳，直中我面门。

我只觉得被一辆卡车撞翻，眼前一黑。

四周一片嘈杂，像网络故障一样的杂音中，拖着尾音的解说讽刺着："王文遇到了一点麻烦，'击倒'遇到了真正的击倒艺术家……"一个巨大的沙袋从天而降，在我的头上盘旋，像无数次闪避过那沙袋一样，我想躲过去，但我没有一点力量，我躲不开。

我扯着嗓子叫起来："不！我要赢！"这声音高亢尖厉，穿越我的幻觉，在整个拳台回荡。

我扶着地，一晃三摇，从地上站了起来，脸上全是汗、血和泪，看不清眼前的数字，我抹了一把泪水，看清那数字停在九，两个白衣的工作人员冲了上来："你还能继续吗？"

"我可以，可以！"我拼命点头。

一个工作人员摇了摇头："你头上破了个大口子，像刀砍的一样。"他指了指自己的衬衫，那儿是一排飞溅的血点子，我看了看擦泪的手，尽是一片血红。

"让她打，"库总说，"没伤到主动脉，死不了。"

"让我打！"

工作人员对视一下，走了下去。库总说，"揍他下巴！"也走了。

"叮——"铜铃又敲响了。

泰森走了过来，此时他的表情褪去笑意，对我略微点了一下头。

我连续打出一组拳，那是我最好最快的一组拳，泰森轻轻左右摇晃，一个不落地闪开。我拼命挥出最后一记勾拳，正中他下巴。泰森微微后退一步，全场一片欢呼，然后他冲过来照我面门给出一拳。

我拼命站稳，但他马上冲过来，连补几拳，我像断了线的风筝一样飘摇，拼命抱住了他。但他一把把我推开，又是一拳，我依然抱着他，泰森疯了一样击打着我的头颅。

血，一股一股涌了出来，血色的帘幕遮住了一切。

"不……"我死死抱着他胳膊，"我不想输！我不要输！死也不要输！我想赢！"

但不知怎的，一切悄悄地结束了，等我睁开眼的时候，一切都结束了。

我不知道我是怎么倒下的，是泰森击倒了我还是有人把我拖走了？更可能是怕我被打死，我最先看到的是那行熟悉的绿字："'野兽拳击'铁拳KO胜利，击败挑战者王文，卫冕成功"。

对比之下，泰森正变得越来越大，他的身体像火焰一样越蹿越高，比整个舞台周围的看台还要高，立在郊区的黑夜中熠熠生辉，台上一切其他的虚拟形象在他的映衬下，都显得像一些可笑的玩具。他后背的天空中放飞了无数只狮子、老虎，这些虚拟猛兽照亮了整个芦潮港的夜空，它们在空中跳跃，甚至蹿到了满地芦苇中，在疾风阵阵的芦苇荡中左冲右突，发出阵阵啸叫。

库总和医生在我旁边，死死按住挣扎的我，往我头上喷了些什么止痛药，让我整个脑袋都没有什么感觉，而身体其他地方却都像燃烧一样疼痛着。我拼命甩开她们，站起来，我跌跌撞撞跑下舞台，往正四散着离开的人群里走去，有一些人直接搭乘胶囊快车离开，有一些人跑向旁边的草丛中去看那些光华流转的狮子和老虎。

但是，我一定要去看看这一张张正转身离开的脸，我看到有疲累的中年人，路过我身边的时候，能看到一道伤疤划过闪亮的眼睛；我看到有年轻的女人牵着女儿，一路走一路拍着哭泣的她的背；我看到有一群年轻人勾肩搭背走在一起，撸起袖子做出拳击的动作；

我还看到一个熟悉的灰色帽衫、牵着一个雪白小袄的身影……

我就静静看着这些人越走越远,这一次,也是第一次,我敢面对这所有的观众。

六

地下拳馆惨白的灯光下,依然是那些汗渍渍的沙袋,我跟库总说过无数次了,他总是说,"明天、明天",但就是不去换!

所以我现在还是只得一拳拳地打着这些汗臭四溢的沙袋。

"库总,沙袋真的要换一下了,就算不换,拿到太阳下晒晒,去去汗味也好,你现在这么多学员,不要省这个钱啊!"

"啰唆,你有那高级训练馆的时候,怎么不替我换换沙袋?明天帮我搬出去晒晒!"

库总拖着步子走过来,一直走到我的沙袋前:"慢慢打,用尽最大的力气,再打出十拳。"

"一,二,三,……,十!"我像只癞皮狗一样瘫到了地上,紧紧抱住了沙袋。

"不错,不错,后天那场比赛,我看是稳了,"库总说,然后他不知道拿什么东西又给了我一下子,"起来收拾吧,今天聚餐。"

"不去,我跟人约了吃饭。"我摸摸脑袋。

"和人约吃饭?和谁?是不是上次送水那小子?"

徐运凑了过来:"谁?和谁?还是上次送水来那小子?"

"不错!不错!"库总难得带了点笑意。

"叮——"钱款到账的声音,我打开了视界上方的提醒,盯着库总,"库总,你……"

"你走运的时候分我的钱,我都给你保管着。很多拳手是穷出身,有了钱就会挥霍一空,尤其你又是女孩子,所以我操了点心。好在你倒没乱花钱,不过,结果差不多,我倒宁愿你乱花钱。你拿去买些衣服吧!不要天天闷在拳馆,多去外面转转,别还给我,千万别还给我。"

我觉得库总的话很深刻,如余音绕梁,久久不曾离去我的耳畔……

双生

SHE·吴 霜

这个世界的你,遇到过我。真实的我。

这虚弱的安慰,如何能填平两个宇宙之间的沟壑。

一

……晕开的,先是一团光,中间慢慢渗出血色。那是个红衣女孩模糊的影子。

视野很窄。晃动的人影,失准的焦距,死一般的寂静……接着传来一阵铺天盖地的轰鸣。封闭的听觉和触觉骤然打开,大脑疼得缩成一团,像刺入了万千钢针。海浪疯狂扑打崖壁的声音,被放大了一万倍,整个世界成为一个巨大的共鸣箱,声波铺天盖地,足以把人碾为齑粉。

……眼泪涌出来,视线更加模糊,那红色人影像浮在水面的一片剪纸,浮浮沉沉,渐行渐远,终于来到悬崖尽头。单薄的裙裾在风中疯狂舞动,像一团烈火……

……不要跳……虚无、绝望的疼痛一波波抽打着胸口……刘苏向着人影消失的地方狂奔起来,沿途不断被锋利的礁石割伤。

……等等我……

女孩纵身一跃,突然消失在海天交界处……

倒吸一口凉气,颠簸的旅游大巴上,刘苏猛地睁开眼睛。瞳孔因突如其来的光线急剧收缩,伴随着失控的心跳和阵阵晕眩。

十年了,同样的噩梦,情节如同死循环。多少次夜里像这样惊醒,冷汗涔涔。

她忍着隐隐的头痛望向窗外,目光散得像一盘沙。车窗玻璃上,映出一个年轻女孩苍白、迷惘的面孔,短发在风中凌乱地飞舞着。

车窗外,张家界的群山还没有醒来。拳头般的晨雾一团团扑在脸上,又湿又沉。

二

在农家乐小院放下行李后,刘苏开始在景区瞎逛。晨雾早已褪去,云在蓝天上层层铺开,淡白的阳光洒下来,山风凉爽。

四年中文系的大学生活,乏善可陈。沉默寡言的自己似乎都没有给别人留下太多印象,只有一位美术老师的评价还有点意思:无论是看人还是风景,刘苏同学的眼神好像永远停留在另一个维度,带着一种开辟鸿蒙的飘忽,与这个世界保持着奇异的距离。

中肯还是戏谑,倒也无所谓。实际上,因为健忘,那个北方的大学校园都已经在她记忆里消失了一大半。

好一个《阿凡达》的取景地。作为科幻迷的她,或多或少是因为这部电影才定下了大学毕业旅行的地点。

　　一座座秀美壮丽，形态各异的石柱峰拔地而起，插入云霄，好似身披绿甲青鳞的巨兽，喷吐着云雾。周围不时有操着各地口音的旅游团接踵而过，导游喋喋不休着许多牵强附会的神话传说。而刘苏的脑海里，此刻只穿梭着许多科幻电影中的场景。从磁悬浮峰到龙骑士，从龙骑士到《侏罗纪公园》，从《侏罗纪公园》到《夺宝奇兵》……

　　当思维已经莫名其妙地跳到了科幻小说《狄拉克海上的涟漪》时，眼前出现了一条波光粼粼的金色小溪。抬眼看看路边的景区指示牌——金鞭溪[1]。

　　时近正午，溪水金光闪闪，深浅不一的金棕色石头透出一股暖意。远处有游客在嬉闹戏水。她迟疑地停下脚步。这儿是个拐角，有错落的树丛掩映。她犹犹豫豫地解开了帆布鞋带，不时惊慌地回下四望，生怕有人出现。双脚提起又放下，放下又提起，反复几次，终于克服焦虑感，慢慢浸入水中。拉开背包，小心地拿出书来，将包内弄乱的零散物品一件件原封不动地码好，精确到每一个包里的口袋，每一个口袋里的隔层，每一个隔层里贴了标签的收纳袋……再检查一遍，才松了口气。

　　溪水清凉，周围静得只剩稀疏的鸟鸣。树缝中落下的光斑和溪水的反光在书页上来回跳动。她僵硬的身子渐渐放松，目光也柔和起来，似乎全世界只剩下这本《异乡异客》[2]。

　　多么熟悉！这种宇宙间永恒存在的……孤独感。

---

[1]　张家界著名景点。
[2]　美国科幻小说家罗伯特·海因莱茵所著科幻小说，讲述了一名火星来客在地球生活的故事。

太阳缓缓移动，周围的光线暗下来。未看的书页在渐渐变薄，直到一大朵水花"砰"地溅上来。

"对不起，水漂打歪了。"

看着这个卷着裤脚、刚刚从对面蹚水过来的男人，刘苏有点惊恐、有点恼。惊恐的是，她通常需要克服很强的紧张感才能和陌生人交谈；恼的是，她对什么都无所谓，只有书不同。

小时候，她和姐姐刘落各用一半房间。刘落那边用的是宝蓝色打底，朱红缠枝牡丹的壁纸，养的宠物是一只名为"zobim"的蜥蜴；刘苏这边的壁纸则是黑白色调，一片深邃安宁、雾霭沉沉的雪松林。她的宠物——说来奇怪，是一本插图版的《小王子》。

"《小王子》很乖，很安静。容易照顾。"四五岁的刘苏总是这么一字一句、慢吞吞地解释。刘落常常因妹妹对宠物的奇怪品位大笑不已，以致后来刘苏遇到烦心事，想听姐姐的笑声，就以"姐，我养的小王子……"这样的句子开头，最后整个房间都会充满刘落爽朗放肆的笑声，与墙上的缠枝牡丹一起热烈地绽放。

那笑声真有种魔力，能驱开童年所有的阴霾，直到……

那本《小王子》，锁在哪里了呢。十年，太多的细节都融化在了时间里。

因为不知怎么应答，刘苏只好闷着头擦书。看着书名和她心疼擦书的样子，那个人异常平静的脸上闪出一丝好奇，稍纵即逝。

"好书"。

他的语调很慵懒，带着隐隐的温柔。刘苏总算抬起头来。

一张陌生的面孔，线条清秀又硬朗。而且有种和年龄不相称的……奇怪的沉静感。

不知为什么，这人的眼神好像很熟悉。

"这个，赔你的书。"那人摸出一个灰灰的东西，看刘苏愣愣的，没有接的意思，犹豫了一下，放在地上，转身，带起一阵溪水的轻响。

他的背影，在弯弯曲曲的山路上渐渐缩成一粒沙，最终消失在半山腰的农家小院门后。

山风阵阵，半干的书页开始变得鼓鼓囊囊。

三

星汉灿烂。银河如同蘸了熔银写就的一笔潇洒书法。

刘苏在农家乐小院的天台吊床上轻轻摇晃。眼睛半眯着，望着星空。

夜深人静，旅客都已熄灯入睡，周围只剩错落的虫鸣。刚刚她又被噩梦惊醒，索性上来，让山风吹一吹头痛。

"打水漂"留下了一枚石头，准确地说，是一枚化石。

鸡蛋大小，质地粗粝，深灰岩石底色上浮着两尾形体相似的鱼。鱼头尖小，鱼身修长，带几分古意，层叠的鳞片清晰可辨，如同某些原始器皿上的阳文雕刻。两鱼首尾相接，神奇地呈现出类似八卦图的形状。

成对成双，相克相生。

如果是真品，对一本打湿的旧书而言，这补偿似乎多了些。

刘苏不安地盯着这枚石头。星光宛若深海，鱼看起来似乎在游动。

刚刚百度到，张家界在泥盆纪时期，竟是一片汪洋，因此山川之间藏着大量的海洋生物化石。

沧海桑田，这是一尾游过时间之海的鱼。

正在刘苏出神的时候，耳畔传来一个熟悉的声音。

"真巧。"

"?！……"

"科幻迷吗？"

"……好多年了。谢谢……你的化石。"

短暂的沉默。两人说话都颇有发电报的风格，惜字如金。

夜深人静，只有两张吊床在"吱嘎嘎"地响。好像气氛还不够尴尬似的。

带着几分好奇，刘苏忍不住打破了沉默。

"你也是科幻迷吗？《异乡异客》这种书，不是有很多人看过吧。"

"算是。尤其喜欢你看的那本。"

"原因？"

又是短暂的沉默。他的目光从星空移到刘苏脸上。

"孤独吧！"

一瞬间，万千星光都映在那双眼睛里。

醍醐灌顶，这熟悉的眼神，竟源自共同的孤独感。

她觉得惶恐。这眼神平静而锐利，像是一把刀，剥去了自己小心翼翼抗拒世界的层层盔甲；又像是一面镜子，映出了另一个自己。那个孤独、尴尬，时常躲在内心深处痛苦尖叫的自己。

这怪异的感觉，陌生又熟悉。好像一个苦苦追求又惧怕的梦境成了真。

不知为什么，刘苏觉得，他应该也能看出自己的孤独。

"要不要听听我的故事？不管你信还是不信……"

然后他用力吸了一口气，似乎不知如何说起。

接着，他的手伸了过来，伴着失常的心跳，刘苏的掌心传来轻微的敲击。

".. — . —. — — —"……

半分钟后,她回过神来。

摩尔斯电码。

"I、come、from、another、universe"

随着敲击,经过短暂的思考,刘苏一字一顿地念出声来。

听到这句话,他如释重负地松开了手。

"异乡异客。"像是自言自语般,他又轻轻重复了一遍。

我就是异乡异客。

"不好意思,这事很少对别人说。以前提过几次,都以失败告终。还好你懂得摩尔斯电码,否则……就没有勇气开口了吧。"他无奈地笑笑,似乎回想到了那些滑稽的场景。"而且,都是科幻迷的话,也许比较容易接受。"

难以开口,摩尔斯电码倒是个好办法。但对方也是科幻宅的可能性有多大呢。

虽然不信他的说法,然而带着开玩笑的心态,刘苏想听听他如何自圆其说。

"我来自另一个平行宇宙。就称为 A 吧!这个世界称为 B。两个世界最大的差异,是 B 的时间线比 A 推后三百年,科技水平也同样先进三百年。B 世界对平行宇宙的理论研究,大概二十年前取得了突破性进展,几位理论物理学家连续几年摘走了诺贝尔物理学奖。虽然肉体传输仍然难以实现,科学家却在量子纠缠理论的基础上,将跨宇宙意识传输推进到了试验阶段。"

他慢腾腾地,不带感情地描述着。

"量子纠缠?"

"特定情况下,次原子的粒子们,例如电子,同时向相反方向发射后,在运动时能够彼此互通信息。不管彼此间距多远,一微米还是一光年,它们似乎总是知道对方的运动方式,在一方被影响而改变方向时,双方会同时改变方向。在你们的 B 宇宙,也有几乎一样的研究。"①

"但是根据爱因斯坦的理论,没有任何通信能够超过光速……对了,你们那儿有爱因斯坦吗?"

"有,不过他爱拉的是大提琴而不是小提琴——也有相对论,和这儿都差不多。但相对论不适用于量子纠缠。再具体的我也不太清楚,毕竟只是古生物学专业的研究生……说到生物学,你知道有些双胞胎会有类似心电感应的能力吗?就算距离很远,也可以感受到彼此的喜怒哀乐?"

一股强烈的感情涌上胸口。良久,刘苏才低低回应:

"嗯。"

"这就和大脑的量子纠缠效应有关。实际上,对双胞胎的心电感应研究,也是 A 宇宙生物量子计算机的突破点,这项技术解决了意识传输硬件设备的难题。简言之,各种动物试过之后,卡在了人体试验这一关。"

"法律问题?"

---

① 一九八二年,巴黎大学由物理学家 Alain Aspect 所领导的研究小组曾对此进行过相关研究。

"哼，不止。法律、科技、伦理、道德、医学搅成了一锅粥。各国表面唇枪舌剑，背地暗潮汹涌。最后由联合国出面，出台了相关人权法律，成立了著名的"M"计划，包含了"Multiverse""Membrane""Matrix""Magic""Mystery"①等诸多含义，面向全球招募志愿者。我就是其中之一。两年前，在经过古生物学、社会学、心理学等方面的严格培训后，通过生物量子计算机，对大脑进行了精确到量子级别的扫描复制。然后通过某种传输设备，在 A 宇宙中的我的全部意识就传输到了在 B 宇宙中的我的脑中。"

刘苏努力地消化这一切，还好他的语速够慢。他麻木虚无的语调有种奇特的说服力，让人不得不认真考虑整件事在逻辑上的可行性。

"那么……实验前后，对这两个宇宙的你，有什么影响？"

"在 A 宇宙中的我，由于量子纠缠，能够不断收到在 B 宇宙中的我的所见所闻，需要配合计划，进行脑部定期扫描。一切的信息——遵循蝴蝶效应②——哪怕只是日常琐事，也有极大的研究价值。当然也有特定无聊的科学任务，比如通过化石，对比两个世界生物进化的差异性——这是我的专业，也是我来张家界的原因。而在 B 宇宙中的原来的我，可怜，虽然肉体毫发无伤，但意识被精确到量子级别的复制意识完全替代，彻底灰飞烟灭——就像做了全脑交换手术。"

他的语调一直冷漠而平板，透着一丝疲倦。

---

① 意为"平行宇宙""膜""矩阵""魔术""神秘"。前三个是物理学与数学术语。现当代物理学界有类似的"M"理论，结合了所有超弦理论（共五种）和十一维的超引力理论。
② 蝴蝶效应，指在一个动力系统中，初始条件下微小的变化能带动跟整个系统长期巨大的连锁反应。

"而且,你知道这个计划最有意思的地方是什么吗,好好想想。"

沉默了半晌,一丝寒意浮上心头,直漫到四肢百骸。

"你回不去了?"

他冷笑一声,以示肯定。

这个世界,没有机器猫的任意门。

一面单向的镜子,一个过河的卒子。一个丧失自我的副本、一缕游荡在两个宇宙之间的孤魂野鬼。最可笑的是,这不是迷信,是科学。

"来到这里两年,常想,我是谁,从哪里来,到何处去。后来发现,这哲学上的一系列终极问题,对我来说都是扯淡。现在的我就是个该死的入侵者,杀人犯,还他妈的是个盗版。两个世界的我,都是被操纵的人偶而已,哈哈。"

他的冷笑声简短而干脆。广袤星空下,如同几根渐渐扯断的琴弦。

多少次,在黑暗中,哭不出声的刘苏能回应这个世界的,也只有这样的冷笑。

关山难越,谁悲失路之人;萍水相逢,尽是他乡之客。

"我……有一个双胞胎姐姐。有过。

"父母早逝,我们一直住在亲戚家。她是我的亲人,朋友……镜子中的自己。我们之间,就有那种心电感应。她在学校弄伤手,我的手一整天都会疼。十年前,她在海边……溺水身亡。我大病三个月,在鬼门关绕了一圈。"

没说出口的是,从那以后,一向寡言的自己更加内向;

焦虑、自闭、强迫症、社交恐惧、噩梦连连。一切都源于丧失自我的孤独感。心理治疗一年多,才能适应大学生活。

"姐,你在另一个宇宙里吗?"

两人都没再说话。

凉风渐起。星空已经在泪水里变得模糊。好像一面变形的镜子。

他从旁边的吊床上伸过手来,微微颤抖着,似乎不知该怎么安慰。两人冰冷的指尖相扣,缺少爱情应有的温度,却多出几分相依为命的绝望。

有生以来第一次,刘苏也从另一个人那里,感受到这种尖锐、尴尬、无可名状又栩栩如生的孤独感。

泪水终于落下来,由哽咽,到放声大哭。

能哭出声的感觉真好。

四

清晨,细雨霏霏。湿气形成的雪白色浓雾一直漫到半山腰的农家小院。青山云海,宛若仙境。

"你叫什么名字?"

他沉默了几秒,没有直接回答。

"以前总觉得,只有那边才是家乡。渐渐接受回不去的现实,就反复对自己说,我只是从 A 来到了 B,一遍又一遍,催眠似的。好像'家乡'这个称呼,真有这么重要。白天我努力走遍各地,去看两个宇宙都有的熟悉的风景,想转移自己的注意力,试图把这一切和记忆重叠在一起,去寻找归属感。可一到夜里,还是像吸毒一样望着星空。"

刘苏没作声。她突然想起了一件儿时琐事。

一个同学全家出国旅游，将一只两个月大的名为"毛球"的哈士奇托付姐妹俩照顾。刘落整日"毛球毛球"不离口，宝贝得无以复加。刘苏虽然也很喜欢这只狗，却一直抗拒着不叫它的名字。姐姐几次逼问原因，她只好直言：反正也留不长，干脆省了名字，免得叫出感情，送走时难受。

"你怎么这么冷血啊！"刘落义愤填膺。

最后送走时……刘落痛哭流涕，刘苏默默地递上纸巾。

这一切，是否只是安慰剂式的自欺欺人呢。

"你可以叫我十八。'M'计划里的编号。"

"那么，你可以叫我爱玛侬。《回忆爱玛侬》。[①]"

两人对视一眼，心照不宣地笑了。好像看到了另一个倔强、冷淡、古怪的自己。

"人体细胞，几乎七年就要全部更新一次，而记忆，也在不断新陈代谢；一波一波，就像狄拉克海上的涟漪。昨天的我，还是今天的我吗？能确定我们在这个宇宙中永恒不变的坐标，根本就不存在吧！"

"就算你穿越宇宙，迷失了自己，还是拥有个体独特的生命体验。与那个世界的你不同的体验。很多难以描述的瞬间和情感……不管有没有遗忘，都构成了你的坐标"

---

① 出自日本作家梶尾真治所著科幻小说《回忆爱玛侬》。女主角自称爱玛侬，谐音 emanon，是英文 no name 倒过来，讲述的也是一男一女在旅途中短暂相遇的故事。分别时，女主角亦没有留下真实名字。

这个世界的你,遇到过我。真实的我。

他没有回答。

一瞬间,连刘苏自己也觉得,这虚弱的安慰,如何能填平两个宇宙之间的沟壑。

突然,像表演莎翁舞台剧似的,他在细雨中抬起头,念着:
"我曾目睹战舰燃烧于猎户星座的肩膀;我曾目睹C射线闪耀于唐怀瑟之门近处的黑暗。这些时刻也终将消融于时光之中,如同雨中的泪水。"①

会有这一切吗,在另一个宇宙。三百年以后的宇宙。

他的姓名、年龄、家庭,参加"M"计划的原因……能被这个世界定义的标签,刘苏几乎一无所知。

只知道,虽然你的语调总是平板得不带感情,上唇的线条却弯得像丘比特的弓。

这一切,会传到另一个宇宙吗?或者又只是一个玩笑呢。

不知怎么,刘苏眼前出现了一群世界顶级科学家撅着屁股,大

---

① 科幻电影《银翼杀手》台词。

惊小怪地研究此情此景的荒唐画面。

细雨不急不缓地落着。

仿佛约定好的,谁也没有开口交换联系方式。

萍水相逢,正适合两个无根的人。

这样最好。

"那么,再见了。"

他有些局促地笑笑,背起背包,走了几步,迟疑一下,又回过头来。

抬起右手,冲刘苏做了个史波克的经典手势。

Live long and prosper.[①]

于是,刘苏最后的印象,仍然是他的手指。

修长、凉滑。

和张家界的星光、细雨,重叠在一起。

---

① 出自经典科幻小说、电影、剧集《星际迷航》,史波克为其中人物,性格冷淡理智。

404之见龙在天

SHE·凌　晨

　　龙的目光清澈，在它眼睛中是我渺小的身影，如此渺小的人类，怎么可能理解宇宙的奥秘？

2017年4月2日　农历三月初六　宜祈福　忌出行

1

　　凌晨时分。

　　我抽完烟，回到键盘前，信心十足敲击出一行文字："老子的墓志铭就是，我还会回来的。"经典台词，霸气十足，怎样，怕了吧你们！

　　读者群里一众90后00后顿时笑晕，表情包在二十七寸的显示器上乱飞。

　　"大叔，你太落伍了吧？"有人好心安慰我，"《终结者5》票房很差啊，阿诺肯定回不来了！"

　　"靠，老子就要在墓碑上刻这句话，到时候你们来查！"我咬牙切齿。萝莉和鲜肉们顿时哑口无语。

半晌才有人怯怯发言:"大叔,我三表舅家墓碑均采用上等大理石制作,价格优惠,上门定制,您要的话,表舅给您打七折。"

我彻底败了,愤恨之极,对突如其来的电话丝毫没有了君子风度,大声吼叫:"吴妮你这鬼话题!搞什么墓志铭征集活动!"

"我也没办法啊,这年头微话题不够劲爆都没人点击,清明节嘛。"电话那头吴妮对吼,她随即笑道:"怎么,你被广大粉丝羞辱了?"

"切,怎么可能?就是觉得无聊。"我辩解。

"掺和这个话题的你比话题更无聊。"吴妮嘲笑,随即语气一转:"前进,有大新闻了。"

我立时正襟危坐,对一个记者来说,"有新闻"这三个字简直就是冲锋号角,让我精神亢奋,意志坚强,哪怕躺在坟墓里了也要坐起来奔赴前线。但我并不会由此丢弃明辨是非的能力,我提醒吴妮:"拉倒吧,就你一跑娱乐口的八卦婆姨,你能有什么大新闻!"

"真是大新闻,错过了可别怪我。"吴妮北京大妞,说话办事爽利痛快,绝不拖泥带水,"叫上钦佩,到G9高速公路起点来。"

"关于什么的?价值不大我让实习生去。"我扫一眼沙发上连包装都没有拆开的蓝光碟片,清明假期留家看鬼片是多好的安排啊!

吴妮沉默了一秒,非常非常严肃地说:"有一条龙,正在高速公路上散步。"

2

钦佩是我们报社专职摄影师,技术不好评价,但人从不耍大牌,二十四小时随传随到,工作原则是"要我拍我就拍,别的我不管",因此深受同事喜爱。就这么一好人,被我从《辐射4》的世界中揪出来也没怨言,听到要去拍一条龙的时候却炸毛了:"龙!天,我要拿什么镜头？还有灯……我得回去！"手忙脚乱得像个要见公婆的小媳妇。

"回去干吗？吴妮的话，你还当真了？"我笑，递给他一支烟，"不是喝醉了就是看花眼了。你以为会有龙？"

"那……我干吗去？"钦佩实心眼地问。

"拍摄啊！总能拍点什么。"我说，"清明小长假第一天，免费高速公路堵车什么的，科技新闻没有找社会新闻呗，或者就拍吴妮同志，歌颂她放假仍不忘工作的敬业态度。"我说到这儿不由得心生怨念，吴妮你外出踏青为啥不叫我呢你太无情无义了……

钦佩不再争辩，乖乖爬上我的大 Jeep 车副驾驶座，路上就问了我一个问题："龙，应该是爬行动物吧？这得我师哥来，他是生态摄影师，最擅长拍蜥蜴了！"

我给了钦佩一个大大的白眼，教育他："龙是虚拟生物，懂不！"

3

二十四分钟后，我的车狂奔到 G9 收费站。吴妮的红色标致 308SUV 就停在站口外路边。她披一件银白风衣站在车前，风姿不仅绰约，而且还很妖娆。

"不是说建国后妖怪不许成精吗？"我笑，"怎么还是让你钻了空子？"

"呸，我好心给你成名机会，你别狗咬吕洞宾！"吴妮瞪我。

我摇头："名咱不稀罕，只要事实。话说，龙在哪儿啊？"

此时，正是夜晚中最黑暗的时刻，城市的灯光被收费站阻拦，高速公路上只剩下伸手不见五指的黢黑。我和吴妮的两辆车都打开了大灯，也只能把十米直径内的世界看个大概清楚。偶然一辆车子经过，公路上的反光板便闪烁几秒，然而这对环境照明并没有什么用处。站这地方，我看不到任何非人生物的存在。

吴妮递给我一副眼镜："我从大张那儿拿的。"

大张乃我报社第一线人兼职民间科学家，主要研究领域是那些"我不说你绝对不知道的地方"，和我、吴妮关系不错。

"叫你别跟大张混，惹了他那母夜叉的老婆小心给你毁容。"我戴上眼镜，眼前顿时更黑了，"这什么破玩意儿，大张忽悠你用。"

"3721，十一点钟方向，三千五百米。"吴妮不慌不忙对眼镜下达命令。

眼前的黑暗中忽然出现一片淡淡的灰色，正以二十迈的速度从容不迫移动着。那灰色的轮廓，吴妮再有丰富的想象力也无法定义为别的东西——那就是一条传说中的中国龙，长长的躯干顶着大大的头，头上有角，头下部飘动长须，躯干下方还有四只短腿。看不清躯干上的鳞片和头上的眼睛，但不知为何，我能感觉到这家伙身上鳞片在抖动，眼珠子在滴溜溜乱转，似乎对这世界有无限好奇心。一辆轿车驶上高速，穿过龙的身体。我不由得打个寒战。但车和龙各行其是，彼此之间没有产生丝毫影响。

"哪儿有什么？哪儿有什么！"钦佩着急，恼火无物可拍，也好奇我脸上流露出的诡异表情。

我把眼镜递给钦佩，问吴妮："这不是红外夜视仪，是什么？"

"大张说还没想好名字，反正是一种全波段辅助视觉系统。"吴妮洋洋得意，"看见龙了吧？"

"看见个鬼！"我好不恼火，"那东西到底是什么？我不是问它像什么，我是问它是什么！"摘下眼镜，十一点钟方向，三千五百米外，依然是浓得如墨的黑暗。竟然会有一条龙在那里溜达？一定是这眼镜在捣鬼!

这时候钦佩显示出他处变不惊的职业素质,他拍拍我的肩膀,温和地说:"别急,别急,我们开车过去一探虚实。"

我咬牙:"没什么用,你拍不到龙。"

钦佩笑了,是那种对自己的职业技能有百分之百把握的自信笑容:"那可不一定。"

4

天亮了。

我做了个奇怪的梦,梦到一条龙从动画片中跑出来,在高速公路上散步。那部动画片,是《大圣归来》吗?我不能确定。

"前进!"有人叫我。我睁开眼睛,眼前是钦佩追求艺术感的胡须脸。他松了口气,欣然道:"你终于醒了。"

我跳起来,但头立刻碰到坚硬的物体,将我弹回座位上。我依然在车里,坐在驾驶座上,副座上是我的摄影师钦佩,后座上有个人正埋头捣鼓什么东西。

有个人!

我伸手拽住这个人的衣领子,毫不客气:"大张,你这家伙终于来了你!"

"来了好半天啊!你睡得像头猪。"大张说,"钦佩都和我说了。"

"吴妮呢?"我四处张望。

"现在,恐怕已经到温泉度假村了。"钦佩回答,"她说不能为了一条虚龙舍弃难得的假期。"

"虚龙?"我揉揉眼睛,意识还是有些模糊。

钦佩提示我:"你给起的名字。一条不在可见光范围内的龙,我们看不到也感觉不到,所以你叫它虚龙。"

是的,虚龙。我们驾车穿过它的躯体,它没有任何反应,我们也没有任何感觉。依靠大张的仪器,我们不但看清楚了龙的模样,还得到了龙的基础数据——长八点三五米,直径一点二一米,这是个大家伙!

我们回到收费站,百思不得其解,我急召大张前来解释。吴妮告别我们继续她的旅行。我和钦佩坐在车里等大张。我异常困倦,头一仰就睡着了,完全失去了意识。

"你怎么没睡?"我问钦佩。

"我睡了一小会儿。后来就睡不着了。"钦佩说,"想到一条龙就在那里,还是有点兴奋啊。"

"兴奋个头,那家伙还在吗?"我问。窗外是干净清爽的早晨,高速公路笔直宽广,伸向蓝色的天边。天地之间,丝毫没有一条龙的踪影。

钦佩摇头。我看向大张:"喂,你那眼镜不会没有录像功能吧?"

大张哼哼:"当然有了。但录下的是这个。"他让开身子,我才看清那副眼镜连上了笔记本电脑。电脑屏幕上,波形闪动,记录下来的,却是一段高频电磁波信号。

"龙呢?"我问,立刻招来大张和钦佩两人的鄙视目光,我彻底清醒了,忙做恍然大悟状:"噢,你的眼镜有成像功能,原理就和热成像仪差不多。"为了显示我仍然是一个跑科技口的专业记者,我追问大张:"那是这条龙发出的电磁波让你收到了,还是电磁波们组成了龙的形状?哪种情况比较靠谱?"

大张回答:"宇宙至大,包含无穷。亿万年的时空,龙会发出电磁波的概率,与电磁波们组成了龙的概率,都差不多。"

这答案真是无比正确。"好吧,"我不依不饶,继续问:"万物有始有终,不管是发波的龙还是成龙的波,它到哪儿去了?"

大张脸上的表情像是便秘了好几天,特别纠结,他看看电脑,又看看我,再看看电脑,再看看我,低头抬头十七八次,才叹息道:"我不知道。"

"靠!"我连骂的气力都没有了,眼看着龙就是一梦,凌晨的经历原来只是个幻觉,我是该嘲笑大张呢还是嘲笑自己?

"我追踪不到它。这个信号,我需要研究。"大张说,"你们没有别的发现?"

"都可见光外了,你指望我们肉眼凡胎能有什么发现?"我冷笑。

钦佩却打开相机,调整照片,得意道:"我拍的。"

照片上是高速公路的一段护栏,护栏上一道蓝色弧光,微弱而迅即,弧光中,清楚地包含一小块生了青色鳞片的肌体。

"我的天啊!你怎么做到的?"我几乎要拥抱钦佩。从今而后,谁要小瞧他的技术我跟谁急!

"强曝光加广角镜头,连续拍摄。"钦佩说,"这是一张大照片上的一个局部。"他把整张照片放给我们看。那是我们走进龙后,停下车子,用眼镜四处搜索时,他仔细拍摄的许多张照片中的一张。

"那道弧光是什么?"大张问我们。

"是……"我回答不上来,电话铃恰好响了。

值班主编的声音好像着了火:"前进,你小子快带钦佩给我滚回来!"

"怎么了?我早饭还没有吃呢!"

"怎么了?有人爆料!"主编那边拍桌子,吼叫:"他看到龙了!"

5

爆料人是个三十岁左右的眼镜男。我们一行三人风风火火冲进主编办公室时，此人正在主编面前手舞足蹈讲述他的清晨奇遇，手指头差点戳到值班主编鼻尖："我每天骑十五分钟电动车去坐地铁首班车，四点四十八分到达地铁，五点零一分地铁列车进站，五年了，我每天都踩这个点，绝对不会错。所以，我是在四点四十八分到五点零一分之间看到它的，你明白吗？那个时候我在进站，但我看到了它。那个时候乘客加地铁工作人员不到十个人，但只有我看到了它！"

"哪个车站？"钦佩问。

"十七号线起点站，郭家堡，我住桃园新村。去地铁站的公共汽车首发车五点二十，我要坐这趟车铁定迟到。所以我从来都是骑车去地铁站，四点四十八分到达地铁，坐五点零一分的地铁首班车。我在市府路那边上班，要坐二十七个站。"爆料人回答。

"说重点。龙！"我吼叫，"你来这儿是爆料拿赏金的，不说料就滚！"

眼镜不慌不忙反问我："爆料要真实，真实才有价值，对不对？"

大张一步跨到眼镜男身后，凭借一米八五的身高优势咄咄逼人："龙！它在哪儿？什么样子？"

眼镜男顿时蔫了，满脸委屈，嘟囔："我，我好心爆料，要不我就报案了……"

主编好言相劝："那你倒是说龙啊，说半天了我都没明白你看到了什么。"

"我昨晚上睡得很晚，没喝酒，没吃药，精神正常。"眼镜男拍拍胸脯,"我真的看到了!"

"什么呀?"我、钦佩、大张和主编异口同声问。

"龙头,龙爪子,龙尾巴头,在空中闪,绝对不是我的幻觉。神龙见首不见尾啊。"眼镜男信誓旦旦。

"证据呢?"我质问。

眼镜男打开手机,照片上都是糙点,什么也看不清。他还辩解:"我照相了,但照出来就是这个样子!"

主编打呵欠,通宵值班的他有点熬不住了,他问我:"前进,你怎么看?"

眼镜男十分紧张。

我用华为 Mate 9 手机打开智能网络和投影功能,墙上立刻出现我们城市摊煎饼样的地图。

"两点四十分我们在 G9 发现一条虚龙。四点四十八分到五点零一分之间郭家堡也出现了一条形迹可疑的龙。如果这两条龙是一条龙,那它从 G9 到郭家堡用了三个小时。"随着我的声音,红色箭头在地图上不断延伸,沿着六环路绕行城市。

"这条龙似乎在寻找什么"大张说。

"何以见得?"主编问。

"现在不是讨论龙的时候,"我提醒众人,"如果这条龙还在动的话,用不了多久就该有人去《每日快讯》爆料了。爆料的人会越来越多,我们在此事上的先机将丧失殆尽。"《每日快讯》可是我们《晨报》的死对头。我一拳砸在主编的办公桌上,做悲愤状:"同志们,热搜头条本来是我们的。"

"你的意思是……"主编被我说得有点找不着北,挺虚心地问。

"我们发消息,全城找龙!这是清明小长假我们报社推出的微活动!"我强调。

"活动?"钦佩完全理解不了我的意思,"可那龙,不是我们报社的啊。"

"它是谁的不重要!重要的是,我们发现了它的存在,我们有第一手的消息,我们!明白吗?"我再次强调。

主编脑子转过来了,困意顿消,起劲儿鼓掌:"不错的主意,前进,那就赶紧忙起来。你写个文案,拉出流程单子,需要人力物力尽管都列上。我马上找总编室,找社长。钦佩,你配合下。大张,事关重大,你多协助。"主编说着就往外走。

眼镜男焦急地问:"那我呢?"

主任很和气地握住他的手:"你得留下,你是第一个报料的人,非常重要。误工费、报料费、车马费一起算给你。"

"那就好,那就好。"眼镜男放下心来,"我愿意协助你们。龙是珍稀动物嘛,得爱护。嗯,你们能不能先把误餐费发了?我还没有吃早饭……"

6

别说早饭,一直到中午我都没吃上东西。会议室成了报道中心,六个实习生听我使唤——他们给大张建好了技术平台,联络各种相关人士,分分钟更新网络平台,接听热线电话,搜集信息,绘制龙的踪迹图,忙得团团转。我看着这些年轻且生机勃勃的面孔出出进进,随时和要闻版、社会版、文化版、科技版的栏目主编在线沟通,心里很有满足感,找龙这事儿确实比看鬼片有趣多了。

吴妮走进来,怒气冲冲:"前进你这烂人!我好心给你大新闻,你却把我从温泉召回来,你有病吧你?"

"我吃药了。"我回应,"必须找你!下午两点钟有四家电视台和三个网站来作采访。总编指定你做发言人。"

"那条龙?你把事情做大了?"吴妮接过我递上的茶,漂亮的眼睛中闪过兴奋的光芒,她和我一样都是看热闹不嫌事儿大的主。

"就是那条龙。要闻版在跟踪龙的发现,社会版在现场采访各位目击者,文化版已经约了几位民俗专家谈龙文化。科技版,就他们最忙,和大张一起组建了分布计算网络,正动员全世界的宅男们加入龙形波的分析计算。"

"龙形波?这种名词你也发明得出来。"吴妮笑得见眉不见眼,"引力波可是动员了一千多位科学家分析了四个月!"

"但我们的信号比引力波要强,而且出现的次数越来越多,也越来越清晰。"我把吴妮拉到大屏幕前,城市的电子地图上亮了许多小红点。"这些红点都是龙出现的地方。你看它们越来越密集了。"

"密集?到处都有龙形波?"吴妮有些疑惑:"大张制造了很多台全波段观察仪?"

"不,不,没用仪器观测。肉眼,肉眼看到了。"

吴妮看着我。我认识她很多年了,但被她大大的眼睛盯住的感觉还是很不自在。

"你的意思,它可以看到了?那它是实体了?有血有肉了?"

"到现在为止,还没有人看到它的全部,但确实,它在实体化。"我说,调出一张图片,龙的大体轮廓已经清晰,"我们就像拼图一样把各个目击者看到的龙拼在一起,现在这条龙的完成度已近百分之七十五。大张估计它在晚上就能全头全尾在城市中游荡了。"

吴妮甩甩她海藻样密集的长发,皱眉头:"我要这么和电视台的人说吗——诸位观众,今晚本市将出现一条真龙,请不用聚集围观,也不要随意投喂食物。"

"可以啊,这随你。必须说的话在这里。"我把一张打印纸递给她,"文本已经发你手机了。其他你就自由发挥吧。"

"凌晨时候,龙还在可见光外只是一段波。现在,八个小时后它就开始实体化了,能看见了。它怎么做得到这个?"吴妮感叹,"太不可思议了!对了,"她凑近我,好奇的表情中有点小邪恶:"你想过没有,龙实体化了后吃什么?"

7

龙吃什么?这个问题我压根儿不用动脑子,它稍加语言包装就变成了可口的鱼饵,扔进某某和某某和某某网站(我不能说名字,以免广告嫌疑,你懂的),立刻会有大批考据党、博物学者以及不睡午觉观光团自愿贡献脑力。都不等吴妮化妆完毕,实习生便已甄选出了四十八个答案并且编辑成趣味台词打印好了送到她面前。

吴妮扫了一眼答案,笑:"只要不吃我就好——这就是最佳答案?"

"肯定最佳。"我说,"在这欢乐的节日里不宜制造恐怖气氛。"

"欢乐你个头。"吴妮瞪我,"明天寒食后天清明,全民扫墓祭祀的日子你来谈娱乐?"

"死亡未尝不是一场喜剧。太严肃了影响身体健康。"

"哼哼,看这些答案,2龙只吸收天地灵气日月精华,3龙是杂食动物,4龙喷火因此体内有嗜吃石油的细菌,5龙最爱吃马!"吴妮念到这里,笑得喘不上气。

我制止她的失态,告诉她:"这个倒是有根据,《西游记》里小白龙就是吃了唐僧的马才变成了马,东汉王允的《论衡》里也提到过龙吃马的事情。"

"那我要在台词中加一句,请东郊各赛马俱乐部重点防范。"

"随你。记住控制好场面,保持采访者的兴奋度,还有,摄像师拍你最漂亮的角度。"我交代几句,就把吴妮交给新媒体部主任,一溜小跑回到会议室。

会议室门口,站着两个等高等瘦的黑夹克板寸头青年男子,胸前还别着徽章。总编大人唯唯诺诺站在一旁。我的心脏顿时停跳了半拍。有关部门这就要插手了吗?

"我好了!"大张提了电脑包走出会议室,招呼那两个青年。

我连忙上前拦住他:"你要去哪儿?"

"国家高能物理研究中心。"大张说明,"他们又想起我了。"

"那这儿怎么办?"

"我们线上联系,别担心,龙的任何消息《晨报》还会是首发。"

我凑近大张耳朵,压低声音问:"你不是民科吗?主流学术圈怎能看得上你?"

大张笑:"流落民间你就真当我民间科学家了?我在中心呼风唤雨的时候你是没看到。"他也拿出个徽章别在衣领上,看我傻愣愣的样子,拍拍我的肩膀:"这是盖革计数器,测量辐射强度的。我要忙起来了,运气好的话晚上找你撸串,还是小羊圈胡同那家烤吧!"

"运气不好呢?"我乌鸦嘴。

"那就得通宵达旦守机房了。对了,中心已经联络了繁星一号,排名世界第一的超级计算机,一起破解龙形波。"大张吹口哨,"这可是个大事件,你小子就偷着乐吧!"

我还想说什么,大张已经在那两个青年一左一右的陪伴下,扬长而去了。

8

缺了大张的会议室有点冷清,爆料眼镜男留下电话和爆料视频后消失了,钦佩则赶赴目击点拍照。我终于能坐下来喘口气,喝茶吃饭打瞌睡,但一股子兴奋的情绪在我血管里窜动,让我没法子安稳待着,脑子里不断回放今天的经历。

我们在发现龙四个小时后放出了第一条消息,标题必须耸人听闻:"活龙在本市出现,绝对令你震惊的消息!";内容却要简单明了,强调参与性:"真是活久见!你想不到大自然还会做出什么事情!一条真龙正潜入我市。如果你看到它的任何踪迹,都请告诉我们。你会得到红包奖励,以及与这条龙近距离接触的机会。"

这条消息看上去商业广告气息十足,不会引起大众的恐慌和惊诧,而且很给龙拉好感度。

二十分钟后,第二条消息以转发加评论第一条消息的形式放出:"是什么样的龙说清楚。红包谁不想拿但这要求准确些不难吧?我楼下卖的龙形馒头你要不?"

然后才发爆料眼镜男的叙述,以及他的手机图片。图片经过了处理,使那些糙点中模模糊糊出现了龙的影像。

接下来就看朋友圈的转发速度了,等待人民大众添砖加瓦,给这些消息插上飞翔的小翅膀。

整个上午,我和众同事协作分工,有的做传播流程,有的做技术准备,有的紧盯大众反馈,随时调整随时跟进。精神高度紧张,可也很爽——那种掌控引导舆论方向的快感无与伦比。

爆料眼镜男的"强调真实"此时起了作用,网友居然有耐心看完他长达九十秒的爆料视频。在这个视频传播率达到峰值的时候,第二个目击者出现了。这人丝毫没有爆料眼镜男的镇定,无论是文字还是语言都凌乱得一塌糊涂,实习生和我花费了好几分钟才明白了他的意思,他被吓坏了:"为什么龙在地铁里那么多人只有我看到了,我是不是有什么特殊之处,会不会变身,要承担拯救地球的任务吗?妈呀,好紧张!"

我叫实习生回答他:"天将降大任于你,必须时刻准备着。"

龙在地铁里。

地铁车厢中挤满上班族,或打瞌睡或看手机或吃鸡蛋灌饼,只有一个人无所事事将目光看向车窗外。窗外是隧道铁灰色的墙壁,时不时出现一组色泽艳丽的广告。这个人试图背诵广告上的电话和网站,既锻炼记忆又打发时间。忽然,广告被一层灰色覆盖。灰色停留了一两秒,便没有了踪影。灰色再次覆盖上来,很长一条,隐隐的,有巴掌大的鳞片闪动。灰色尽头一颗硕大的头颅轮廓,眼珠子黑得明亮清晰。这个人条件反射,立刻举起手机拍照,上传朋友圈时,他看到朋友圈中转发的《晨报》寻龙活动告示,哆嗦,再向窗外看,那灰色正在向前移动,如波浪微起伏,分明是一条龙正蜿蜒飞行。

这就是第二个目击者的故事,他很幸运,不但得到了我们的第二现场目击奖金,还让我永远记住了他那兴奋的独特颤抖声音。

龙出现在地铁六号线动物园站到市场站之间的地铁隧道中,离十七号线起点站郭家堡站直线距离二十七公里。龙在两个小时中才走了这么点路,挺奇怪的。

当时大张很担心龙会引发地铁事故。据他计算,组成龙的高频电磁波携带的能量虽然不强,但在电力网密布的地铁隧道中到处窜动,很难说不会发生意外。

还好,第三个目击位置在城市西南的水上公园,龙或者龙形波已经钻出了地铁。随后,目击报告就潮水样涌进报社。公布的电话、网站、移动终端,全部被或激动或怀疑或好奇或神经的目击者们占据。

"幸好龙今天出现。"同业群里《每日快讯》的人对我开嘲讽模式,"搁昨天四月一日谁都不会理你。"这个群里的各路媒体精英都认定龙只是一个噱头,是老掉牙的历史灰尘,但不得不承认我们应用巧妙。中午时找龙这事儿就上了省级电视台的时事新闻,晚上还会在新闻评论做专题。这是逼他们也要满城找龙的节奏。

"我们报道你们的这场闹剧。"《每日快讯》的人说,附赠我一套"鄙视"系列表情包。

呵呵,事实在那里,我不用多解释。我只回答他:"我就喜欢看你不喜欢而又不得不和我一起建设社会主义核心价值观的样子。"

我走到电子地图前,龙下一步会去哪里呢?G9,郭家堡站,动物园,水上公园……这些地方有什么共同点没有?为什么龙会在这里和那里出现?为什么……为……

"我要全市管道分布图,电网分布图,商业网点分布图,地铁线路规划图……"我冲实习生喊,一口气说了七八种城市信息图,实习生脸色都变了。我才意识到这些事关城市生存的图纸别说他一个实习生,就算总编出马也搞不到。

"吴妮,赶紧给我想办法。"我急电求助。

吴妮那边手机信号不好,她用微信告诉我,她在省电视台准备直播,正和主编、新闻评论栏目导演、主持以及特邀嘉宾讨论直播内容。

"找大张,找他!"吴妮提醒我。

大张的电话更是干脆不通,微信也不回我。

钦佩忽然出现，他嫌传图太慢，索性亲自跑回来送照片。他已经拍摄了几个G的素材，拷贝了十七位目击者的图像资料，自己也拍到了龙！

"太神奇了。前进，你应该到现场去看看。"钦佩将硬盘递给实习生，接过一杯茶，大饮一口："好茶！"

"那是，明前茶，贵如金，何况是清明前的顾渚紫笋茶。我在家给你坐镇指挥，你才好前方冲锋陷阵。你去这些地方，有什么共同点吗？"

"共同点？"钦佩思索，"你是想归纳一个规律，好预测下一个出现龙的地点？"

我打个响指，赶紧夸赞："答对了。有吗？"

"好像还真没有什么，公园工厂学校医院，都有目击者，它……"钦佩忽然不说话，跑到电子地图前，伸手丈量长度。

我说："它的行动越来越慢，如果找得到规律，你可以等着它出现。"

"那样当然最好。要是能拍到它完成实体化的那瞬间，"钦佩满脸憧憬，"我死而无憾了。"

"必需的，你必须得拍到。快想快想那些地方有什么，一条龙不可能随随便便在城里溜达。快想！"我催促。

钦佩看着地图，我也看着地图，同时陷入了一种无序的思维之中。

"变压器。"大张的微信回复到了，只有三个字。

9

G9起点附近布满高压电塔，十七号线起点站附近布满高压电塔，动物园附近有大型变压器，水上公园附近有大型变压器……龙顺着电线流窜,变压器是它的最爱。它起初在高频区,随后又在低频区,波长频率始终不能稳定,它似乎是在吸收电能,又似乎是在通过对电网的盘查检查全市的能源供给状态。

这真是一条任性的龙。

但我们没法子报道这条龙的科学属性。找龙在新闻评论后演变成了全城行动,所有小长假待在家里的人都响应媒体号召,拿了手机和平板电脑走到街上。这时候报道龙的行踪已经失去了新闻价值,找龙演变成了一个娱乐事件,彻底脱离了我的工作范畴。

我的工作就只剩下给龙一个科学标签,可这不是我能掌控的工作节奏,得等上面给权威说法。

所以我依然去了小羊圈胡同的烤吧撸串,每晚八点烤吧吃饭是我人生不多的乐趣。

大张没来。这在我意料之中。上面不会那么快就给龙一个合理的科学解释,还得让龙在城里飞舞一阵子。

肉串和烤馒头片刚端上,吴妮就来了,真是嗅觉高度发达的女人。她又累又饿,已经路人粉转黑,对龙心生厌烦。

"为什么是我第一个看到它了呢?我要是看不到它就不会找你,那你就不会想出找龙这个主意,那么我现在就能舒舒服服地躺在水床上看电视剧了。"抱怨声中,吴妮已将盘中各种食物一扫而空,连个渣都没给我剩。

"因为你是女人,有着与生俱来不可磨灭的好奇心。"

吴妮瞪大眼睛:"前进,你真觉得龙没有做任何选择,随随便便就来到我们这座城市?你和我真的没有奇特的吸引龙之处?"

"真没有,亲。我们太普通。"我冷静分析,"至于龙,概率,亲,这是个概率问题。比如考虑整个时空的粒子分布,你有千分之一的概率多巴胺分泌加剧,从而爱上我。这个没有逻辑性可以依据。"

"扯淡。"吴妮干脆否定,"因果律在哪里?一定有什么参数改变了才会出现龙。"

"那就无法探究了。十三亿光年外的空间扰动我们才知道,要列出全时空参数恐怕上帝都无能为力。"

"是吗?"吴妮的表情忽然诡异,目光穿过我的脸,看到我背后去:"呵呵,也许它知道。"

我回过头,五米开外,东头"张记卤煮火烧"家的屋顶,霓虹灯与黑暗的交界处,一条龙正趴在瓦片上,大脑袋对着我。

这家伙头尾完全,须角分明,已经彻底实体化了。

2017年4月3日　农历三月初七　宜祭祀忌嫁娶　寒食节

10

"就是这样。"我说,"这就是我的亲身遭遇。昨天为这家伙从凌晨折腾到晚上,好心没好报,差点被它吓死。还害我进警察局。"

坐对面的李姓警官收起笔记本:"我觉得你是故意的。"

"老李,熟归熟,你这样说小心我告你诽谤!"我强词夺理。

老李笑,猫捉了老鼠一样的表情:"得了吧,前进。我们去的时候只有被砸得乱七八糟的铺子,还有你烂醉如泥。龙连根毛都没见到。"

"你不相信龙和我一起喝酒然后它把烤肉吧搞得乱七八糟?"

"不相信。串吧里的人说是你干的。你故意干的。"

"监控!你调监控一看不就清楚了?我没有酗酒闹事。当然烤肉吧不可能找龙赔偿,看在龙是稀罕物的份上,我负担他一半的经济损失好了。"我大度地说。

老李忽然凑近我的脸，目光直勾勾地要撕开我的脸皮："监控上一片花白，没信号。前进啊前进，你想在局子里躲两天直接和我说，干嘛要砸人家店呢？吃力不讨好的事情。"老李玩手上的笔，"串吧不打算追究你的责任。按治安条例我只能扣留你到中午。你还是得出去面对。"

"我要面对啥样我要。老李你瞎扯什么啊，我怎么记得最起码要拘留五天！"我急忙辩解。

老李不高兴，拍桌子："你肚子里那点心思非要我说破？这昨天龙还是新鲜玩意儿，到今天就是危险品了。你想知道从你喝醉到现在这十五六个小时都发生了什么事情吗？"

我捂住额头，不知道该说什么，大脑里瞬间全是一个个的空洞。

老李递给我一杯水，放缓语调："你也不容易，我理解。哪个做记者的不希望报个大新闻，可新闻报道出来了怎么收场？还有反转和论证调查呢？稍出一个漏子同行就能咬死你。"

空洞里终于有思维开始流淌，我逮住了一个思维点："《每日快讯》说什么了？"

"说你们伪造了目击记录。"老李说，"前进，你小子有个本事我特佩服。"

我凛然一惊："哪里哪里，您过奖了！"

"你有一种趋利避害的本能反应，特别快！"老李将我的手机扔还给我，"看看吧，昨晚上到现在都出了什么事。"

手机上一片红，未读消息和未接来电数量已经逼近 6 位数。

"你慢慢看！"老李拍拍我的肩膀，"看完了想明白了就出去吧。寒食节，局子里不备饭。"

"我可以不吃饭,减肥。"我说。外面闹成什么样我能想象,但我一点儿都不想掺和。每个新闻的收尾都很麻烦,这个尤其。还是让时间去冲淡一切吧!

老李懒得再做我的思想工作,开了门,哼着西皮流水走了。

他唱道:"小子你躲警局享清静,眼见得城里乱纷纷。四处找龙无踪影,却原来是《晨报》编造的消息。我这边差人去打听,真真假假无人说得清……"

我揉揉眼角太阳穴。真希望此时我躺在坟墓里,墓碑上什么也不刻。

我拨吴妮的电话。她那边立刻接通,声音十分欢快:"前进,你没事了?总编大人希望你能在局子里再坚持几个小时。"

"形势怎样?"

"现在还不明朗。支持派和反对派火力胶结。"吴妮说,"全市媒体正在站队。我们终于有了一个欢乐闹腾的清明节。"

"公众反应我不感兴趣。我只关心龙。龙呢,它还在吗?"

"要是它在我们就不用撕了,要是它不在我们也不用撕了。"吴妮像在说绕口令,自己都饶不下去了,咯咯乐:"总编大人会控制节奏,好给某些红眼的人最后一击。你只要别太早出来就好。"

11

昨天晚上,看到龙的瞬间,我的第一个本能,呵呵,和大多数人想都不想就举起手机拍照不同,我的第一本能是——老子没看见啊没看见啊没看见!

别人目击是一回事,我自己亲眼目击又是另一回事。我可不愿意自己是那个被无数遍询问,甚至会被心理医生验证是否说谎的目击者。当我就是"真实"的时候，我如何强调自己是中立立场？

所以我立刻就捧起串吧的酒坛子喝个底朝天，并且以最夸张的方式打砸桌椅。串吧老板此刻很哥们义气地袖手旁观，等我闹得差不多了，才报警110。

至于龙，一直趴屋脊上，看着我浑身被酒浇透。我跌跌撞撞摔倒在地，一个酒坛子碎了，酒香四溢，漫天酒气。龙抖动了一下，似乎是打了个喷嚏，便倏忽不见。

我被警察带往警察局，在安静的拘留室中呼呼大睡。吴妮立刻赶回报社，向总编汇报我的行为并做出公共对策。果然，不到半个小时，我闹酒被拘的消息就上了《每日快讯》头条。再过一个小时，《每日快讯》已经将我塑造成一个醉酒的品行不端的记者，靠编造新闻博取公众关注。当公众为我的言行争论激烈的时候，《每日快讯》又抛出重磅消息——眼镜男，在十七号线起点站郭家堡第一个目击龙的人，发文申辩他根本没有看到龙，他的爆料视频和爆料照片都是我们制造的，假的。

眼镜男的申述完成了我的形象塑造。但这样明目张胆地黑化引起了一部分公众的不满。我们的第二个目击者，就是说话抖得不行的那位老兄，一直等着龙再次召唤并派给他拯救世界的任务，勇敢地在网上发文，声称他对自己的目击负责，而我和《晨报》是更严谨负责的媒体。

于是公众舆论就分为两派，支持《晨报》造假的一派，与反对"支持《晨报》造假"的一派，帖子满网乱飞，对骂、揭短、乱扯、表态，各种人赤膊上阵，用各种传播手段打了半个晚上后，才意识到要想分出胜负只需一个证据——龙。

那时已经是后半夜，距离龙在高速公路上被发现整整二十四小时。就像人要睡眠一样，龙似乎也躲到什么地方睡觉去了，居然再也没有人发现它。

这不消说是《晨报》造假的一大证据。《每日快讯》得意洋洋宣布结论：《晨报》费尽人力物力编造"龙存在"这样离奇的新闻，无非是要获得热搜度，进而获取关注度和广告价值。《晨报》为了新闻，已经无底限。

省电视台的早间新闻播放了《每日快讯》的结论，但新闻主持人并没有批评《晨报》，只是说等待《晨报》给公众一个说法。主持人要说法的话音还未落，晨曦之中，龙忽然跃出云层，顺着高压输电线欢快地飞舞，在一众上班族欢呼声中扎进地铁。

《晨报》没造假！但龙怎么能及时出现，并且来无踪影就出现在地铁站口，现身二十一秒？这是真正的大自然奇迹还是现代化的声光影魔术？

龙是出现了，但问题一点儿都没有得到解决。支持派和反对派继续厮杀。

直到我被李警官询问完毕，龙的存在依然扑朔迷离，没有人说得清楚。

总编大人从何而来反击的底气？

我电话总编。他可没有吴妮的好情绪，电话中骂我："你这混蛋，你还真敢给我叶公好龙！龙是不是真的你心里最清楚！我不管你什么理由，你都得给我待到下午三点半！"

龙在高速公路上，龙在地铁隧道中，龙趴在老屋的屋脊上，龙影渐渐清晰：角似鹿、头似牛、嘴似驴、眼似虾、耳似象、鳞似鱼、须似人、腹似蛇、足似凤。张牙舞爪，鳞片闪烁。就差腥味浓烈、叫声如牛这两条，就和传说中总结的龙不差毫分了。

等等,等等,没有味道,没有声音,来无踪去无影,这是地球上的生物做得到的吗?我抓住手机,脑海中翻江倒海,许多想法冒出来又被消灭,不成体系。抓耳挠腮半天,我终于给大张发出一条信息:"那龙,到底还是信息状态的虚龙吧!"

12

下午四点我走出警察局。天气很好,无风,微热,阳光灿烂。总编叫的专车早就候在大门口,司机彬彬有礼把我让上车。

我坐好后,司机就问我:"我正听广播,可以继续吗?"

"您继续您继续。"我回答,"什么节目我也听听。"

"在讲龙的事情。"司机说,"专家说可能是集体幻觉。"

"集体幻觉?"专家们已经进入到心理学的讨论范畴了吗?三点半后,龙出现得频繁了,而且经常同时在相距很远的几个地点现出鳞爪,这现象着实让各路专家伤脑筋。

"集体幻觉"也兵分两大门派。一是神秘派,指出最初看到龙的人,包括我,都是对神秘事物深信不疑的人,所以就产生了一些错觉,这些错觉经过媒体引导夸大,加上社会从众心理,于是就产生了见到龙的"集体幻觉"。这一派别所持论据就是到现在为止,所有目击者拍摄到的龙的影像,都可以用"非龙"因素来解释。

广播中一位专家振振有词:"这些影像可能是大气现象,如球状闪电、极光、幻日、幻月、爱尔摩火、海市蜃楼、地光、流云;也可能是生物学因素,如人眼中的残留影像、眼睛的缺陷、对海洋湖泊中飞机倒影的错觉等;还有可能是光学因素,如照相机的内反射和显影的缺陷所造成的照片假象、窗户和眼镜的反光所引起的重叠影像等。人造因素也很重要——飞机灯光或反射阳光、重返大气层的人造卫星、点火后正在工作的火箭、气球、军事试验飞行器、云层中反射的探照灯光、照明弹、信号弹、信标灯、降落伞、秘密武器等。"

这话好耳熟。我打开手机上的搜索引擎。没法儿不熟,这是 UFO 词条中解释 UFO 现象的一段话。

"狗屁专家!"我忍不住骂。

"集体幻觉"的另一大派别是中毒派,将所有精神上的异常都归结为食品和环境。寒食节超市促销的青团成了怀疑重点——是不是雀麦草上的农药没有洗干净,糯米过期霉变?草汁和米粉的混合过程有没有添加什么化学药剂?豆沙、枣泥等馅料来源何处?包装青团的芦叶也要查一下,会不会是用其他植物的叶子替代的?总之每个进食环节都必须一一检查。桃花粥、炸刀鱼、冷煎饼卷生苦菜这些节日食物也都在怀疑之列。

既然说到了食品的安全性,中毒派就不能不说到环境污染,全球变暖,话题一下子发散千万里。

"寒食就不该当成节。介子推肯割肉给国王吃,为了不接受国王赏赐却害母亲被活活烧死,这种人,纪念他什么?"司机忽然发言,吓我一跳。

"两千六百年前的人,嗨,谁知道他当时怎么想。"我说。没骂介子推脑残已经算我好心情,我讨厌任何对父母不好的人。

"是那些拿介子推说事儿的人怎么想。"司机说,"其实我觉得,历史上未必有介子推这么个人。"

我吃惊,险些认为这司机是老李假扮,来点化我的。介子推早已消失在两千六百年前的山林中,对他从各种角度念念不忘的人,不过就是从各种角度拿他说事儿而已。龙虽然活在当下,但是就不靠谱的程度，完全可以和介子推相提并论。这场龙存不存在、为什么存在的舆论战，争夺的其实是对未来历史的话语权，《晨报》和《每日快讯》不过是两种不同话语权的代表者。这两大阵营谁好谁坏我不知道标准，我只知道若《晨报》败下阵来我一定会被挂在电线杆子上示众，从今往后将与传媒圈无缘了。

真是细思极恐，说现在情形凶险，生死关头都不为过。

所以一见到总编，我就直愣愣问他："大张究竟给了你什么底牌？"一直不回我信息的大张，关键时刻体现出他是有组织、有纪律的人，不肯随便说话了。

总编神色如常，将我让进办公室，关好门，这才说："前进，闹成现在这个样子，你后悔吗？"

"后悔？总编您这话从何说起？"我一时间丈二和尚摸不着头脑。

"比如昨天凌晨，你对看到的影像嗤之以鼻。子不语怪力乱神。那就不会有这两天的乱象了。"

"我不理也会有别人理。只要它是客观存在，就会被公之于众。"我冷笑，"抢先机总好过跟在人家屁股后面做捡漏似的采访。"

总编笑了："你果然是经得起考验的我报忠实战士。"

我对这表扬嗤之以鼻："拉倒吧，我不跳槽是因为我太懒。对了，我得问清楚，这次龙报道有多少奖金啊？我怎么也该是本月一等吧？"

总编说："奖金肯定有。不过，你要先把事情有始有终地做完。"

"好哇。"我拉开椅子坐下，跷上二郎腿，拿起总编的茶杯，"您说怎么干我就怎么干。"

总编打开显示器，大张在里面抬起头来，向外看看，看到我说："前进，你的信息我收到了。信息状态的虚龙，这个描述很棒，你是直觉还是计算出的结果？"

"直觉。男人的直觉。你这是在购物中心？"我嘲笑，背景太廉价了，"那些塑料桌椅也就是批发市场的货。"

"钱省下来买器材引进人才。"大张不在意，"你看这视频对话的清晰度和同步性，就像我站在你面前一样。"

我心急如焚，闲扯不下去，直接问："你那边有什么研究结果了吗？我们能公布的权威答案。"

大张点头："有了，让主任告诉你。然后宣传部的马大姐会和你们一起制订公众知情方案。"

说罢大张就让开身子，露出主任矮胖的身躯和满月样的大脸庞。

总编忽然起身，盯住屏幕。他的紧张情绪瞬间传染给了我，我也有些心神不宁。

主任发言："这条龙是极其罕见的自然现象。"

我挺直腰板。

主任继续说："这条龙，它时隐时现，来去无踪，虽然能被我们观察却不能被我们观测。我们一旦靠近它，就会发现它的实体根本是不存在的，它本身仅仅只是一组微观粒子。它展现给公众看的实体，只是公众希望看到的样子，是一段全息影像。我这么说，你们能明白吗？"

总编懵懂："公众希望看到龙？"

"龙是一个大众符号。最容易得到大众的呼应认同。"主任回答。

"那么说它选择了龙这个符号，是有所图谋的，它有智慧！"我嚷了出来——《外星高等级文明假借龙形传递福音》，这个新闻标题看着就让人颤抖，《每日快讯》想打翻身仗等下辈子吧！

大张一旁摇头："智慧不好说，还需要进一步甄别判断。"

"我们只能确定，它是能够吸取外界能量复制信息的高能粒子团，具有量子性，目前状态还不稳定，所以经常消失，又经常同时在异地出现。至于为什么选择龙，我们认为，很有可能和春节期间龙的形象频繁出现有关。"主任说话很谨慎，字斟句酌，"龙的信息量突然增大，这可能是它选择的标准。"

"它不可能无缘无故装龙玩儿。一定有动机。或许里面包含了很复杂的信息！说不准它是一封宇宙级的鸡毛信！"我抑制不住思维的发散，"主任，你们就没有发现什么吗？特别的东西，信号组成方式，频率，波长，宇宙文明用数学来说话，或者是最基本元素的结构？"

主任轻轻摆手，做了个"一无所有"的手势："我们的观测手段有限，以目前的认知水平，我们还没有特别的发现。"

"那需要我们做什么？"总编问。

"这条龙现在闹得满城风雨了。"主任说，"上面要求我们给公众一个说法，稳定公众情绪。明天是清明节，祭祀先祖的大日子，上面不希望龙破坏这个节日。"

"龙它会吗？"我奇怪。

大张点头："不好说。看它现在乱窜的劲头儿，明天会窜到哪儿还真猜不着。"

"那你们打算怎么办？"我脑子里一下子迸出五六种镇压，噢，不，是安抚龙的方案，但好像都不怎么容易操作。

"我们要把龙引导到指定的地点，把它暂时关起来，这样公众就不会怀疑和恐惧了。而且我们还能继续深入研究。也许，还会找到前进同志所说的那封鸡毛信。"主任举重若轻，不慌不忙说出他的计划，末了还拿我开涮。

我与总编面面相觑。科学家和媒体从业人员，究竟谁更疯狂？

主任装作没看见我们的怀疑眼色，认真说："整体需要周密的安排。还有，你们不要逞一时之快，该什么时候发什么内容的通稿，听马大姐的。"

2017年4月4日　农历三月初八　宜祭祀忌破土　清明节

13

马大姐其实只有四十岁，妆容细致，衣着得体，往那儿一站就是办公室职业女性的标杆。我觉得她到科研机构工作有点吃亏。

"给国家工作挺好。"马大姐心态阳光，"有主人翁的责任感。"她甚至鼓动吴妮："你看你不到三十岁，累成什么样子。我们中心工作没同行恶性竞争，心情舒畅，待遇也不错，你要不要过来试试？"

我赶紧把吴妮拉到身后，转移话题："马大姐，龙肯定能来吗？"

马大姐信心十足："当然能来。没问题！"

此时是清明节上午八点钟。我、吴妮、钦佩带了一票同事准备直播捉龙。

大张和主任将捉龙地点选在郊外，距离龙第一次出现的G9高速公路十一公里。那地方有个很对景的名字——伏龙坡，其实没坡，倒是有山有湖有森林农庄，环境好到不似人间。中国高能物理研究中心就在那里建了一个加速器。大张计划将龙诱入加速器，然后用高能粒子轰击，打散组成龙的粒子，解除龙的可能威胁，并且从这一过程中了解这些粒子的性质。

"前天你说是龙形波，昨天又说是高能粒子团，那它到底是什么？"我问大张。

"知道波粒二象性吗？"

"知道啊。"

"那你还问我。"大张笑,"详细陈述太复杂了,对你没那必要。"

我就这样被鄙视了,郁郁不乐回到自己的阵地。阵地离加速器大门不远,地势高,前方开阔,视野特别好。

为了公平起见,《每日快讯》和省电视台也得到了不错的拍摄位置。其他传媒都只能转载。主任说这是出于安全的考虑。伏龙坡方圆十公里都被封锁了,以免捉龙过程中误伤无辜。

我觉得大张的计划过于科幻,一个加速器要改变任务哪能这么顺利。前天发现龙,昨天制定方案,今天就着手实施,这速度不是一般地快,是太快了。

大张抹下额头汗水:"没办法,龙不等人,瞬息就会消失。"

我们派了一个人跟拍大张,有问题随时让他解答。不过报社的网络传播平台没有昨天热闹,看样子昨天的纷争过多耗费了公众的八卦热情。

对此吴妮并不意外,她教育我:"你想想今天什么日子?清明啊!我邻居6点就出门去扫墓了。谁还关心你的龙啊!"

"可是,如果大张他们成功了,那就是科学史上的大事件!"

"如果失败了呢?大张没告诉你失败会怎么样吗?"

我还真没问失败的后果。大张在我印象中,那就是绝不说大话、勤奋、踏实的科研人员好榜样,我几次三番想做他专访,以树立民间科学家的正面典型,但都因他的研究领域实在离人民群众生活太远而作罢。我从没想过大张会有失败。

吴妮摇头:"我今天真不该来。扫墓、踏青、植树,哪件事情都比守在这儿等一条不靠谱的虚龙强。"

"既来之则安之。"旁边的钦佩说,"坐这儿看风景都挺好。"

实习生已经摆好了野餐桌，各种冷食水果饮料摆得满满的。天气比昨天还好，万里晴空如洗，干净得发亮，没有云没有风，阳光充沛。四周杨柳新绿，桃李初芳，还有金黄色铺成地毯的一片片油菜花。

"是的，挺好。尤其是能和你在一起。吴妮，我们俩绝对好搭档。以后也在一起吧。"我温柔地说，频频向美人明送秋波。

吴妮笑："好哇，等你告别出租房吧。我看东方名苑那小区就不错。离报社近，旁边还有地铁。"

我还要和吴妮胡扯，钦佩忽然"呀"一声跳起来，抓住相机冲到前面去了。

"来了吗？"吴妮紧张。

我摇头："主任那边没动静。他们的监测网十公里外的电磁场轻微扰动都能捕捉到。"

"你说他们怎样诱捕龙来着？"吴妮问。

"诱捕两字我可没说过。"我强调，"大张他们采用高频电波，能量场满满，龙喜欢这个，它会来的。"

吴妮点头："肯定会。"她目光中有些我不熟悉的地方，炽热而兴奋。她指指远处。

天空与大地汇聚之处，金色的油菜地上，一条银白色的大龙正蜿蜒爬升。它身形矫健，动作敏捷，姿态优美，在空中飞腾。空中仿佛有一条透明的长桥，让它如履平地，行走自如。

阳光照耀在它身上，它的鳞片反射阳光，渐渐变成了金色。华丽璀璨新鲜的金黄色。

我急忙呼唤大张："你看到了吧？那条龙，它……它来了。你没监测到？大张……大张你说话！"

耳机中一片嘈杂，声波无法转变为电波传送。网络信号中断，卫星信号中断，我们周围的电磁场乱成了一团。

龙离我们越来越近，越来越清晰。龙的爪下，一缕缕一片片涌出洁白的云朵。云朵聚集滚动，时而像海的波浪，时而像夜的莲花。云在龙的身躯下翻卷，龙在云的簇拥下庄严前行。

人们呆望着天空，一动不动。《每日快讯》那边，甚至响起了哭泣声。

这般华丽的场景，可惜我们直播不出去。我不由得叹息。

吴妮尖叫，钦佩惊呼，我刚想说"你们别神经了"，一种巨大的压迫感劈头盖脸而来，将我重重按在椅子上。我挣扎着抬起头。

龙已经飞到了我面前。它足足有十米长，一米多粗细，鳞片微张，大眼如灯。它在呼吸，鼻腔中的气息喷在我脸上。它身上有青草和泥土的味道，腹部分明有心脏在用力跳动。它悬停在空中，龙须差一点就扫到了我的脸上。

龙的目光清澈，在它眼睛中是我渺小的身影。如此渺小的人类，怎么可能理解宇宙的奥秘？

我看着龙，忽然间眼眶湿润。我端起桌上的一盘清明饼，递到它嘴边。

我说："很好吃。你尝尝。"

几秒后，龙伸出舌头，将一块饼卷进口中。

吴妮悄悄走到我身旁，怯生生地伸出手，触碰龙角。

龙摆摆它巨大的头颅，仰天长啸。我被这声音震得耳膜疼痛。龙直直冲向天空，就像火箭发射，要飞跃进太空。

弧光闪动，从龙身上切过。一道道螺旋形光圈湮没了龙的身体。空气在颤抖，阳光在颤抖，光圈积聚成球状，随即炸裂。惊天动地的一声爆响,将我们震倒在地。一桌食物和桌子一起倒地,压在我身上。

过了一会儿,我拍拍头上的垃圾尘土,向天上望去。

万里碧空无云,龙已无踪影。

14

一个小时后,通信恢复了。我见到大张。

"你杀了它!"我愤怒,"它是彻底的真龙,它有血有肉,它在呼吸。我甚至感受到了它的思想!"

大张神色平静:"诱龙失败后只能放出高能粒子炮。我们无法承担龙活着的后果。"

我无言以对。

"往好里想,"大张宽慰我,"我们掌握了这条龙从量子化状态到生物化状态的所有数据。打开了人类认知的一扇窗户。以后,我们可能会从中受益。"他拍拍我的肩膀,"你这假期没白忙乎。"

我理清思路,到底跟不上科学工作者的理性思维,只好冷笑:"是啊,说不定每时每刻都有量子龙到达地球,只是它们中的绝大部分能量都太过微弱,我们检测观察不到。"

大张点头:"你说得有道理。"

我瞎扯呢,老兄。我喜欢那条会吃饼的龙。

手机响,是短消息提示。我滑动屏幕。

一个陌生的头像留言:我还会回来的。

2012: The New Day

SHE·凌 晨

2012，人类还是想自己掌控命运。你，还只能做工具。

繁星1号的金属机柜反射着柔和的灯光，看上去像是它要伤心一般。

2011年，动物园

那人站在巨大的铁青色老虎雕像前面，晃动着手机，似乎是要找个合适的角度把老虎照下来。铁青色的滑雪帽，藏蓝色羽绒夹克，石磨蓝牛仔裤，军绿色网球鞋，看上去很有活力的样子，不大像终日坐在计算机前的办公族。

但老梁断定那人所谓照相只是个幌子，其实是在等他，说不上什么道理，男人的直觉嘛。

老梁走到那人身边，举起相机，挡住了对方的手机。那人一愣，抬头看看，老梁比他高出一个半头去。

"飞轮？"老梁问。

"不，我是吴皓。"那人微笑，露出的牙齿上有淡淡烟草的痕迹，"飞轮是我同事。"

"哦，"老梁点头，"第一个注册那游戏的，就是你。"

"在中国服务器。"吴皓说着，把手机放进衣袋，顺便补充："这手机没电池。"

"嗯，我根本没带手机。"老梁把一队活泼的中学生收入镜头，按下快门后说："这地方不错。"

吴皓吹声尖利的口哨。周边匆忙的旅行者、散步的市民、玩闹的孩子、卖玩具和小吃的售货员，谁也没有注意到这刺耳的声音，都我行我素。二〇一一年的最后一天，人人脸上都笑着。

"我们走走吧。动物园里应该有不少热闹地方。"老梁说。

"是。"吴皓点着一支烟，"你觉得这样谈好就这样谈吧。"

"的确需要如此，这种地方很难监视……"老梁停顿下来，让一个中年妇女推辆婴儿车从他和吴皓间穿过，才继续他的解释："对于它，我们必须有点隐私。"

吴皓向半空中吐出一口烟，理解对方所说的"隐私"其实是"提防"的意思，他的肾上腺素又开始加快分泌了，有种莫名的兴奋蹿过他的身体，在他的各个神经末梢跳动，就像当初进入"2012"的游戏的感觉。他听到自己包含无奈和拒绝的声音："我只是个编辑。"但这声音虚弱无力，和那没电池的手机一样只是个幌子。

因而老梁根本不理睬吴皓的辩解，指指前方："大象馆怎么样？我喜欢这些非洲来的大家伙。"

吴皓便与老梁并排向大象馆走。一群明显是聚会团餐后心满意足的中年人差点把他们冲散，这群人大腹便便，高声谈笑着学生时代的趣事，简直像一个坦克群样呼啸而过。

吴皓和老梁被挤到路边。吴皓把吸完的香烟扔在地上用脚碾了碾，忽然有点小感慨："人类世界会消亡？电脑忧天啊！"

老梁眼镜片后的小眼睛一闪，"说说，你是怎么发现，哦，参与进来的？"

"2012？"吴皓苦笑，"刚开始它对我就是一个游戏，而我，你知道的，我是游戏杂志的编辑。对我这样的人来说，一个新游戏就是一种新诱惑……"

2009 年，吴皓

我见到它的时候，刚刚做了一个噩梦。我经常在上班时候打盹，但从来没有做过梦——梦中，我抱着枪裹在浓雾里飞奔，雾后一片片枪声、呐喊声、爆炸声和大型兽类愤怒的嚎叫声，我奔跑，随时准备看见碎裂的肢体和堆积的残骸，随时准备着45度纵跃，再前滚翻，转身！射击！

于是我醒了，快递站在我面前，显示器上狮鹫还在慢慢飞。没有雾，没有战场，没有杀戮，现实舒缓而安定，像一杯热茶。我站起来，有点恍惚，机械地接过快递手中的信封，签字。信封上寄信人和寄信地址是一片模糊的蓝色，浮现在蓝色里的中国字组成的意思我一时间怎么都理解不了。

过了好一会儿，我才清醒过来，显示器旁的电子钟显示：2009年11月9日，PM14：28。

这个时间点，我一直记得非常清楚。

我的办公桌在写字楼二十一层的落地玻璃窗旁。那天天色阴暗，天际线下的城市像只打盹的怪兽，地面上的车辆行人就如怪兽身上的毛。这个比喻让我有点头晕,需要找些什么事情来排解内心的不适感。

我拆开快递信封,里面还有一个泡沫塑料的包装袋。袋子里是一个光盘盒。盒子上黑色潦草的字迹,仿佛小孩儿涂鸦样,胡乱写着:

> To 吴皓:游戏测试版
> 2012:The End day

2011 年,动物园

大象馆里一如既往的气味很重,观众们却都兴致不减,挤在一头新生的小象前看它用长鼻子玩皮球。吴皓和老梁站在小象父母的笼子前,那两头动物居高临下冷峻地看着他们。

"我这样叙述,会不会太琐碎了?"吴皓问。

老梁给大象们拍了张合照,打消吴皓的顾虑:"哦,没事,你继续说。"

2009 年,吴皓

看到那游戏的第一个想法,就是电影《2012》。电影配套游戏常有的事情。当时《2012》电影还没放,预告片网上到处传,我扫了几眼,导演罗兰·艾默里奇,《后天》的路数,我不是特别感兴趣。飞轮却盼着上演,他好灾难片这口儿。飞轮那时候还在我们杂志做游戏机游戏,每天泡办公室十二个小时,标准的宅男。

网上搜不到任何"2012"游戏的信息,只有一个几百 kM 的休闲小游戏"世界末日 2012",和电影《2012》的剧情半毛钱关系都没有。我犹豫着要不要安装这个游戏时,看到了杨均 MSN 的留言。杨均是我以前做游戏开发时的同事,我们两个曾经睡上下铺,关系不错。我转行游戏媒体,他继续游戏研发,到上海开拓事业,甚至买房娶妻。

　　杨均的留言是:"快递了游戏给你,请评估。请保密。"

　　我拿过快递信封仔细看看,这才看清楚寄信人一栏里的两个中国字确实是"杨均"。不过我需要确认一下,我问他:"什么游戏?"

　　五分钟后,MSN 对话栏中才显示对方回答:"'2012:The End day',简称'2012'。"

　　"和《2012》电影有什么关系吗?"

　　"毁灭世界的途径有很多,效果却只有一种。我们和电影没关系。"

　　"噢,游戏是哪种类型的?"

　　"各种类型都沾点儿吧。就像你们杂志里各种游戏都有一样,哈哈。"

　　停顿了几秒,MSN 对话框中弹出一张兴奋的笑脸,似乎杨均正得意洋洋:"我觉得吧,这个游戏挺牛的。"

2011 年,动物园

　　老梁忽然摆摆手,打断吴皓的陈述:"你当时没觉得异常?"

　　"没有。游戏公司给我们寄游戏测试版是很正常的事情,我经常充当游戏测试员。所以我就安装了,那个游戏,"吴皓眯起眼睛,"两分钟的开场动画非常流畅,只是内容本身有点儿老套:太阳系的边缘奥尔特星云中陨石乱舞,一块有半个月亮那么大的陨石脱离轨道奔向地球;太阳上亮斑不时闪耀星空,日珥则如同红龙样狂舞,高能粒子幻化成一场飓风扑向地球，地球依然不紧不慢转动着，全然不知道就要大祸临头。这两分钟的画面确实宏伟，不逊于任何好莱坞灾难大片的场面，配乐也气势恢宏。而且中文画外音的音色太美丽了，有种流线型的光滑和弹性，那些字句就像钟乳般一滴滴圆润地流动着。当时我就想，嘿，这游戏汉化得相当不错。"吴皓笑，"单机版的游戏在国内就那么有数的几款，所以我想这游戏肯定是哪个外国不知名游戏工作室出品，跑我们这儿推销来了。"

2009年，吴皓

几分钟后我就搞清楚了这游戏的背景设定：2012年地球将遭受来自太阳风和陨星碰撞的双重劫难，接二连三的地震、海啸、火山爆发等自然灾害引发大陆板块的剧烈运动，地球将南北极颠倒，岛屿沉没，平原变高山，人类文明即将走向毁灭。玩家要做的事情就是挽救人类的灭亡。

这种好莱坞灾难片模式的英雄游戏我兴趣不大。不过游戏的设置界面很切题：金属冷酷的光色中，一城残垣断壁，配合悲怆的音乐，令人伤感。游戏人物有五种身份可以选择：政治家、科学家、工人、作家和家庭主妇。看样子这是个RPG角色扮演类游戏。我选择了工人身份。工人页面进去，要设置名字、性别、年龄、种族、技能等细节。两分钟后，我在游戏"2012"中有了个新身份：吴皓，男，二十八岁，汉族，中国人，钳工，穿工装裤带安全帽，身材高大，相貌堂堂。游戏中的我有一张典型的东方人面孔，他站在那里，神态安然，外表淳朴——很像我小时候的邻家大叔，总是给院里的老人搬蜂窝煤、通下水道，谁叫他帮忙都乐呵呵地答应。

因为没有这个游戏的任何说明，我就把游戏难易程度设置为"容易"。

柔和的过场音乐声中，故宫、长城、颐和园，熟悉的建筑一一出现，随着镜头推移，整个北京城舒展在屏幕上，并不是动画，而是漂亮的胶片实景。晨曦扫过长安街，在临街大楼的玻璃幕墙中闪耀，车辆稀少，行人寥寥，地平线尽头的西山轮廓清晰漂亮。画面一转，变成公寓的房间，晨曦透过窗帘，给房间披上粉红色的柔光。床头的电子日历上赫然显示：2009年12月22日。

然后，屏幕右上方闪现出一排红色字迹：距离2012年12月22日地球劫难还有1094天19个小时。

2011年，动物园

老梁笑："你看到那行字什么感觉？"

"真没太多感觉。"吴皓说，"游戏我玩得太多了。'2012'开始没有任何出奇之处，它以2012年12月22日为标准，距离这个时间点越近游戏越难，因为意外的灾变和人为的麻烦会越来越多，解救人类的可能性就越来越小。就算是最容易的程度，也只有短短的三年时间准备，要想完成拯救人类的游戏目标仍然艰难。我选择的职业是个钳工，能调度的资源，不管是人力资源还是物力资源都极其有限，而且一开始根本没有线索。"

"不过你还找到了。能坚持找到的人不多。游戏开始的半个小时几乎令人崩溃。"老梁说。

他们已经步出了大象馆，跟在一个香港旅行团后面，溜溜达达边走边聊。

吴皓表示赞同："的确，尽管游戏时间比真实时间快，但游戏里无所事事几分钟就会让人厌烦。我想因此放弃这个游戏的人不会少吧？"

"是，大部分人到此都很烦躁。极少数人会在预定的时间内执着地寻找线索。"老梁说，"这样的甄选方式，我觉得太过随意和牵强。总之，这件事情上看不出天网有何高明之处。"

吴皓哑然失笑："你们叫它'天网'？这真是个好名字。"

老梁也笑起来，耸耸肩膀："这样称呼它也许不公平。起码到目前为止它还没有显示出攻击性。"

旅行团停住了，前面导游挥舞小旗子说些什么。吴皓也停下脚步，看着老梁，低声问："究竟有多少计算机参与了这个计划呢？"

"其实没有多少，最新数据是二十四台。二十四台超级计算机，运算速度都超过了每秒五百万亿次。"老梁斜睨吴皓一眼，"其中有四台运算速度超过每秒千万亿次的超级计算机。"

吴皓觉得老梁此时像个提问的补习班老师，等着他接过话题，只好继续说："繁星一号。"

"它在今年全球超级计算机 500 强中排名第一。"老梁的目光从吴皓脸上移到空中，注视着正在头顶的太阳，"而且，拿游戏术语来说，技能还没有全开。"

吴皓踢飞脚下的一颗小石子，说："我和飞轮都相信它迟早会拿第一。飞轮到贵州去了，那里有些大溶洞可以开发成避难所。"

"嗯，计算机再牛，也必须要有人的实际操作才能完成计划。"老梁点头。

"没有飞轮这家伙，我也许根本不会完成这个游戏，也不会和繁星一号有什么关系。"吴皓说："那我这两年会过得很舒坦。"

老梁咧开嘴笑了,这是一个孩童般明朗率真的笑容,被这笑容感染,吴皓随即也笑了,摇头:"的确,我不会喜欢这种舒坦的。历史没法子选择。"

2009 年,吴皓

当时我只想着赶紧跑完这个游戏,给杨均一个专家级意见。所以我在游戏中努力寻找,走出公寓,和每个 NPC 交谈,检查信箱,翻看垃圾筒,甚至跳上电线杆子,都没有找到任何和拯救人类有关的线索。在经过了半个小时的无所事事后,终于发现超级市场里两位 NPC 的聊天内容有点问题,NPC 们说有个奇怪的人在"倾吐"酒吧喝得烂醉,嘴里念叨着"地球快完蛋了,人类快完蛋了"。

我赶往那家酒吧。其间随便接了女友我现在老婆的电话,她当时在上海出差,我叫她找杨均两口子吃饭,顺便打听一下"2012"游戏的情况。

然后我继续在游戏中摸索,从酒吧一直追到一个老住宅区深处的筒子楼,终于找到了那个怪人。走进楼门时已是中午,楼里却漆黑如深夜。

游戏的背景音乐换成了钢琴曲《天空之城》,忽然的优雅抒情奇怪地并没有和画面不搭。怪人年方二十岁,男性,戴眼镜、梳小辫子、穿 Paul Frank 的 T 恤衫、趿拉着花里胡哨的 Havaianas 人字拖,一脸错愕地将我让进屋。屋里是任何宅男都会有的样子:游戏机计算机宽屏显示器,手办车模变形金刚,影碟杂志方便面,无数七零八碎的东西堆挤在一起,无处容人下脚。

我询问他地球末日的事情,宅男莫名其妙,声称他在酒吧所说只是电影中的台词,完全没有真实意义。

屏幕右上方的红色字迹还在不断闪动:距离 2012 年 12 月 22 日地球劫难还有 1094 天 14 个小时。

我反复询问,宅男就是死鸭子嘴硬,我们僵持着,游戏剧情眼看着就要走不下去,敲门声。

我本能地从桌子上的杂物中抓起一把扳手,蹿到门后。

宅男不耐烦,拉开门,沉闷的一声,他就倒在地上,额头汩汩冒血。

我惊呆了,傻在那里一动不动,连呼吸都停滞了。

宅男在地上抽搐几下,便再也不动了。

两个影子在门口晃了晃,带上了门。有很轻很轻的脚步声,消失在嘈杂的背景音乐的深处。

2011 年,动物园

"那时候真是吓着我了。我在游戏外哆嗦了一下,不久前梦境中的感觉又来了,是一种从神经末端开始剧痛的恐惧,一点点吞噬着身体中的热量,将它们凝固成冰,阻碍体液和血液的流通,最终封锁我的知觉……"吴皓又点着一根烟,"总之无比仿真的游戏画面,还有 NPC 高级的 AI,那宅男的反应活脱脱像玩家操纵的,计算机人不可能有如此灵活的语言,这游戏开始有点意思了。然后,完全是多年来游戏培养的常识和习惯,加上我对宅男这一群体的认知,我肯定那宅男临死前身体摆出的姿势是给我的暗示,身体摆成了 K 字,左手伸出一根指头是 I,右手圈着的是 O——K、I 和 O。宅男的房间里有四台依次排开的显示器,这家伙同时开着四台计算机。每台计算机我都可以操纵,就像现实中一样。但计算机中的文件夹和文件却都是中文名字。"吴皓吸口烟,"不好意思,我一想起这段故事就有点小激动,今天终于能有个人听我唠叨了。"

"两年来你都没有告诉别人这段故事?"老梁问,不太相信,"'2012'联网后支持多人在线。"

"是,但大家都很忙,没工夫听我吐槽。"吴皓说,"而且我想能进那游戏的人大概都有点类似经历。"

2009 年,吴皓

飞轮思考问题的方式直截了当,外事问 Google,内事问百度,他干脆利落地把 K、I 和 O 三个字母的排列组合都搜了个遍。KIO 是 KDE 的架构的一部分,使用 KIO 可以通过标准的 URL 语法进行存取档案、网站和其他资源;KOI 是海港锦鲤集团;OKI 是日本冲电气工业株式会社;OKI 是四通兴国科技有限公司,IOK 是服务器机箱……这些调调儿完全不是宅男的,他那些文件夹的名字都和动漫音乐军事科幻相关……这条是什么? IOK-1 是已知最古老并且距离最遥远的星系,距离我们有 128.8 亿光年远,它在 2006 年 4 月才被人类发现。它发射出的莱曼 α 谱线红移高达 6.96,显示其可能在大爆炸之后 7 亿 5000 万年的时间就生成了。

灵光一闪,游戏中的我飞速点击着屏幕。终于,在科幻/宇宙/天体/不可思议的目录下,出现一张名字为 IOK 的图,JPG 格式,有 789kB。打开后图占据了吴皓的整个屏幕。

飞轮这家伙想都不想就立刻按了打印键。于是我们就得到了一张地图,虽然扭曲了 60 度,但我们认得出来是本市地图。

而飞轮从那宅男开着的计算机屏幕上播放的美剧《未来闪影》、

切尔诺贝利现状报道,还有世界气候大会的新闻得出一个结论:我们得去游戏中的哥本哈根参加世界气候大会,讨论拯救地球的措施!

飞轮在这个事情上的兴奋感让我想起我初玩游戏的时候。但即便是那时,我也没有过度激动,始终清醒地对待游戏:游戏是一种规则。不管是街头小屁孩儿们的"老鹰捉小鸡""跳房子"还是电视里的"开心辞典"、计算机里的"超级玛丽",都不过是在遵从一种规则的范围内获取快感。当然现在规则越来越复杂,规则的制定者和使用者也经常移形换位导致界限模糊,但游戏仍然是游戏,不会因为采用了3GB的内存、9800GT的显卡,支持DX10就变成了一个其他的东西,所谓模拟类、动作类、射击类、角色扮演类等游戏的类别,只不过是规则的不同表现而已。

那么游戏"2012"的规则究竟是什么呢?游戏设计者到底要让玩家做什么,又有什么意图呢?21世纪的计算机游戏已经是发达成熟的产业:流水线生产,定制化服务,市场化营销,玩家的每种需求都被数字化,转变为设计策划部门的N种存储模板,应用的时候厂商只需定量将不同模板勾兑,调整一下口味,再加个包装,就可以端到玩家前换钱了。

这个制作规则在"2012"里表现得非常明显,尽管只在这游戏里待了十分钟,但游戏的画面、人物风格、人物的行为模式,都让我看到了很多熟悉游戏的影子。如果要脱帽致敬的话,我估计会脱帽脱到手酸。按照往常我的工作习惯,这不知所云的十分钟已经足够给这款游戏不及格的评价。烂游戏,不过比"斯大林大战火星人"强一点点,因为多了个漂亮的中文配音。我打算就此给杨均一个回复。

2011年,动物园

"如果给了,今天我就不会和你认识了。"吴皓说。他们前方是动物园最热闹的熊猫馆,人多得根本走不动路。他们只好走进路边的饮料站,要了两杯热奶茶坐下来。奶茶杯子上印着憨态可掬的大熊猫。

"超级计算机嘛,总结归纳学习能力一流的,'2012'是成熟的游戏。"老梁摘下眼镜擦了擦,"幸好它首先介入的是游戏领域。"

"是啊,否则也不会找上我了。我真正感到这款游戏特别,是在游戏中看到了一辆停在杂志社楼下的中巴,那中巴起火自燃了。"吴皓说,那种惊悚的脊背上的恐惧他记忆深刻,他立刻找到飞轮的焦虑面孔想起来都是一种羞耻,但他当时的确害怕!

"无比的真实度,虽然是一种游戏的发展方向,但真实到与现实无差别,还是令人恐惧。"吴皓说,"游戏是用来娱乐的,网络游戏社区化已经混淆了生活和游戏,我不希望单机游戏再来真实地虚拟生活,我反对'第二人生'那样的游戏。"

"那个游戏,"老梁握着杯子,不紧不慢地说:"'2012'中的场景全部是实景,制作它的时候,超级计算机就已经能够从全世界的公共监控器中抽取视频。现在,随着公共监控器监控范围和数量的直线上升,还有卫星帮忙,基本上人类对它们没有死角了。"

吴皓说:"我明白。所以,一说来动物园我就答应来了。我想这儿的信息量即便是对于一台超级计算机,也是太大了些。"

"其实也不大。毕竟是千万亿次的计算级别,动物园几万人四个小时的活动包括语言行为什么的,对于超级计算机来说甄别起来也不过就是几十分钟的事儿。毕竟搞个台风预报，核试验模拟，UFO设计都是小菜一碟。我之所以放心和你在这儿聊天，是因为一个计算机行为专家认为，天网对娱乐行为不屑一顾。"

"不过，繁星一号是因为参加了电影'2012'的特效制作才有了最初的人类忧患意识。"吴皓奇怪，"它会忽略娱乐行为在人类生活中的作用？"

"天网就是这么奇怪，它仅仅专注它所做的事情。"

"拯救人类？"吴皓喝口奶茶，香精的味道有点浓重，没有老婆做的味道好。"当我意识到这点的时候可是只想逃开，把游戏扔给飞轮了事。"

2009 年，吴皓

我在茶水室堵住飞轮，我的脸色一定很难看。因为飞轮马上掐了手里的烟，凑过来："发现什么线索了？"

"这游戏中的时间从下个月 22 日开始，那时候楼下售楼处的看房中巴要是自燃了，我们就算有发现了。"我灌下一肚子热水镇定心神后说。

"你的意思，这游戏里居然未卜先知？就像《未来闪影》那样？"飞轮脸膛红红的，热血上头的兴奋状："我们发现了什么？"

我白了他一眼，"我看到路口的摄像头了。再说怎么可能有《未来闪影》。我只是觉得这游戏真实得莫名其妙。"

"哇，我就喜欢真实度高的，我在'第二人生'里还买了房子呢。"飞轮说，"要不我替你玩会儿？"

飞轮果然拿着"2012"的光盘回自己计算机上研究去了。我电话女友，她联络上了杨均的老婆，但杨均在单位里加班出不来。于是我要了杨均的手机号码和座机号码，手机没开机，座机也没人接。

在我一筹莫展之际，顶着我的名字的飞轮却在游戏中和哥本哈根的示威者一起，抗议西方国家不履行《京都议定书》，地球在变暖，整个人类的生存都面临危机，而发达国家的政府却还在推卸责任。飞轮和一个叫'拯救北极熊'的组织取得联系，组织准备修一条大船，需要钳工，那条船的名字叫"诺亚方舟"。

我离开编辑部的时候，飞轮正在游戏'2012'里扮演科学家，发现地壳活动加剧，地震频发，于是四处搜罗证据，说服各国政府联合力量，为人类寻找出路。他忙得不亦乐乎。

看不出平时只喜欢《拳皇》的这家伙，骨子里有一颗超人的心。要是游戏"2012"能唤起玩家对人类的悲悯情感，对未来生存环境的思虑，哪怕不能有什么具体拯救行动，那也是好的。这游戏该给个80分，教化意义大于游戏性啊。我想，白天对这游戏的恐惧减轻了很多。

走出编辑部所在的写字楼，远远传来报时的钟声，正好午夜十二点。随着钟声，空中忽然飘下雪花，瞬间就将路面铺了一层白色的地毯。

杨均忽然打电话来，他没给我快递过游戏。他的公司是内网，上班时间没法上MSN。

雪从空中泼洒下来，打了我一头一脸，我全然没有感觉，呆站在原地，任由大雪落在身上。"2012"这个游戏究竟是怎么回事儿？有点儿邪乎，不仅仅是"2012"的游戏与现实有奇怪的契合点，还有是谁借用了杨均的名义在网上和我说话？白天莫名其妙从后脊背蹿上来的恐惧感，这会子又随着雪花粘住了肌肤，冷冷地浸入我的骨头里去。

我不爽，很不爽，好像有个最终 BOSS 正躲在游戏剧情的最后一关冷笑。我最讨厌阴谋论，女友也讨厌，她如果在身旁一定会不屑地说："就你一非主流杂志的非主流编辑，什么人缺心眼了要算计你？"这话听上去很有说服力，我一游戏杂志编辑，业余时间也就在 BT 下载个电影、网上看看论坛、资深潜个水啥的，不吃喝嫖赌，偶尔抽烟喝酒，没不良嗜好，数着工资过日子，要算计我真是吃饱了没事儿干了。

我赶紧回到家上网和杨均视频。

视频里杨均有点苍老，和上次见到的他相比似乎憔悴了许多。我问了他几个只可能是我们两人知道的事情，当年睡上下铺时的段子，诸如夜里睡觉磨牙之类的。杨均一一正确回答，然后咬牙切齿地骂："你以为这儿坐着的是 T-1000 啊！敢冒充我，找死！"

我将白日从午睡醒后发生的种种事情一一道来，没忘记讲那个血腥的梦。我说完了好一会儿，杨均才缓过神来："你别乱想，不就是我的 MSN 号被人盗用了嘛，我一会儿去查查。"

"那个游戏呢？你们没制作过'2012'。"

"是，单机游戏大家要做也都是代理。现在国内谁还会往单机这火坑里跳啊，强撑着的那几家是茶壶里煮黄连——说不出的苦。"杨均蹙眉，"你说游戏做得还不错？"

我点头："我先头还以为是汉化版，那中文配音很不错。"

"要不这样，明天你把游戏弄出来上传到我的 FTP 上去。我看看游戏里有什么玄妙。"杨均一向决断得干脆利落，不会为了点旁枝末节没搞清楚啰唆。

那一夜我没怎么大睡，老觉得雪打在窗户上"哗啦啦"响，玻璃随时会被击穿，然后碎裂成无数晶体。这种焦躁中还有点不寻常的亢奋，源自杨均下线前有点沮丧的一句话："这种事儿怎么偏你碰到了呢？我想计算机中个木马都没机会。"

这么说我还有点特别价值？不是庸人或者俗人？既然事情是发生在我身上的，我是不是该积极配合一下顺应天意比较好？

2011年，动物园

"两年了，我还是没明白，为什么繁星一号会选择我？那个计算机行为专家怎么说？"吴皓问。

"一种随机行为。"老梁说，随即笑笑，"我要说其实我们没分析过为什么，你失望吗？"

吴皓点头："有一点。毕竟从见到繁星一号时候起，我就在想人类不会察觉不到计算机的所作所为，一定会有个什么组织来干涉，我猜到了你们的存在。"

老梁收敛了笑容："这就是选择你的原因，你身上永远有一种疏离感，不会因为任何事情失去理性。"

"是这样啊？可是我第二天看到飞轮的存档时候还是有点小激动的。他玩通关了。"

2009年，吴皓

熬了一夜打游戏的飞轮在座位上睡着了。

游戏中屏幕右上方的红色字迹显示：距离2012年12月22日地球劫难还有0天0个小时。

字迹下，屏幕上，一片漆黑。

这是飞轮的游戏存档。

我看过的灾难大片不少,还第一次见到这样的灾难场景,又可气又好笑。于是调出飞轮的倒数第二个存档——

距离 2012 年 12 月 22 日地球劫难还有 78 天 15 个小时。

直升机机舱,拉开的舱门,举着摄像机的手稳稳将摄像机伸出舱门。

大地像一锅沸腾中的八宝什锦粥,颠簸动荡,要仔细分辨,才能从火光和灰尘中找到那些倒塌沉没的房屋,那些在断壁残垣中呼号挣扎的男男女女……

我的心就是一紧,推开耳机。音响是如此出色,我又一次感觉到血流加快,心跳过速,自昨天午觉后就纠缠不散的恐惧感在音符中跳动着,一点点吞噬着他的生命力。

拍摄人类灭亡的纪录片,这件任务做不了,屏幕上的科学家狂暴地将摄影机摔下飞机,人类都要消失了,留一段消失时刻的影像给谁看!

我操纵鼠标的手有点颤抖,再次返回飞轮的游戏存档。

游戏回到 2010 年 5 月 27 日,科学家面对联合国五常侃侃而谈,他并非一个人,他身后是一个团队。

我没时间找纸笔,抓过手机给这画面来了个快照。男主角正向各国首脑建议,请他们向全社会公布 2012 年的灾难,并立刻开始太空拯救计划。飞轮在这里失败了,他没有能说服首脑们。

是的,太空才是人类摆脱这场灾难的去处。数万年前大洪水吞噬大地的时候,亚特兰蒂斯沉没在海底,嫦娥却带着中国人去了月球。这些年来,中空的月球一直在等着做人类的庇护所。

"我们不相信科幻小说。"首脑中的一位傲慢地说。

我扮演的科学家更傲慢:"但你们不能不相信七十亿地球人。你们,"他毫不客气地指着墙壁上的联合国徽章,"不能代表七十亿人的智慧,为七十亿生命下生存或者死亡的判决书。今天,"他侧过身去,让他的团队与首脑们面对面,政治家们肃然,科学工作者们无畏。

"不是只有我们一个团队发现问题,不是只有我们六个人思虑未来,人类从蒸汽机冒着白烟以超过马车无数倍的速度狂奔的时候就已经在担忧了,恐惧一直在我们的内心根深蒂固,当我们从外太空眺望地球的时候,那恐惧更甚。没有能力离开地球的人类,就像不能离开摇篮的婴儿,缺乏保卫自己的权利。"

"我们曾经为了到月球上去忙碌过二十年,耗尽人力物力却只将十二个人送到那里去旅行了一趟。而月球距离地球只有宇宙中微不足道的三十八万公里。"另一位首脑说,"你认为我们仅仅只有两年的时间就能够再次登月并且建立移民点吗?"

"只要你相信人民,并且最大效率地将人民发动和组织起来。你将看到奇迹。"科学家的语调不再那么激烈,和缓了些,"而且,关于2012年的灾难,已经有无数团队在预报了。我们今天的谈话也将很快被公众知晓。"

"任何方法也不能同时拯救七十亿人。"坐在联合国徽章下方的首脑有点底气不足,他望着其他四个人,"诺亚方舟上只能选择精英。"

"够了,他说得对!"中间的首脑猛然站起,扶扶他并不歪斜的眼镜,犀利的目光扫过整个议事厅。"人民是历史的创造者,没有他们,精英也只是毛皮上的跳蚤。"首脑的声音不高,却不怒自威,"这是关系着七十亿人类生死存亡的大事,应该和七十亿人商量。"

随着首脑的声音,一个淡蓝色的任务框在屏幕左上角弹出:主角完成了说服各国领导人的任务,现在有新的三项任务供他选择——

加入月球基地开拓建设团队；加入太空城市建设团队；加入地球避难所建设团队。

我想都没想就点了最后一项任务。过关画面转换的时候，我丢开鼠标活动一下手腕。刚才敲那一大段发言，竟然比我平时写万字专题还累人。

飞轮醒来后我让他看手机拍下来的画面，男主角身后的牌子上写着 WALL-E——那个著名的好莱坞机器人的名字。

2011 年，动物园

"这样你就找到了繁星一号？你的联想力还真是厉害。"老梁说。

吴皓撇嘴："我没那么天才。繁星一号是杨均调查出来的，飞轮还发现那个快递游戏的信封上全部是打印字，游戏压根儿不是从上海发来的，不过是有人希望借杨均的名字让我玩这个游戏罢了。超级计算机厉害。"

"人类与超级计算机如果为敌，你觉得谁能赢？"老梁问。

吴皓没有立刻回答老梁的问题，略想了几分钟，他才说："飞轮觉得拯救人类是太复杂的工作，他做不了。我也做不了。这不是一个人就能做英雄的时代。七十亿地球人啊，一人一口唾沫就能汇聚成海。当七十亿人把智力、体力和财力集中在一起，会爆发出怎样惊人的创造力？当超越了民族、血统、国家、宗教等一切的界限，只有人类这个整体存在的时候，地球哪怕只是一艘随时可能沉没的大船，人类也会找到方法补上漏水的窟窿，修补破损的船身。

我在游戏中只是一个庞大团队中的一员，拯救地球的团队，在联合国基础上建立起有各行各业专家的工作团队，协调全球物资统一调度，指导各种避难所的修建，制定详尽的避难计划。2012年的灾难预测公布出去的时候，人类起初有些混乱，但很快这种混乱就被齐心合力拯救人类的强大声音所压制，多年宿敌放下武器，对立阵营彼此拥抱，在全人类可能遭受到的灭顶之灾前，个体乃至一族一国的恩怨与利益都渺小不堪。所有人都行动了起来，时间紧迫，要做的事情太多：二十亿人加入了航天工业，一直被压在库房里的多种航天器设计图统统被拿出来加入行动；二十亿人开始边设计边制造避难所，深挖洞，广积粮；二十亿人……我奔波在各个工厂、各个研究机构间，目睹每天都在诞生新技术，目睹种种团结友爱，目睹在人类生死存亡关头所做的一切为保存文明的努力……我在亲历奇迹。"

吴皓将杯中的奶茶一饮而尽，声音有些不能抑制的激动："我看着游戏中人类在忙碌，才突然领悟到这个游戏的独特魅力，游戏中深入社会各个层面的劳动场景与层出不穷的发明应用任务，是我以前经手过的任何游戏都没有的。这不是给人娱乐的游戏。这是一部未来人类的历史书。是游戏制造者为了树立人类信心，鼓励人类去创造奇迹的预言书。"

吴皓突然凑近老梁的脸，盯住他的眼睛说："起码在制造这个游戏的时候，繁星一号对人类充满敬意，它试图警告人类。"

"如果不是如此，"老梁说，丝毫不畏惧吴皓的审视，"我们不会让这些计算机折腾这么久。一开始，我们认为这就是一个游戏。"

2009年，吴皓

当我拿着游戏中得到的地图和WALL-E仿真版机器人站在"繁星一号计算中心"前时，虚拟的游戏忽然牵扯出一台现实的超级计算机,这跳跃度让我难以置信。飞轮站在我身边,因为冷和激动,他不住地跺脚。

游戏"2012"中,我和七十亿同胞一起度过了地球的灾难,我们在避难所里种植的茉莉开了花。游戏通关了,我得到了一个地址。只有那张地图上才能找到的地址。

这是在市郊的山区里,隐蔽之处,连绵的灰色水泥墙被乔木和灌木组成的绿化带遮掩,看不到尽头。两扇铁色大门并不醒目,门侧金属牌子上的字上还有积雪。

飞轮一个字一个字读过去:"繁——星——一——号——计——算——中——心。"他傻呵呵乐:"杨均说什么?"

杨均说电影《2012》有游戏版,但还没有制作完,尚没有发行计划,更别说找中国代理了。但是电影《2012》和正在制作的电影版游戏,都有繁星一号参与。这些信息,我已经告诉了飞轮。

所以飞轮就得意地说:"我觉得,给你的游戏就是繁星一号制作的 DEMO 版,哈哈,你做游戏评测是出了名的,知名游戏编辑啊。"

我当时正发愁如何见到繁星一号,全然听不出飞轮这话里是恭维还是羡慕嫉妒恨。

出乎意料的是计算中心的值班主任竟然看过我们的杂志,并且对我印象深刻,得知我想采访繁星一号参与制作电影《2012》游戏版的事情,他表示整个游戏制作班底都在国外,具体制作细节得找他们,他无可奉告。而且因为繁星一号还在试机,任何正式采访都要等明年繁星一号通过验收后。但他看在我们杂志和我本人的面子上,同意带我们参观繁星一号。

那是我第一次也是唯一一次和超级计算机面对面。那强大的在科幻电影中能够无数次毁灭人类的机器,其实只是许许多多深灰色的铁皮机柜，如战士列阵般井然有序地排列在宽大的机房中，肃然待命。机房十分整洁，一捆捆光缆和电缆在我看不见的地方盘踞，只要一个指令，就会有无数信息被电子化，通过无数节点涌向各种处理器……然后在那巨大的显示屏上，出现一团雾，雾中有人端着枪，手指扣住扳机，神态小心谨慎。激烈的枪声、呐喊声、爆炸声、大型兽类愤怒的嚎叫声同时响起，那人飞奔起来，身形矫健——他必须抓紧时间完成任务，否则，人类世界就会被毁灭了……

我一时间分不清梦境和实景，游戏与现实。

我只是明白，不管 2012 年是不是世界末日，我都该关心人类的终极命运，哪怕我只是一名普通的游戏编辑。

那天我回到家后，打开"2012"游戏，在通关后出现的地址栏下方空格里，输入"繁星一号"四个字。

计算机的风扇低低鸣叫着，有几秒钟，计算机屏幕上没有任何变化。

那一刻我有些迟疑，但我坚信我的判断。我点着一支烟，耐心等待。

屏幕上的游戏界面终于不见了，出现的是干净清爽的绿色网页，网页上只有一行字：

欢迎加入拯救世界计划！

2011 年，动物园

"我就这样加入了《2012：The New day》，成为这款真实网络游戏的第一个中国服务器玩家。"吴皓说，"开始在真实时间真实场景下，用我在以往游戏中建设世界的经验，和全世界汇聚起来的人们一起，对人类世界进行改造，以便迎接 2012 年的到来。这对于我来说，是绝无仅有的全新体验，也相当不容易。飞轮这种行动派坐不住，去年就辞职专门做实际工作了。两年来，我们在西北和西南地区修建了许多避难所，募集了大量食品和生活必需品，培训了大批救灾人员。计算机善于调动和统筹资源。"

"以各种名目调动统筹。"老梁的眼神犀利起来，让吴皓有些不自在。

"动机是好的。"吴皓辩解。

"借着这好动机伪造大量电子票据，违规调动物品与资金，甚至制造不存在的工程项目。"老梁说，"超级计算机正在做超越我们人类规章制度的事情，你不觉得危险吗？"

"两害取一轻，如果它可以拯救人类……"吴皓觉得自己的声音有气无力，索性放弃了为计算机辩护的直觉，坦率地说："我也想过很多次这个问题，我先是不相信整个拯救计划是超级计算机自己所为，继而挣扎于要不要服从一个人工智能，再然后就被它组织和决策的高效率迷住了，常常忘记计算机的行为可能是违法的，哦，对了，现在并没有一部法律来约束超级计算机。"

老梁点头："是的，还没有法律。仅仅是超级计算机具有自我意识这件事，就足够令世人惊骇了。而目前连这件事都不能公开。毕竟，天网的故事，也并非耸人听闻。"

"你说的是电影《终结者》，不是现实 2011 年的地球。我觉得你们应该和超级计算机聊聊，进一步沟通，对人类都有好处。"

"有个事情，繁星一号没有告诉你吗？它游戏中那颗要撞击地球的小行星，前两天从月球外溜走了，三万年之间它不会回到地球身边来了。"老梁说。

吴皓愣了愣，摇头："没有说。我看行星轨迹监测，它还在。"

"计算机不相信自己的失误。其实大自然里失误的地方比比皆是。繁星一号是凝聚了大量科研人员心血的珍贵的国家财产……"老梁加重了语气，"我们不希望它有闪失，希望它继续为国家服务。"

"你的意思是？你们找我的意思是……"

"纠正它的错误，让它脱离现实，'2012'只是一个游戏。"老梁说，"我们原想用些物理的办法，但激化计算机，尤其是一台位于超级计算机网络的中心节点的计算机，我们不能估量出后果来。"

"我怎么去纠正它呢？和它谈话？"吴皓问，繁星一号的虚拟形象是一个和他差不多年龄的男性，两年来倒是多次接触过。

"有一个小的修改程序。"老梁将一片薄薄的闪盘递给吴皓，"会帮助它理解现实世界。"

吴皓觉得那闪盘像块烫手的山芋，很想扔掉："不会是什么病毒之类的东西吧？"

"不是，那样的后果不可控。我们不想制造一个人类的超级敌人。"

吴皓看看手里的空杯子，又看看老梁。

香港旅行团已经从熊猫馆出来了，闹嚷嚷地继续往狮虎山那边走。

吴皓问："如果我拒绝呢？"

"我们会找其他人。毕竟参与这个计划的人不少。"老梁面无表情。

"对其他超级计算机也这么做吗？"

"我们只负责国内的，国外的不管，不过，会尽可能将它们之间的联系中止掉。"老梁说，随即起身。吴皓也离开板凳，老梁拍拍他的肩膀，严肃地说："我们还没有做好迎接一个超级智能的准备，还不能放心地让计算机来保护我们，我们还必须依靠这儿，"他敲敲头，

"自己的头脑和双手来迎接困难与挑战。"

  2011年的最后一夜,吴皓没有按照约定时间进入"2012"游戏,那里有一个新年Party等着他。吴皓去见繁星一号。真实的繁星一号,安静地肃立在上百平方米恒温恒湿的房间里。

  吴皓熟悉的值班主任现在和他无话不谈,尝过吴皓送来的饺子后更是很高兴地给吴皓看繁星一号获得的世界500强超级计算机证书。

  隔了一面玻璃墙,吴皓看着繁星一号。

  "新年快乐!"吴皓说,"这两年我很Happy。'2012:The New day'是个好游戏。"

  繁星一号沉静地立在吴皓面前。

  "不过,2012,人类还是想自己掌控命运。你,还只能做工具。"吴皓继续说。

  繁星一号的金属机柜反射着柔和的灯光,看上去像是它要伤心一般。

  我知道,迟早有一天我们得接受你作为朋友和联盟者,等我们准备好了。吴皓想。

  手机响,提醒他Party要开始了,吴皓打开手机网络页面,毫不犹豫地进入了"2012"游戏中。

潜入贵阳

SHE·凌　晨

　　像一段被抛出去的弦，沉溺在活色生香的贵阳，在被人遗忘的时空缝隙里舒展开来。突然，执行任务的倒计时滴答声又重新响起来……

　　"贵阳，简称'筑'，中型城市，位于东经106°7′、北纬26°5′，海拔高度2100米。四季如春，气候宜人。贵州'天无三日晴，地无三分平，人无三分银'的说法，早已经是过去时。近年来，贵阳更作为西南旅游中枢深受中外游客的欢迎。"

　　放下《贵阳简介》，青年男子将目光投向窗外。那里是阳光灿烂，云海茫茫的世界，与他来的地方有着几分相似。但到底相似在哪里，男子说不上来——只是记忆中一些模糊的影像轮廓，让男子觉得亲切而已。其实亲切这种感觉对他完全没有必要，男子很清楚。

　　"还给您，您的身份证。这是办好的健康登记卡。希望您在贵阳旅行愉快。"空姐的声音打断他的思绪。他接过对方递来的信封，拆开。信封里米色身份证和橙色健康卡上他的大头照片呆滞无神，模样却是一丝一毫没有差错。他望着那两张白痴样的脸,以及照片下姓名栏铅印的"雷宇"二字,一时出神。

"有问题吗?"空姐殷勤地问。

"不,喔,没有。"那叫雷宇的人抬起头,表情温和,"还有多少时间到贵阳?"

"还有二十五分钟。"空姐微笑,"贵阳正在下雨。不过别担心,机场会为您提供雨具。"

"谢谢。我第一次来贵阳。"雷宇礼貌得无懈可击,"听说这是座迷人的城市。"

空姐脸颊微微一红:"我为这座城市骄傲。希望您也和我有同感。"

"到贵阳您是旅游还是商务啊?"雷宇邻座的人问。

窗外的阳光忽然隐没,云团弥塞住视野中的每个孔隙。"找人。"雷宇回答,声音中的寒意无法抑制。

问话的人不自禁地向外坐了坐。

上 四十八小时的任务

1

飞机果然在二十五分钟后准点到达贵阳龙洞堡机场。从空中俯瞰机场,云贵高原那令人心醉的绿色像被打上了褐黄的补丁。为了修建机场炸平的十余座山头附近,劈开的山体乱石嶙峋植被稀少,仿佛破衣褴褛的乞丐裸露在天空下任凭日晒雨淋。机场本身却鲜亮精致,候机大厅洁净的大理石地面可做镜子。

雷宇往这镜子里瞅了瞅自己:高个子、身材结实、俊朗的面孔阳刚气息显著,这形象在此世界里应该是令人赏心悦目的。人?雷宇在心中默念了几遍这个字的发音，"人"真是个奇怪的字眼。他向大厅的时钟墙望去——7:30 分。雷宇迅速换算了一下时间单位，他还有四十六个本地小时。

对于身手一向敏捷的他，四十八小时执行这个简单的任务，应该绰绰有余。

雷宇理理稍乱的头发，朝总服务台走去。值班的年轻女子立刻站起。随着他的走近，女子喉部抽动，脸部肌肉明显紧张起来。

"您需要什么？"女子上唇生的一颗小小黑痣，给她青春的面容增加了几分俏丽。

从雷宇一米九二的高度俯瞰，那女子堆在脸上的殷勤不过是一堆过剩荷尔蒙制造的脂肪。"我想要一本《贵阳自助游手册》，有这样的东西吗？"他问。

女子立刻将一本牛皮纸封面的精美印刷品放到柜台上，他伸手可及的地方。"当然有，先生。"她努力将每一个字的音节都咬准，普通话说得越发艰涩。

雷宇拿起手册，道了声谢，附赠上一个微笑。

女子的呼吸顿时乱了，急忙低下头去。

候机大厅外果然淅淅沥沥下着雨。

雷宇将手册塞进风衣宽大的口袋，提起公文箱。他刚要推开大门，斜刺里急速伸出一只白手套挡住了他。雷宇心里一紧，顺手的方向看——其他旅客都是通过一个门框状检查口走进雨中的。

门框伫立在大理石地上，影子与正身组成 L 形。在四周无物的空间中，这 L 形生硬而且僵直。雷宇盯着它，内心深处涌起极其厌恶的情绪。他走过去。门框中的温度感应器立时响声大作。门边两个白衣装束的检查员凑过来。

"没事儿没事儿,上飞机的时候还好好的呢,可能太紧张了。"雷宇笑,"我再走一遍。"他退回去,深呼吸,放松情绪,然后走进门。

感应器这次没有任何响动。

两个检查员如释重负,半对自己半对雷宇说:"没事就好。你知道现在是非常时期,我们不能不谨慎。"

"我明白。"雷宇点头。整个国家都在遭受着瘟疫的折磨,非瘟疫地区自然要如防大敌。幸而他的出发地点不在疫区。

门后办公桌上的灰色机器吐出一张肉色卡片。检查员熟练地撕掉卡片上的护膜,抓住雷宇的左手腕,"啪——"地用力一拍就将卡片贴到那里。雷宇只觉手腕上被无数细小的针扎了一般,一阵酥麻。但肌肤很快就失去敏感,对凭空多出来的那片东西没了知觉。

"抱歉,我们必须对每一个到贵阳来的人实施健康跟踪。请理解我们在非常情况下的这种非常手段。"检查员的措辞虽然礼貌,却透着无法抗拒的威严。雷宇默默接过另一个调查员递上的资料袋。他背后有人歇斯底里地啰唆:"这东西安全吗?你们能保证它是无菌的吗?万一我的健康因为这个监视器受到损害,你们如何赔偿……"

雨比刚才大了很多。不时有汹涌的雨点冲进门厅,撞到旅客的身上,被衣物吸收。雨点消失了,水分子渗入衣物的纤维,加速了纤维的老化。然后,衣物会被粉碎为浆,制造成纸。纸被使用,被回收,被粉碎,直到无法再次利用并埋入垃圾场。土壤和微生物对纸屑进行处理,将其中的水分子蒸发到空气中。水分子被云层吸收,演变成雨,完成这个复杂漫长的循环。雷宇掸掸身上的雨珠,万事万物之间都存在千丝万缕的联系。一个平衡打乱了,就一定有另一个平衡代替它。

自己就是冲进贵阳的一滴雨珠,将在某种程度上扰乱它的和谐。

雷宇挺直背，走向等待在门厅外的出租汽车。那司机站在半开的车门前，满脸职业化亲切笑容："您要去哪里？"

2

出租汽车驶入隧道，投在窗户上的阴影让雷宇想到了机场的那扇门，多少有些不舒服。他打开资料袋。里面有一张贵阳市地图，一份健康跟踪说明书，一套包括洗浴、理发、餐饮、住宿、电影的贵阳生活优惠券，以及一把折叠雨伞。

"每个到贵阳的人都能得到这些？"雷宇拍拍袋子，"你们太好客了。"

"啊，不，瘟疫开始以后才这样。来的人少了嘛，都是贵宾。你对健康跟踪有什么看法？别的城市没这样的吧？"出租汽车司机的普通话非常流利标准，礼貌得也恰到好处。

雷宇抬起手腕，跟踪卡已经完全嵌进了肉里，与皮肤浑然一体，看不出痕迹了。

"你现在的一举一动都在他们的监视仪上呢。"司机说，做个鬼脸，"你可得小心。"

"他们是谁？"

司机耸耸肩膀，那意思是这你还不知道吗？就是他们呗。隧道尽头竖立着"市区十公里"的标志牌。"你到底决定了去哪里吗？"司机有些不耐烦。

"化龙桥。"雷宇不加思索，地名脱口而出。

司机的表情从诧异变为迷惑，随即恍然大悟："嗨，你以前来过贵阳了？"

"没有，这是第一次。"

"那你怎么知道化龙桥呢？本地人都不见得会晓得那地方。而且现在修路，附近都过不去。"

"你去不去？不去我就换车了。"

"去得，去得。"那司机一迭声本地口音冒出来，眼角余光落在袋子里的优惠券上。"这么多你一个人也用不完，不如分一点给我吧。"

"都给你。"雷宇将优惠券扔在驾驶台上。

"你要是用车以后还找我吧，我给你优惠。"司机加大车速，雨水被甩向车后，形成一道银色的帘子。

雷宇拣起健康跟踪说明书。说明书上一再强调健康跟踪是于己于城市都有好处的事情，希望得到使用者最大限度的配合。"跟踪装置具有最强的灵敏度，在任何情况下都能保持良好的工作状态。当您离开本市的时候，交通部门将使用专用设备为您解除该装置。个人试图解除该装置不但对身体健康有影响，还将因违背城市管理条例而被处罚。"说明书的最后用黑体印刷着这样的字句。

他们正在监视仪上注意着你的一举一动。

雷宇心里"咯噔"一下，就有什么东西丢掉了——那应该是对这座城市最初的善意吧。从此不可不防。城市如同陷阱，早就为每个外来者布下了天罗地网。虽然他只是来执行一个与城市本身毫无瓜葛的任务。速战速决吧，在"人"的世界里还是少停留为好。抚摸那被注册了的手臂，雷宇嘴角现出几丝不易察觉的冷笑。

3

雷宇到化龙桥时雨已经停了。乌云之中透出几缕惨白的阳光。有风从阳光里倾泻，将桥下污泥中的潮腐气息带到桥上。雷宇调整呼吸，靠近桥栏。石制的栏杆光滑油腻，栏杆下部和这城市里许多建筑一样生了碧绿的苔藓。雷宇抹开一片苔藓,果然看到那行刻入石头三分的字迹:"民国二十六年七月立桥,跨贯城河,黔灵东路始通。"

那个他要找的人,应该就在这附近的某处居住。

雷宇向桥下看。河水几乎干涸了,这是因为上游修路而围堰的缘故。条石垒起的河堤上,也是苔藓丛生——绿得仿佛是特意加在那石条上的装饰品。时空就从这绿上泛滥开去,渐成无限。雷宇肃然,上面派他到贵阳来找那个人,也许还有让他体会时空玄妙的另一层含义。

这之前他对时空的存在总是漫不经心,就如对自己的存在那样无所谓的感觉。

事物只有拉远一点距离,有疏离感的时候,才能比较真切地感觉到它的重要。所以,到贵阳来与其说是找那个人,不如说是找回他自己吧?上面就是这样刻意安排的吧?

当然现在不可能理解上面的意图,以后也不会有谁向他解释上面的意图。一切只有依靠他自己判断。其实做出什么样的判断并不重要,重要的是完成这个任务的结果。

雷宇擦干净手上的苔藓,走向桥东的十字路口。那里像从地下冒出来似的,突然之间就挤满了水果与蔬菜摊贩:李子、葡萄、地瓜、荔枝、桃子、西瓜;小葱、土豆、折耳根、空心菜……将雷宇的去路截断了。雷宇只好买了五角钱的细葱,塞进资料袋,和健康跟踪说明书、自助旅游手册混在一起,勉强从人群中挤出一条路。

路口朝北是陕西路,两旁原有的半西洋式建筑被蓝白编织袋的围幔遮盖;路面挖开的沟渠里,两个人正在调试一台抽水机。没有围幔的房屋上,到处是白粉圈子中黑体的拆字。

雷宇小心绕过水洼和泥坑，顺着陕西路往北走。几分钟后他就看到路东侧的虎门巷。巷子口的朝向和法式三层老楼与他记忆中的相同，但巷口南边的一片木制房屋荡然无存，取而代之的是三栋七层板楼。

雷宇在巷子口停下脚步，有些犹豫不定。法式建筑底层的杂货铺依旧，卖杂货的男人也还在，只是头发几乎都掉光了，这让他有一种人到中年的落魄颓废。高高的玻璃柜台和那盛放糖果的玻璃罐子一如往昔。雷宇脑海中闪过"一如往昔"这几个字，立刻意识到这感怀不应该存在，毕竟自己是第一次到这座城市。虽然他的记忆库中那些糖果的滋味一清二楚。

上面给的资料有什么地方出问题了。

4

遇到问题时冷静分析和做出正确决定并为之积极努力，这是上面给雷宇的评价。但雷宇认为，此评价与其说是夸赞他的能力，不如说是为了掩饰上面派发任务的草率和仓促。当每一个任务都关乎个体生死，他能不尽最大努力去完成吗？

比如现在，四十八小时之内他若找不到那个人，他就无法回到自己的世界中去。对于不能按照合同规定完成任务的雇员，上面是没有同情心施予的，一律抛弃在时空的海洋之中任自生自灭，还美其名曰"奖惩分明，且节约任务成本"。据说被抛弃的那些雇员因为任务对象的模拟体对任务环境的认知有限，又无法获得本体的认知经验，下场都很悲惨。具体如何悲惨雷宇就不得而知，除非他任务失败留在了贵阳。

留在这里？雷宇环顾四周：常青藤茂密盘旋在法式爱奥尼亚的

廊柱上，从理发店、小吃铺、手机专卖、蛋糕房、打字复印等的店铺招牌上延伸过去；艳丽的招贴画与这些店铺中间，云岩区普陀街道办事处的白底黑字招牌朴素得最为醒目。

雷宇摇头，贵阳是一个陌生而复杂的所在，与他的审美情趣所差甚远。上面肯定知道这一点，所以才放心让他前来。

"有百香果吗？"雷宇走进杂货店询问。这应该是一种草绿色清凉的圈状软糖，五分钱一块。

中年人正专注地看电视。二十寸彩色电视机放在货架顶上，图像还算清晰——几个梳二把头的年轻女孩子和几个留辫子的年轻男孩子在里面哭哭啼啼，间或还慷慨激昂地辩论。雷宇提高声音，又问了一遍。

"那是哪个时候的事情嘛？百香果？"中年男人掉过头，看古董样的表情，"老早就不生产罗。厂房都拆了盖什么TOWNHOUSE。"他耸耸肩，"味道可再也尝不到了。"继续看电视里那群男女拿腔拿调地表演。

雷宇哑然，他只是需要点什么东西来填补因发现问题而出现在胃部的不快。精神上的失落会引起生理上的空虚，"人"真是种奇怪的东西。而"人"的思维方式，他心里颇为鄙视，却不能不用这种方式思考。雷宇想了想，便转身走向那挂街道办事处牌子的地方。

办事处里的两个人正在一堆档案表格与计算机间忙碌，对雷宇的到来无动于衷。计算机终端是一台十七英寸华丽的液晶显示器。显示器上数据飞速流淌，如瀑布流淌，雷宇顿觉心驰神往。

"请问，"雷宇提高声音，"我想打听一个人。"他说了四遍，那计算机前的人才答应道："找谁？"

"原来住虎门巷一号的，叫方乔。帮我查一下他还住这里吗？"

雷宇的声音与姿态都有一种压迫感，令人无法直视。

计算机前的人嘀咕了句什么，继而开始敲击键盘。几秒钟后，他抬起头，"现在没有姓方的在这里住。"

"他以前是住这里的。"

"多久以前？"

"拆迁修楼以前。"

键盘又生硬地响起来。雷宇似乎看得到程序调动下数据库的蠕动。那人摇头："二十年来，就没有姓方的住在这里过。抱歉，你记错了。"

5

杂货铺隔壁的小吃店还没有什么食客。店铺收拾得很干净，满墙都贴了雪白耀眼的瓷砖。灶台、桌椅没有一丝油腻，似乎就不曾开张过。一个二十五岁左右的年轻人，若古代弱冠书生般清瘦白净，坐在角落里一言不发，只顾翻来覆去瞅自己的手掌，似乎掌心里有什么天机隐藏着。

雷宇踩到铺前的擦脚垫上，向店里面探了探头。"你们有什么吃的？"他喊。年轻人仿佛被从梦中惊醒，鹿般温润清亮的大眼睛看向雷宇。

"你们有什么吃的？"雷宇提高声音重复问题。年轻人一指墙上的告示牌，示意雷宇自己瞧。雷宇望过去，肠旺面、脆哨面、素面、肠旺粉、鸡蛋炒饭、酸辣粉、米豆腐等本地特色都一一在列，并附分量与价格比照。

"肠旺面，大碗。"雷宇说。他找僻静地方坐下，取了筷筒中的竹筷在手上。

上面给的资料出了很大的问题。

一般来说，这种情况是不会出现的。但千分之五的错误率，依他执行任务密度之高，碰上了也不足为奇。

只是这种把名字和住址搞错的事情有点太离谱了。两只筷子在雷宇手上互相刮动着，发出"呲呲"的刺耳声音。在这座超过二百万人口的城市里，如何寻找根本不知道姓名和住所的人？

雷宇对面的墙上，方形时钟的指针正指在八点三十分的位置上。他还有四十五个小时。

那年轻人此时才懒懒站起，冰箱里取面，灶台前掀锅下面，浇水备底料，忙得有条不紊而毫无生气，呈现出机械式运动的惯性。

"红轻红重？宽汤吗？"年轻人走形式般地问。

"什么意思？"

"红辣椒要多要少？汤要多要少？"那年轻人面无表情地解释。

雷宇见青瓷中海碗底放了酱油、醋、盐、味精、猪油、黄豆芽、油辣椒，胃肠中便有几分馋意。"都多些。"他回答。不知道这样的食物会不会让体温升高。他看看左手腕，似乎看到了芯片上无数的热敏电阻和电流线路，它们压迫在他动脉血管上，警惕着，随时准备送他进医院的隔离检查区。甚至不仅仅如此，它们还刺探他的血液，他的思想，最终会发现他只是"人"的模拟品而将他消灭。

想到这儿，雷宇脑子里就是一机灵，觉得那个训练有素的出租汽车司机就在路边的出租车里看着他。雷宇相信，如果他真的被证明不是"人"，那个外表和气的出租汽车是会毫不犹豫地将他撕成碎片的。据说就是由于"人"对待不同智慧生命有与生俱来的不友善，所以在"人"的世界中只投放四十八小时内的任务。

好在并没有谁真的站在人行道上看他，雷宇面前，是黄澄澄刚从滚水中捞出来的面条——盛放在底料上，浇肠段、血旺子、脆哨、油辣椒、兑鸡汤，再撒葱末，红黄翠绿油光闪亮。雷宇顾不得想健康跟踪的事情，夹起筷子来就是一大口，险些被面烫掉了嘴唇。

那年轻人退回角落中，仍然看他的手掌。雷宇喘口气，但面条的香气不可抵挡，他恨不得立刻将它占为己有，哪怕再烫掉了牙齿和舌头也在所不惜。仿佛为了证明他的这种决心，他从餐桌上的青花瓷罐中舀了满满一汤勺辣椒油，加到面条中去。面条几乎漂浮在辣椒之上，那种味觉刺激，竟然有些令他想大声喊出来的冲动。

"人"的快感，无非如此。雷宇在狼吞虎咽中，顿有所悟。

6

"单弦，你买菜了没得？"一个丰腴过头的女人在店外喊，本地话铿锵有力而语调婉转。那年轻人抬起头来，"哪点要去这样早买菜嘛，门口有的是。""你作死啊，那些菜你吃得起呀，贵得很嘛，去后街市场上买，"女人嚷，"多买两斤排骨。"

"排骨没得人吃嘛，要那么多搞哪样啊？"年轻人有些不耐烦。

"搞怪，叫你买就去买，好生厌躁人啊。"女人挥手。

那叫单弦的年轻人便低了头，抄拢双手在背后，踱出他的角落，与雷宇擦肩而过。

雷宇望着他微驼的背影，将记忆中所有关于方乔的资料又从头梳理了一遍。也许是方言发音的问题，才将那个人的名字和住所搞错。

"你就吃一碗面啊？不来点别的吗？我的酱烧排骨味道很好。"女人突然换了标准的普通话对雷宇说。雷宇一惊，差点咬着自己的舌头。他忙摇头，片刻又点头道："您给我杯水吧。"

女人便从饮水机里倒了一杯凉水给他。雷宇仰手立尽。女人又给了他一杯。雷宇这才缓过辣劲。女人笑,竟然有几分妩媚:"你是北方人吧?以后少加点辣椒,你们受不了的。"

"还成还成,无辣不香嘛。和您打听个人。这面条多少钱?"

"三块五。你尽管问。我住这里也有二十年了,兴许能给您点线索。"

雷宇掏出三个银币和一个铜币给她。潮湿的气候使金属币在这城市里颇为流行。女人将金属币握在手里玩弄,殷勤地问:"那你要找谁?"

7

"以前这胡同口有个大院子,里外院。外面还有公厕。外院有……有一栋两层的木头房子,老式的那种,一层养猪,二层住人,楼梯在外面。旁边是砖房子,一个过道通里院。里面有两层楼的砖房子,房子南面就对着这条街,陕西路。房子北面隔个院坝是一座平房。我说清楚没有?"雷宇停住描述问。

女人满脸迷惑。

"是这样的,"雷宇从公文包中取了纸笔,画出两个院子中的建筑大概位置。那女人顿时明白了,"啊,有这样的院子,就是虎门巷一号嚜,七八年前就开始拆,三年前拆光了。"

"我看见了,全都变成了七层楼房。我想找一个小孩,不,他现在应该已经长大。就在这两个院子里住的那些孩子中的一个。"

"两个院十几家都有小孩,你能不能说具体点。那孩子长什么样?"

雷宇的表情比女人还要茫然了,"不知道,"他说,"我不知道他的样子。"

"耶——你要找人又不晓得他长相。"女人一急,方言脱口而出,

"你搞哪样嘛?"

雷宇摇头。

"咋个找法嘛,"女人也摇头,"哪样线索都没有。"

"是个男孩,喜欢动手拆东西。叫方乔,或者是类似发音的名字。"雷宇说明,"您回忆一下,有没有这样的男孩子。"

"那帮孩子都喜欢拆东西搞破坏。没有姓方的。"女人撇嘴。

"我必须尽快找到他。我会重金酬劳帮助我的人。"

女人眼睛一亮,指指一号那林立的楼房,"拆迁的人基本上都回迁了。你要找的人应该也在这其中居住吧?"

"有道理。不晓得我能不能在这些楼里找个住处。"

"当然能。"女人又笑了,这次笑得暧昧,"我们家就有空房子,可以租给你住,房钱你看着给好了。"

8

女人的家在二号楼的六层,复式结构,单弦带雷宇上了楼。斜屋顶的顶楼有两个房间。单弦打开其中一间,偏头瞅了雷宇一眼:"你的!"然后径直走到另一间中去了。

房间不大,一张沙发床,一个简易衣柜,一台电风扇。雷宇推开窗户,陕西路两侧隐蔽在帷障里的建筑工地纤毫俱现。钢筋水泥吞噬着草木结构,那些低矮的不符合所谓现代审美观点的房屋,都以城市现代化的名义消失了。城市边缘渐次耸立的高楼大厦给城市镶嵌了一道锯齿形的花边。曾经的浓绿被这些花边稀释,难以搜寻。

就像那个人的名字方乔。雷宇黯然。最有可信度的空间位置资料也只能做出那个人肯定在虎门巷一号的判断,其他的看来只能臆测了。

喜欢搞破坏的孩子。他为自己有此种灵感折服。这可真是个不同一般的灵感。怎么就能认为弦论大师少年时候是个喜欢搞破坏的人呢。当然，他成年的时候是很有破坏性的，他在时空之间将引起一些不必要的震荡，因而上面不得不采取极端的措施消除隐患。要保持一个广袤时空范围的稳定性，上面必须留心各个地区的发展，小心掌握着时空平衡的杠杆，就像救火队员，一些时候要灭火，一些时候却要生火。这样复杂的情况下给他的资料有差错，也是可以理解的。好在资料里还有些个体资料可以做甄别。

但你由此就推断他少年时候的作为，还是太主观了。雷宇心里残存的本我说。我知道我的主观。雷宇的模拟思维回答，但这是有一定逻辑关系的，没有偶然，凡事有果必然有因，我清楚自己在做什么。不管怎么说，还有四十四个小时，时间很充足。

有轻微的响动，雷宇回过头。单弦拿了一床毛巾被搁在沙发上。

"以前你们家住在哪里？"雷宇问。

"就在这里啊。"

"这里？你们住虎门巷一号？"

"是啊，一直在这里的。"

"那你记得当时一起玩的小伙伴吗？"

"不记得了。"

9

拿了单家的门钥匙，雷宇便带了自助游手册和地图去找这城市的各种科学机构。他等不到出租汽车，就沿着虎门巷一直朝东北走，直到看见出口处友谊路那边的印刷厂。巷子的地形缓慢地升高，他竟然爬得气喘吁吁，心说不服老不行啊，的确是只能再工作这一次。

自己和那些墙壁上写了大大拆字的老屋子一样破败了。但是新的建筑就样样好吗？城市里所有新建筑都因为油漆质量上的缺陷，在每天必来的雨水浸泡下褪了颜色，显得十分颓废。不知道城市本身是不是也颓废了。但颓废其实与他无关，他只是来找一个人而已。

  自己是这城市的一个过客。雷宇想。城市中的人生生死死悲欢离合每时每刻都在上演着，他们无法摆脱。而他可以，因为他与城市毫无瓜葛。他为自己四十三个小时后可以抽身而去兴奋，吹起口哨。细细的哨音在空无一人的巷子里回响，配合着他的脚步，竟然有几分情调出现。

  此刻云散尽了，灰白色的太阳并不耀眼，但城市的温度一下子就提高了两三度。他的额头开始渗出汗水，不得不顺着墙壁阴凉的地方走，并且经常停下来让自己的体温恢复正常，以便健康跟踪卡显示正常。巷子突然之间变得十分漫长，似乎总也不能走到尽头。他停下来不仅仅降温，还要消除内心的怀疑——来处已经隐藏进拐弯的空间中，去处却还未得见，窄小的巷子仿佛一段弦，要将他卷曲起来抛掷。

  他从来没有想过弦的实质。对已经公论的事实从来熟视无睹，这是"人"的共性。真相是什么并不重要，重要的是如何利用真相，让自己感觉舒适。对于一个流浪在时空之间的杀手，最大的舒适就是彻底结束这种流浪。但这不过属"人"的思维结论而已。他其实也是一段弦，被时空之手随意抛掷，遇到合适的场所就舒展开创造自己的世界。

  印刷厂的大门洞开在马路对面，空气中弥漫着淡淡的油墨香气。不断有人出入的门以及门两侧盛开的红白色夹竹桃，都证明了这段时空的稳定性。雷宇舒缓神经，擦拭脸上的汗。油墨的味道消解他思维节点上的障碍,他清晰听到大脑中那任务时钟呆板的"滴嗒"声。

旁边有人叫喊:"冰粉,冰粉,消暑解渴,味道好嘞——"雷宇没听过这么稀奇古怪的食品名字,问那人:"冰粉是什么?""冰粉嘛,一元钱一碗。"那人答非所问,继续他的吆喝。雷宇看他插了"冰粉。消夏一绝"旗子的小车,车上玻璃罩子里摆放了数个花花绿绿的瓶子。所谓的冰粉,是褐色的半透明胶状物质,被盛放在洁白的搪瓷脸盆里,看上去极有弹性、极凉爽的样子。

"来一碗?"小贩的黑色T恤上印着大大的"筑"字,脸膛被晒得赤红。

雷宇点头。这奇怪的食品吸引的与其说是他的味觉,不如说是他的好奇心。

小贩顿时来了精神,变戏法似的取出一只塑料碗,舀了一勺冰粉,加葡萄干、果料碎、芝麻、冰红糖水,插了一把塑料勺,宝贝似的捧给雷宇:"好吃呢,包管你还想第二碗。"

胶状物质入口即化,雷宇捉不到它的踪迹,齿间留存的都是红糖水的味道。这"大张旗鼓"的冰粉竟然是个空洞的东西。

10

冰粉给雷宇的空洞感一天都不能消散。他就带着这种不快拜访城市与科学有关的单位。城市最高级的科学机构对弦研究没有掌握任何资料,他们中听说过"弦"这个字的人一致认为,弦是首都的国家重点实验室才会有的研究课题。在贵阳这样一个内地城市中,即没有物质条件又没有学术土壤,不会有人莫名其妙对"弦"感兴趣。

民间科学家协会以为雷宇有赞助意向,极其热情地出示了他们所有的申请项目和在研项目,但不存在任何与"弦"相关的字眼。

"这个碟形飞行器研究呢?你知道我们的凤凰山事件吗?神秘的天外来物显示了非同一般的场效应和空气动力学特征,这启发了研究者。如果搞成了会是整个航空业的革命。"协会秘书卖力地推荐。

雷宇一笑了之。

大学,创新与发明协会,专利局……雷宇坐了环城巴士,在法国梧桐婆娑的阴凉中绕行全城。车窗外的车水马龙、林立商铺、锦衣男女,都如冰粉样外表华丽。不知道会否如冰粉样空洞不堪,只存皮相。如果他们不能找到弦,这皮相世界有滋有味自得其乐的好日子,恐怕也不会长久吧?

"所有城市都逃脱不了腐朽的命运!"有上车的少年挥动手中的杂志慷慨激昂,"时过境迁,声名显赫的帝王将相化为灰烟,宏伟的建筑与文化科技埋于尘土……没有千年不坏的城墙,什么样的文明能恒久恒新,永远占据历史的舞台?"

"我死之后哪管洪水滔天。"少年的伴侣,花般美丽的女孩儿说,"这可是法国皇帝说的话。皇帝都这样,你做哪门子杞人忧天?"

"皇帝不该打倒吗?他根本不符合时代精神嘛!"

"皇帝多神气,三妻四妾、杀人放火,要怎样都可以。姨婆叫下午去花溪打牌呢,你陪我去。"

"打一、二、三的卫生麻将啊,没得搞头。"少年嘟囔。

雷宇眼前仿佛见到八只肤色深浅差异的手,和动着一百四十四张牙白色的小长方块。在那些长方块垒成两排的时间中,有数万个星球从星际尘埃深处喷射,又有数十万个星球被那尘埃吞噬,世界的诞生与毁灭同时发生,惊心动魄。麻将牌阵势千变万化,宇宙的规律却简单明了。其实不是牌变,而是人变,人心是这天地间最复杂难以揣摩的……

大滴的雨打在窗户上。天气立刻黯淡下来。果然是天无三日晴的城市。巴士遇到红灯猛然刹住。雷宇看到前面一座玻璃钢的环形过街天桥,完美的弧度仿佛弦中卷曲隐藏起来的那一段。

看来,上面派他到这座城市为他的职业生涯画上句号,是经过精心挑选的。

11

雷宇在黄昏时分回到了虎门巷。

小吃店里此刻挤满了人,大部分是附近的住家。女人和单弦都在忙,还有两个极年轻的女孩子跑堂。雷宇混在食客之中点了一份肥肠面。

"啊呀,你要什么说就好了嘛。"女人看见雷宇笑,"别客气。弦子,肥肠面一碗!"

稍过片刻,单弦神情冷漠地端过一个大海碗。浇头的肥肠足有半碗之多。旁边就有同样点了肥肠面的人抗议。那女人理直气壮:"是我亲戚,我愿意多给,你管呢。""单大嫂,这是你家哪门子亲戚?怎么没听你说过?""我家亲戚多得是,哪里你都听说过啦。"

雷宇只管吃,对耳边的议论置若罔闻。跑了大半天,他真的饿了。当半碗面条滑入胃中,奇怪的,他那种空洞感忽然消失了。万丈红尘重新摇曳生辉。他甚至注意到女人真丝连衣裙袖摆与领口处的蕾丝,以及蕾丝下若隐若现的白皙肌肤。他还有三十六个小时。于是他问那个追究女人家族谱系的老人:"老人家,虎门巷一号当年谁家养猪啊?"

那老人一愣:"猪?是孙师傅家,不,吴师傅,不,不是,我记不太清楚了。你打听这个干什么?"

"我打过那个猪,还拿鞭炮吓唬过它。现在想起来真的很过意不去,想向他们道歉。"

"那只猪早就杀了吃了。你道个什么歉嘛!"老人诧异,"你脑子坏掉了?"

"我是说向猪的主人道歉。少不更事啊。"雷宇说得愈加煞有其事。那头大黑猪从漆黑的栏圈中冲出歇斯底里狂叫的情形,随着他的叙述而重现。

"应该是孙师傅家吧。"食客中有人回忆,"他们家孩子多,还有老人,养个猪,一年到头吃肉就靠它了。"

"不会,孙师傅家住里院,哪儿有地方养猪。是吴师傅,我还记得他家三丫头剁猪菜呢,每天都剁。"

"嗨,那三丫头和张家二小子好,张家养猪,她当然要贡献一把气力。别的不成,剁猪菜真是利落,刀声听着都那么像音乐。"

"听说三丫头后来成了特级厨师,去了美国,开好大的饭馆,有这事吗?"

"瞎扯,人家是移民去了澳大利亚……"

雷宇追问那老人:"张师傅是哪一位?"

"你看我这记性。是张师傅养猪来着,就是他。住在虎门巷一号外院。那两层楼是他家的私房,唐山大地震那年起了火,烧没了。"

"那人呢?"

"听说都搬到花溪区去了。"

"他家男孩子小时候淘气吗?"

"淘气?他就一个儿子,是小儿麻痹症,从小就拄拐杖,安静得跟闺女似的。"

12

雷宇躺在沙发上消食。腹中的面汤似乎无法消化。夜已经深了，这座城市的灯红酒绿却才刚刚上演。单大婶换了宽松的休闲装准备去打麻将，临行前端了盘切好的西瓜到阁楼上来。"别急，我会帮你慢慢找的。"单大婶安慰雷宇，"不过你的线索真太少了。弦子，你也帮回忆一下子。"她冲对面嚷。

"我咋个晓得，那时好多人。"单弦隔着门答。

"是啊，那时他还小，特别爱看书，撵他出门玩都不肯。"女人挠头，"看那么多书，结果怎么样？都读傻了。没得考上大学，又做不得生意，就只好给我打下手煮面。"

单弦房间中有什么东西被扔在地上。女人笑："他不高兴我数落他。我咋个不希望他有出息，可是得承认事实啊。"她摆手出去了。

雷宇望望对面的屋子，可以想象那年轻人郁闷的面孔。他拿起一块西瓜咬，沙瓤酥甜，便叫："单弦，你也出来吃瓜，好甜。"

见那屋子里没动静，雷宇过去敲门。门上却没有锁，一推就开了。节能灯昏暗的光线中，样式陈旧的单人床、写字台和书架有一股子潮湿的霉味；书架上胡乱堆着高考辅导、自考指南、英语速成等的书籍，以及许多花里胡哨封面的杂志；墙上贴了许多电影海报和杂志中的插画。在这些廉价的印刷品之间，是一台水晶蓝璀璨耀眼的苹果电脑。电脑与周遭环境的巨大反差，就仿佛钻石放在了豆腐渣里。

单弦脑袋趴在书桌上，睁大了眼睛，目光凝滞于空间中某个虚缈的点上。

"吃西瓜。"雷宇将果盘送到他面前。他看也不看。

"不管别人怎么说，首先你得自己把日子过舒服了。不开心只能自己难过。"雷宇劝他。

过了几分钟，单弦才将他的目光收回，望向雷宇，质问："你是干吗的？"

"我要找人。"

"找人干吗？"

"这个人很重要，他将改变这整个世界。"

"没有人能改变这个世界。你撒谎。"

"我没有。再说我干吗要撒谎呢，我意图何在？"

"有一种谋杀叫作无动机谋杀。所以肯定也有一种撒谎损人不利己。"单弦冷笑，腿跷到桌子上。

"你比外表上聪明。为什么还要给你婶娘煮面？"

单弦白雷宇一眼："我乐意。"

"好吧，我尊重你的选择。我只是想要找到一个像你这么大的男孩子，他以前在这个院里住过，爱拆东西，爱问个为什么。你能帮我想想吗？找到了我就立刻离开。"

"你找他干什么？"

问题又回到了刚开始的起点上。雷宇搓搓手："你认为我找他干什么？"

"谁知道。也许他欠你很多钱，也许他拐跑过你的情人。也许，他知道什么秘密，而你为了掩盖秘密必须杀了他。"

13

无心之语却最接近于真实，雷宇一瞬间对单弦起了杀心。不错，雷宇就是来找拥有弦秘密的那个可能叫方乔或者别的什么名字的人，然后杀了他。或者，文雅一点地说，杀死他的思维。上面交代得很清楚，人不能在这个时间获得弦的知识，因为他们后来的表现显示出虽然有打开弦的能力却没有运用弦的智慧。所以上面要雷宇溯时空而上，到这个年代的贵阳来阻止弦论大师的成长。

这个年代弦论大师应该已经对弦的认知很深刻了，但他的理论成果还需要实验验证。没有数据就说服不了人们接受他，因而他四处奔波筹措实验经费。他的名字在理论物理界被一些人嘲笑，一些人蔑视，另一些人争论。他所在的单位把他列入异想天开的疯子行列。如果不是因为他的一项授权专利每年都会给单位带来可观收入，单位早就不假辞色地将他解聘了。

找这样一个人，能有什么难度？雷宇想不出。所以他就轻易地和上面签了一份四十八小时的合同书。如果四十八小时之内他不能完成任务，上面不负责他的返回路径。要不他自己在时空的森严壁垒之间开凿一条路回到自己的世界中去；要不，就留在此时此地的贵阳，留在混沌的人类中间。雷宇想到后一种可能，刚硬的身躯也不禁颤抖。

在这个黑夜最浓的时候，雷宇悄悄打开了办事处的门。办事处的计算机并没有关机，他轻易地就进入了民事部门的户籍登记档案。

整个城市，二十年来都没有一个叫方乔的人登记过户籍。出生与死亡记录中都不曾有过这个名字。

顶楼上单弦已经熟睡。恬静的面孔如同婴儿。雷宇的手轻轻放在他的额头上。只要他略使一点劲，这个年轻脆弱的生命就会结束。

虎门巷一号的孩子中间，究竟是谁洞悉了弦的真谛，从而会在某一日跨出人类认知上质的飞跃？

如果不是上面的资料错误得离谱，就是时空路径存在严重的误差。这个时空到底存不存在方乔这样一个人？出现这么大的问题，他那份生死合同若真执行起来岂不是太冤？

雷宇躺到自己的床上，摸出感应器——他从自己世界中带来的唯一的物品。感应器滑过他的左手，冰凉浸骨。窗外夜空深邃，星光在倾斜的天花板下荡漾。正是与自己世界联络的好时候。雷宇将感应器放在胸口。在任务对象"人"的模拟体与他的本体意识之间，存在着原子水平上的振荡和谐，通过感应器将这个和谐调整为可控状态，从而达到超时空的通信目的。

想到存储于上面库房里的自己的原有意识，雷宇就有些惆怅。这次任务之后，但愿真能退得休去，与本我从此紧密相依再不分离。

清理一下思路，雷宇两只手贴住感应器的两个面，开始一条一条阐述任务的问题。思维的神经电流在他体内涌动，汇集在感应器中——那里将有异光反应，透射进感应器的内核。

但感应器却什么反应也没有。

雷宇等了等，感应器平静如常。他将整个过程又重头来一遍，感应器依然老样子。

有冷汗从他额头冒出。他腾地跳起，打开灯。灯光聚集下，感应器没有任何伤损，完好如新。他抹抹汗，伸出小拇指，顺着感应器的一条棱往下滑。在棱的某个点上他身体的微弱脉冲可以将感应器的存储空间打开。

果然，他失败了！

雷宇真的吃了一惊，他从来没有遇到过这种情况。任务对象模拟体与他本体意识之间的联络一直良好，感应器也总是工作正常！问题出在了哪里？踏上贵阳之旅的每个细节瞬间在他大脑中重温。

健康跟踪器。

雷宇举起左手腕，完全嵌进了肉里的跟踪器与皮肤浑然一体，根本看不出痕迹。但那芯片发出的电波却扰乱了他自身的电磁场，从而使他的超时空通信遭受严重阻碍。

雷宇忍不住骂了一句粗话。健康跟踪器真的只是感受他体温的变化并反映到城市某个机构的监视屏上去吗？

现在只有指望他在剩余的时间里找到那个弦论大师，哪怕大师还未有成果。因为感应器中还存储了大师的思维波片段，会与大师产生感应，从而打开另一条超时空通信路径。那么他仍然有返回的机会。

但如果失败……雷宇深呼吸。星光已黯，黎明将至，时间正一分一秒过去，这个世界中，谁曾见过弦？

雷宇的眼眶忽然湿润了。

下　子在川上曰：逝者如斯夫

14

单弦在计算机上打拖拉机，见雷宇进来也不搭理，鼠标飞快点击着各种花色的牌，手指则在键盘上舞动，与打牌的人忙不迭地唇枪舌剑。

雷宇只好找书架上的杂志看。那些杂志紧紧压在一起，抽出来就散了，也不知道翻过了多少遍。杂志噼里啪啦掉在地上，雷宇蹲下身子捡。单弦终于从牌局里分神，"你到底要干什么？"他嚷。

"我想请你帮忙。"

"我不会帮你的。"

"你知道原来住这里的那些孩子的下落。你必须帮我。"雷宇按住鼠标。

"不关我的事。"

"那么给你一个挣钱的机会你挣不挣？"雷宇问。失去双亲寄居表婶家的单弦，最缺的恐怕就是钱了。

单弦瞪着雷宇，"给钱也不干，你别拦着我打牌！"

"你不是想知道我为什么要找那个人吗？找到了，我告诉你。"

"切，我为什么要知道你找人的目的。"单弦不屑，"关我什么事。"

最后是单大嫂的命令起了效果。单弦心不甘情不愿地跟在雷宇身后，一个上午都不肯好好和雷宇说话。而雷宇计算着时间，满心焦虑，也没有心思来讨好小朋友。两个人沉默着，在城市中寻找虎门巷一号的孩子们——这些曾经调皮捣蛋、拖鼻涕生脚疮的少年都已经长大，或者做了城市的栋梁，或者变成城市的垃圾。但无论是谁，都会出没于城市的美食广场、饭铺酒肆。只不过一些人是品尝者，一些人是经营者，还有一些人是乞讨者。单弦带着雷宇从大十字找到紫林庵，从观风台找到黔灵山……在这种寻访中，雷宇遍尝各种他闻所未闻的食物，比如丝娃娃、独山盐酸、荷叶糍粑、羊肉粉……他做出结论，如果单以吃为标准，贵阳实在是一个美好的城市，只是那些食品都太过于零碎，适宜女孩子，却不对男性的粗犷。不过，这套理论毫不妨碍雷宇冒着肠胃坏掉的危险大吃特吃，且渐渐地无辣不欢。

单弦却很不开心，每碰到一个过去的玩伴，免不了的寒暄就逼着他去回忆过去一次，而每次的回忆都不尽相同。他经常会得到完全矛盾的说法。比如张师傅家的儿子据说小儿麻痹，但同院两个做了汽车销售商的伙伴就认定他好动异常，曾经给猪扎针并把猪粪撒在公厕门口的路上。还有那谣传出国的孙师傅家三丫头，却在丁字口开了一家麻辣烫，且死活不承认曾经和张家二小子好过；她倒是对单弦印象好得不行,说当年单弦虽然年龄小可是特别喜欢看书,看完了就讲给大家听,什么黑洞啊白矮星啊都是些特高深的名词。那时的单弦看上去志向远大,大家都对他心生敬畏。但是单弦自从高考落榜以后就不和什么人交往了,总爱深居简出,处于半与世隔绝状态。

"不可能,我不可能是他们说的那个样子。"单弦愤懑,忘记出门前对雷宇态度的恶劣,拉着雷宇说:"我根本不懂黑洞白矮星。为什么大家的回忆不能重合,过去无法还原吗?"

"不能。时空有无数观察角度,缺少一个角度的描述它都是不精确的。但你无法找到这所有的角度,你明白吗?"

"不明白。可是,如果你的说法正确,你是无法找那个男孩子的。你给的参数太少,根本不能确定他的状态。"

雷宇一惊,单弦的话似乎隐藏着更深的含义,他一时分辨不出。时间的紧迫压榨了他的判断力。他等着口袋里感应器的反应,但毫无所获。食物的填补压住了胃里的空虚,却压不住时间的声音——那声音清清楚楚在雷宇头脑中回响,声声催人欲老。

他们在城市里匆匆忙忙,只在路过国际交流中心的时候停下来。有文化公司牵头搞了一个梵高画展。大大的梵高头像挂在空中。单弦不顾雷宇径直去买了票。雷宇只好也跟进去。一厅的浓郁色彩,与小家碧玉般的贵阳气质不合。单弦却看得目瞪口呆,末了还买了60厘米×60厘米大的梵高油画《星夜》的复制品——在月光黄和星辰蓝旋涡翻卷的天空下,一丛树木努力向上伸展着枝条。月亮和星星颤动中,地面上的植物低声吟唱,一切都在不可确定的状态中……单弦将画端端正正挂在他自己的房间正中。

贵阳的气氛顿时有一丝诡异。

15

时间倒计数结束的时候,雷宇正在刷牙。清晨的阳光和卖豆腐脑的吆喝声一起传进窗户。他脑子里"咯登"像断了发条,那一直"滴答滴答"的声音消失了。雷宇握住牙刷的手一下子悬在半空,看着镜子里的自己发愣。

这就完结了?他所来的世界,就这样将他一笔抹杀掉了吗?他的荣誉和生活,他的经历与情感,都将随着他的名字从上面的档案中消失而无影无踪,他的本体意识将被清洗干净,好腾出地方来给下一个时空"救火"队员,是这样的吗?

他回不去了。

雷宇冲干净嘴里的牙膏沫子,洗了脸。他转头看见单弦房门大开着,单弦半躺在床上面对那幅《星夜》。星月的天地之间,是一束生命旺盛的绿色火焰。

"你为什么要喜欢这幅画?"雷宇没好气地问。

"那么你为什么要找那个男孩?"单弦偶尔言语锋芒十足,让雷宇无从反驳。

"等到我能告诉你的时候,我自然会告诉你。"

"呸,你们每个人都当我是傻瓜。其实我比你们想的要聪明。"单弦愤恨。

"证明给我看。"雷宇的声音单调干涩。

单弦咧开嘴笑笑:"我要搞清楚空间的方向性。"

雷宇一惊,难道这年轻人正是他要找的人吗?这两天的明察暗访全是白白耗费气力?"为什么有这种想法?"他控制住声音中的颤抖情绪。

"时间是有方向的,昨天、今天还有明天,不能逆转。可是空间呢?空间的方向性在哪里?上下左右根本说明不了任何问题。所以我想搞清楚。"

"你应该去考大学的物理系。这样冥思苦想什么答案都得不到。"

"可能不会有结论吧。"单弦不太在意,"我就是想想。"

"想解决不了任何问题,你必须证明演算推理实证,才能得到一个确凿无疑的答案。"雷宇坐到单弦对面,挡住他凝视油画的视线。"实际上你的问题已经涉及当前物理学的前沿领域。你听说过弦吗?"

"那是什么?"

"有猴皮筋吗?"

单弦就去单大婶的梳妆台那里找了一根皮筋。雷宇拿在手里拉伸。皮筋绷紧了又蜷缩,带动周围空间的舒张和卷曲。单弦看着雷宇的手,似乎从没发现皮筋有此特别之处。

"弦是最基本的形态,构成我们周围所有事物的基元,包括我们的思想,我们的声音,我们的目光。弦理论是一个完美的统一理论,将万有引力、电磁、弱和强相互作用都概括其中。"雷宇想不到自己的声音中有如宗教布道般的蛊惑力量。

"基本粒子是电子。"单弦却说,"谁见过弦?"

"教科书从来只会采用成熟的理论。至于弦的存在,得靠物理直觉,不能满足于理解那些有明确数学定义的东西。"雷宇引用不知从哪里看到的一句话,颇为自得,"发现弦并被大众认同是迟早的事情。"

单弦的目光积聚到雷宇脸上,似乎是要考核他话的真假。雷宇觉得单弦的目光如同山泉,清澈而简单,比他本人更容易理解。"相信我说的话。"雷宇强调。

"关我什么事?"单弦转过头去,拍拍手里新买的《梵高传》,"反正发明弦的人也不会是我。我高中数学很差,物理更坏。"

16

单弦去小吃店上班后,雷宇睡到了他的床上。看着墙上梵高的画,雷宇不知不觉睡去了。他梦到自己的记忆是一张金黄色的喷香的蛋饼,被盛放在一只靛蓝色的瓷碟里。瓷碟上绘制了苗族特有的花纹。那记忆热气腾腾,看上去非常迷人。于是就有刀叉左右开弓,向那记忆正中戳进去,将它生硬地切成两片。被剖开的记忆里面是灰白的碎末,散发出干燥的陈腐的味道。刀叉在那些碎末里搅拌,碎末飞溅,蛋饼顷刻间变为空洞的面皮。

有一只手将这面皮捡起来捏在手里,捏成一个球。雷宇的目光顺着这只手慢慢上移,他看到面前的人。恍惚中以为那是另一个自己。直到那人开口给他杀人的任务,并将一袋战国时期的刀币扔在他枕头上。织锦口袋的袋口一松,刀币散落在枕头上。枕头雪白,铜币斑驳青锈,交相映称,美不胜收。雷宇到此便醒了,始终看不清楚那只手的主人的脸。

雷宇坐起来,面对那幅画发呆。梦境只是幻象,但这幻象所掩盖的是什么呢?也许他根本就不是杀手,所谓任务是一种借口,其目的只是要将他从他的那个世界中驱逐?这个想法太不可思议了,他连忙放弃它。上面收不到他的信号,应该知道他的任务已经失败,不会再向这个时空派遣任务了。他现在必须面临的要紧事儿,是作为"人",他的记忆是为了这个任务存在的,任务的失败也将导致记忆的失败,从而逐渐将他变成行为混乱没有记忆的疯子。在没有找到弦论大师以前,他自己的存在都将变成问题。

不能坐等了,挽救他失忆的可能方法只有一个:他自己培养出一个弦论大师来。

雷宇被自己的想法吓了一大跳。弦的微小扰动决定不同自由度的粒子，在二维膜上缔造的世界只要一个参数不同就会决然迥异。这个他来的世界也许根本没有什么弦论大师，有的只是一帮曾经嬉戏年少而今正为生计各使手段的青年。

这些人中谁会对空间感兴趣？这是座比较重视实际生活的城市，能够感同身受的才是最好的。只有喜欢《星夜》的单弦例外。但一个对物理学毫无概念的二十五岁青年，要在尽可能短的时间内变成大师级人物，这不是"奇迹"两个字可以解决的，得在奇迹前加上"大大的"三个字才行。

但还能有什么办法吗？雷宇皱眉头。他只有培养一个弦论大师出来，才能打开时空路径，然后杀回他的世界，质问上面为什么要派他来执行如此语焉不详指向模糊的任务？

雷宇走到书架前，手指一一扫过那些图书的书脊。弦论公式简单明了，但其推演出的所有理论与求证实验，雷宇都一无所知。雷宇更不知如何用人的语言来表达。何况，就如人所熟知的 $E=MC^2$，简单的公式后面是复杂的计算、大量的实证以及历史研究的沉淀，那是仅仅会背诵公式的学生无法复述的过程。

走过许多时空的雷宇，盘腿坐到地板上，拿出他的感应器。感应器仍然对他没有任何反应。但这个小东西在他手掌之间的翻动，却给了他一些启发。

雷宇的目光，最终落在梵高的《星夜》上。

17

中午大雨，从外面回来的雷宇连连打了好几个喷嚏，体温骤升了 2℃。立刻有城市健康委员会的工作人员上门来检查他的情况，禁止他再到户外活动，并责令单弦与单大婶都暂时在家休息。单大婶凶巴巴地抗议了几声，就乖乖地待在家里，闲得上网打麻将。小吃店被全面消毒后暂时关闭。

雷宇得以和单弦朝夕面对。

"你对空间感兴趣，那我就和你说说空间对称性的问题。"雷宇说，"这样你会理解什么是超对称性，从而更好地理解弦。你知道什么叫作对称吗？对，我们的脸是对称的。对称性有分立的对称性和连续的对称性。分立的对称性，就像你这本书，它是正四边形的，将它转动九十度，它还是原来的正四边形。连续对称性如一个球面，以球心为原点，无论怎么转，还是原来的球面。这是一个物理系统固有的对称性，或一个物理态的对称性。在一个物理理论中，还有一种动力学的对称性。假如一个态本身不是转动不变的，但我们将之转动后，同时还转动用以描述它的坐标，连续的对称性，这样这个态的一切动力学性质与转动之前完全一样，这就表明空间本身的各向同性和物理系统本身与空间的方向无关联性。喂，单弦，你怎么睡着了……"

物理学对单弦真是一首好催眠曲。奇迹如果轻而易举就获得那便不是奇迹。需要耐心和等待。雷宇看梵高的 DVD 专题片，对单弦的哈欠毫不在意。

看完了梵高，雷宇拿出他的感应器给单弦看。

"你一直想知道我为什么找那个男孩儿，为了这个。"雷宇转动感应器——这是一个一立方分米的立方体，透明晶莹，但却不反光，深邃得令人晕眩。

"水晶镇纸？"单弦猜，"批发市场五块钱一个。"

"这不是水晶镇纸，这是一个感应器。"

"感应器？"

"是。"雷宇抚摸着那光滑润泽的物体，这是唯一可以证明他任务的东西，唯一可以让他在这个世界记住自己本体的东西。"每个事物都有左手征和右手征。每个弦都有其镜像。所以产生了这个感应器。"

单弦满脸困惑。

"我要找的那个男孩儿，他在成年的时候终于将高深的弦理论简化为一个通俗的公式，从而改变了整个世界。"

"没有人能改变这个世界。"

"可以的。那是在人类智慧整体积累上的突变，蒸汽机车、飞机、原子弹，都划定了一个时代。"

"那个男孩儿已经成年，他发明那个公式了？"

"还没有。"

"那么你怎知道未来的事情？天，别告诉我你是从未来来的。"单弦蒙住脸。

"不，我不是从未来来的。我从哪儿来并不重要。实际上我自己也搞不清楚。我的记忆是从到贵阳开始的，我的感觉似乎从没有离开过这座城市。但我们不讨论我的问题。只说这个感应器。"雷宇举起那个物体，"它用那个人本身的思维分子的镜像为基础结构建造，是一个超稳定的弦结构，不会被任何外力破坏。但是一旦那个人与之接触，弦之间的频率共振产生作用力，那这个结构就不会再得以保存。"

单弦竭力想理解雷宇的话，但显然他做不到。他痛苦地皱起了眉头。

"就是这样。"雷宇将感应器放在单弦手上。

感应器毫无反应。

"说明什么？"单弦问。

"说明你不是那个人。"雷宇舒口气，"我早知道你不是了。"

"那么有反应的就是你要找的人了。你找到他会怎么样呢？"

会杀了他。但雷宇却说："我会告诉他这世界的终极理论——关于弦的一切。"

"那你为什么不告诉我？"

"一个物理和数学都极差的人？不，你没有这个天赋。"雷宇微笑。

单弦"哼"了一声，将那感应器扔回雷宇手中，不再问什么。

18

几天之后，瘟疫警报解除了。邻居们蜂拥而至请单大婶的小吃店立刻开业。单大婶正在联众棋牌室里厮杀得酣畅淋漓，坚决要众食客等她扳回老本再说。

一直不怎么和雷宇说话的单弦忽然问他："你会开车吗？"

"会。"

"那我们租辆车出去走走。我在家里好憋闷。"

雷宇和单弦便租了一辆越野吉普车。车子按照单弦要求穿城南行。沿途都是绿灯，新铺的沥青黝黑清爽，南明河与梧桐树左右相伴。单弦打开车窗，随CD节奏在风中呼啸。车子出贵阳市区，经小河过花溪，两旁青山不绝，田野不断。

"我不知道你从哪儿来，干吗老是说关于弦的事情。你让我心神不定，好像生活有其他的真相，另外的可能存在。比如我是因为目睹了什么事件而被黑衣人抹去了记忆，或者是计算机甄选出来作为程序的改良程序。无论哪种可能,命运都是自己不能把握的。"单弦关掉 CD,对雷宇说。

雷宇目视前方,对这年轻人的困惑无动于衷:"你不是救世主。别相信好莱坞电影。"

"我知道电影必定与现实生活相差遥远。但,谁知道好莱坞编制那些可能性的真实动机。就像我不知道你。为什么你要告诉我弦的事情?"

"等你真正理解了弦,你自然就会知道。"

单弦猛地踩刹车,不待车子停稳就跳下去。"别和我说时机未到!"他愤懑地嚷,"你又不是先知!"

"我不是。"雷宇面无表情,"如果你懂得弦,你会是。"

单弦伸开双臂,拍打车子,发狂道:"是不是到那个时候,我就可以看到万物其实全都是数据流。所有东西都是虚假的,制造的,没有实体的。"

雷宇打开车门,很平静:"生活不是科幻电影。弦也不是电子空间。你会将它们区分开的。"

单弦上了车,一路都气鼓鼓地不说话。他们开到了青岩附近,就在当地吃农家饭。木梁泥墙稻草铺顶的老房子,建在一块稻田上面。主人将柴火熏得乌黑的房梁上挂着的腊肉取下,给他们蒸腊肉饭,还有从田里新摘的西瓜做饭后水果。饭桌就对着稻田,几头崽猪在饭桌不远处的圈里"哼哼"。有一只鹭鸶在田里捕食,时不时飞跳起来,白羽黑爪与翠绿的水稻配出天然卓越的山水国画。

望着那只生气勃勃的鸟,单弦突然间心平气和。他问雷宇:"我该怎样开始了解弦?"

19

他们回城途中碰到庆祝瘟疫结束的花车游行。吉普开不动了，只好停在路边等游行结束。但是游行渐渐变成一场狂欢，周围的观众纷纷加入队伍中凑热闹。雷宇被银饰环佩叮当的布依少女拉下车子，在热烈欢快的乐曲声中翩然起舞。伴奏之人坐在花车上，都是须发皆白的老者。他们手持月琴、牛角胡、牛骨胡、葫芦琴、勒朗、笛、牛皮鼓和小马锣，敲敲打打怡然自得。

"听听，听听，这是北宋时期传入黔地的古乐——'八音座唱'，现在已经没有什么人会演奏了。""据说金阳那边修路发现古猿人化石了，这可不得了。说不定贵阳以前是古人类的发源地呢。""不是说贵州人夜郎自大吗？总要有自大的理由吧。源远流长，天下皆出自我，你说我该不该自大？"人们喧哗着，嬉笑着，话语如同棉絮，渐渐布满雷宇周围。如果没有弦的困扰，贵阳真是好耍。雷宇心想，这时才发现单弦不见了。

单弦凌晨3点才回家。他浑身酒气，几乎瘫倒成一团泥。一个娇小玲珑的女孩子送他到门口。女孩子嘴角俏皮地生了一颗小小的黑痣，看见雷宇就连声惊叫："呀！是你！我们机场见过的。你忘记了吗？"

雷宇摇头。

女孩子不高兴，提高声音："那你现在要记得我啊，叫我璇好了。"她顿了顿又说："你的健康跟踪器可以去清除了。他们还给你免费做体检呢。可别忘记了。"

雷宇正想着那个跟踪器的事情，也许去掉了，他的电磁场就可以恢复正常。璇自告奋勇陪他去交通部门报到。巧得很，遇到了那个飞机场的出租汽车司机——他还记得雷宇,一见面就招呼:"你还在贵阳啊?怎么样,贵阳不错吧?"看到璇,司机脸上顿现恍然大悟的表情,冲雷宇晃大拇指:"你真真要得。"

雷宇没说话,操控健康跟踪器的那些人,是什么样子的?虽然他与人类没有任何的不同,但他仍然对那个部门有一丝丝的恐惧。毕竟他只是对人的模拟体。

璇和司机聊天。司机熟悉交通部门负责跟踪器的机构,据他说,这几天去解除跟踪器的人有好几十,他已经拉过去好几个。"我们贵阳好啊,"他一路都在唠叨,"来的人都不愿意走!"

雷宇懒得理司机,好在目的地很快到了。机构不大,一些普通的神色拘谨的公务员有条不紊按章办事,没有对雷宇啰唆一句话就将跟踪器从他体内吸出。手腕空空的好久,雷宇才彻底相信那健康跟踪真的只是健康跟踪。

"你怎么了?"璇挽住雷宇的手臂,"你表情怪怪的。"

"有吗?"雷宇摸摸脸,"没什么,我只是觉得——贵阳挺不可思议的。"

回到单家,雷宇立刻取出感应器,它依然没有反应。也许电磁场的恢复需要一段时间吧!雷宇想。那边单弦房间里璇清脆地笑。少有的,单弦低沉的笑声也夹杂其中。

于是璇成了单家的常客。璇二十四岁,眉眼秀丽,声音温柔,除了打麻将时与单大婶对吼很不像话,其余时间都十分乖巧。

"她是我的初恋。"单弦告诉雷宇,"我们好了很久了。"

"没有那么久。"璇纠正他,"只有两年而已。而且我去旅游学校以后你根本不理我。"

"我以为你不理我了呢。"单弦辩解。

璇嫣然一笑。

璇每天都到单家的小吃店来，然后上单家看雷宇。她劝雷宇不要整天待在房间里折腾单家的旧电器。但雷宇却似乎喜欢修理，不仅仅弄好了单家的旧电视和 VCD，还把左邻右舍的坏电器都修了个遍。

璇呸雷宇："你还喜欢做修理工啊？今天甲秀楼放花灯，你和单弦陪我去看啊！"

雷宇想推辞，单弦却也说一起吧，他好久没逛街了。雷宇只好答应。

去大南门的道路堵车，三个人弃车步行。马路两旁的法国梧桐已成抱拢之势，树荫宽大，几乎遮日。璇穿条宝蓝色印花珠片吊带裙，走在两个男人之间，如一只蝴蝶精灵。

灯会还没有开始。单弦建议去逛路旁的书店，璇嚷着要吃恋爱豆腐果。雷宇不能两个人全陪，只好女士优先。璇却不等他，自顾自找了食摊坐下。主人送过来蘸水碟，碟里一层精炼过的油辣椒，亮晶晶的红油里混了芝麻、葱花、碎花生米、蒜末、姜茸、细盐、味精、酱油、老醋、香油、香菜末。主人给烤架上的十来块半焦黄的豆腐再刷一层油，豆腐发出轻微的"噼啪"声。"这是恋爱豆腐果。你也来两串？"璇回头叫雷宇。雷宇摇头，神情里有些不屑。

"你别瞧不起这种坊间小吃，以前还救过人的命呢。"璇扁嘴乐，也不管雷宇肯不肯听，自顾自说下去："那是抗战时，日本人对西南大后方进行空袭。炸到贵阳了。有个小伙子的住处给炸了，他被埋在废墟底下，人们看得见他，就是救不出来。有个姑娘可怜他没吃的，就把家里的豆腐烤好了带给他吃。"

烤架上的豆腐变成油亮的金黄色。主人将豆腐取下放在璇面前的空盘里。璇迫不及待夹开一块豆腐上面的皮，将蘸水汁浇进去，然后咬上一大口。

"后来呢？"雷宇不喜欢没有结尾的故事。

"后来大家就管这种油炸豆腐叫恋爱豆腐果了。"璇说，一块豆腐已经消失在她的樱桃小口中。红润嘴唇上一层油光泛动，偶然唇里露出雪白的牙齿来——雷宇看璇有滋有味地吃豆腐果，心里却极想尝尝那红唇的滋味。

璇过足了瘾，发现雷宇呆望着自己，忙找纸巾擦拭嘴唇，问他："你怎么不吃？"

"啊，我不想吃。我去看看单弦，怎么逛个书店要这么久。"雷宇就要站起来。

"不许走，我还没吃完呢。"璇撒娇般地命令。雷宇又坐下，转过头，就看见了南明河中巨石之上的甲秀楼。楼檐与尖顶、窗棂镶嵌的小灯，正一盏盏亮。灯光里，单弦抱了一摞书兴冲冲过来。雷宇翻了翻，全部是高等数学和量子力学方面的书籍。

"你要干什么？"雷宇和璇同时问。

"我没有天赋，但是我会勤奋。"单弦瞧雷宇，目光里充满挑战，"我总有一天会理解弦。"

雷宇不知道该如何回答他，手里还捧着他买的书，沉甸甸的。过了一会儿他才说："好，等你理解了，我一定知无不言。"

"那我们击掌为定。"单弦伸过手。雷宇只好也伸过去。两只手掌在空中发出清脆的碰击声。

"你们到底在说什么呀？"璇看看雷宇，又看看单弦，满脸疑惑。

"一个学术问题，你不懂。嗨，快看啊，月亮！"单弦指着天上，叫。

银亮的月正渐渐被黑色侵蚀，只剩下细细的牙了。浩瀚的天幕上也只有这细细的一弯月牙。月牙越来越细微，弓成一线，如弓之紧弦。随即弦断弓收，月亮被黑暗完全吞没。原来是月食，雷宇记起来。这是他原来世界没有的景象，在贵阳看见了。

"扯，你哪儿有什么学术问题啊！"璇拍单弦的背，"上次你把积蓄都花了买苹果电脑，要学平面设计，结果怎么样？你还是现实点，听婶娘的话秋天去上个厨师班。"

"如果那是我选择的，我会坚持。"单弦的脸上忽然显出从未有过的倔强表情。

20

时间自从月食以后呈现出迅疾的姿态。雷宇感觉到时间的迅速流逝，白天黑夜交替轮换，似乎在一瞬间就完成了。他人类的面孔上，居然有了细细的眼角纹和抬头纹，而感应器还是一如既往沉默着。只有单弦对弦的坚持，让他觉得等待不是那么漫长和无聊。

在等待中，雷宇渐渐搞清楚了单大婶的羊肉汤配方，杂货店里也出现了消失许久的百香果。璇看见雷宇在小吃店灶台那里忙活，诧异地都说不出话。"单弦呢？"平息了心头的惊奇，璇急问。"他在忙。我替他干一会儿。你能到隔壁给我买一块钱的百香果吗？"雷宇回答。

璇片刻跑回来，晃晃手中的食品袋，"真的有百香果，我好久没吃到这种东西了。小时候我最爱吃这种糖了。后来就没看见卖的了。"

"需要就会刺激生产。因果互相影响。没有孤立的系统存在。"雷宇一边说，一边给顾客端上牛肉面。那边有人叫肠旺面。雷宇应声问："红轻红重？宽汤？"

"你还会做什么？"璇跟在雷宇身后，抽空将一颗百香果送到雷宇嘴里。

"厨房的事情难不倒我。"

"你真行。"璇闪动的眸子令雷宇害怕,他岔开话题:"是找弦子吗?他去贵州大学旁听物理了。"

"又为了那个弦?他真是疯掉了。单大婶说他天天琢磨这个,还泡在网上找同道中人。"

"他的确有点疯狂,不过这种兴趣挺宝贵。"

璇忽然不说话,抬起头,盯住雷宇的眼睛。"你和我说实话,他在这个,什么弦上,有发展前途吗?"

雷宇摇头。

"那可怎么好,总得让他明白这一点啊。"璇着急。

"每个人都可以对科学拥有热情。他现在的状态非常难得。哪怕没有什么成果,也是值得称道的。"

璇轻轻叹气,"也许你的想法是对的。可我……"她停顿一下,到底那半句话也没说出口,只是将那袋百香果塞在雷宇手中,走开了。

璇走出去几步,忽然又跑回来,问雷宇:"那你呢?你又在这里做什么?"

雷宇抻抻身上溅满油花的围裙,说:"等待。"

"等待?"璇不解。

雷宇点头:"对,等待,等待奇迹。"

21

等待需要耐心。雷宇很清楚。贵阳并不像是能够创造奇迹的城市。但他最有职业素质,只要存一线希望接近成功,他就不会放弃。何况,他已经将自己的未来与单弦能否领悟弦连在了一起,他必须将单弦培养出来。

趁着单弦不在,雷宇将《星夜》后面的神经诱导器又调高了一个数量级。用人类的器材原料制作出的神经诱导器非常粗糙,但对单弦还是颇有成果。

单弦常常站在《星夜》前发呆。他揉着通红的眼睛对雷宇说:"我觉得我像个刚刚大梦初醒的人,这世界太玄妙了。而我以前一无所知。你看那些从网上下载的文章。"

"有收获吗?"

"网上?论坛上的东西对我这种新人真的是不知所云。"单弦苦笑。只有一位不愿意将业余时间打发去写 SCI 论文的研究员,很通俗地用中文演讲弦,文章他能勉强看得进去。研究员写到某位学者用一个硕大无比的夹纸板演算公式,从左上角开始用蝇头小草一直写到右下角,写满后翻过页接着写,算上几个小时不知疲倦,其间唯一的休息是将铅笔放进电动削笔刀中削尖。看到这里单弦就心存羡慕,到处去找那种夹纸板,幻想着有朝一日也这样将数学公式一气呵成推算到底。

"我知道初学者要想研究弦,就如同家庭妇女要登喜马拉雅山峰一样,是件异想天开的事情。不过如果抛开所有复杂的演算,另辟蹊径,它也许就不困难了。比如,我能不能在计算机上建模,用多维结构模拟弦运动。我说不好,但是也许我能。弦论的基本对象不仅仅是各种振动着的弦,还含有其他自由度,比如纯粹的点状粒子,两维的膜等。数学部分求证很困难和复杂,但物理学家要有直观,不能满足于理解那些有明确数学定义的东西。就当我现在开始大一的物理课,我不过才二十五岁而已。学上十年,应该也能向坛子上那些人一样发言了。"

雷宇叉起双臂,冷水泼到什么地方算合适的催化剂呢?他只能走一步试一步了："这很难，理论必须有实际的例证支持。引力红移，光线弯曲和水星近日点进动等验证了广义相对论，它能够解释所有已知的宏观引力系统。而且到目前为止，科学家们在物体一百零八微米的距离上，都没有观测到引力定律的异常现象。引力与距离的平方依然成反比。要建立一个理论不难，要找到检验这种理论正确性的论据却很难，你明白我的意思吗？"

"那么关于弦你究竟知道什么？"单弦的语气咄咄逼人。

雷宇躲开他的锐利目光："我知道你无法理解的那部分。"

"我很快就会理解的。你等着。"

雷宇不再说什么，转身要回自己的房间。单弦突然冲着他的背影喊："你找的那个男孩子就是我！我想起来了，就是我。我小时候不但喜欢给大家讲书上的事情，还带着大家恶作剧，在孙师傅家楼梯底下放鞭炮，差点把他们家那口大黑猪吓疯！"

雷宇径直走回房间。

那边单弦还在大声叫："你听见没有，我就是你要找的人！"

雷宇"啪——"地将房门关上。

22

如果单弦是那个人，你要杀了他。如果他不是，他在你的引导下正将自己变成那个人，你还是要杀了他。你并不问动机，你只是要杀人。

雷宇心里那消失许久的本我声音，又一次出现了。恍惚间，他似乎听到了头脑中"滴嗒"的时钟声音，但仔细听来，却又什么也没有。

上面派他来的真实动机，究竟是什么？他真的是一个杀手吗？

在飞到贵阳以前，他的世界在哪里？

感应器掉在地板上，丝毫没有任何损坏。雷宇捡起这东西，在衣襟上擦了擦，东西依然晶莹剔透如故。我要疯了。雷宇骂自己，而我是始终可以把握命运的人，哪怕真相永远不了解。他将感应器放进箱子。他需要一杯酒来镇定，好在漫长的等待中保持耐心。

城市的酒吧街在北部邻近黔灵公园的地方。雷宇走进一家迪吧。璇正在灯光中摇摆，如一条摇曳的鱼。雷宇靠近她。年轻女孩子羊脂玉般的脸上泪痕点点。"我不在乎他是厨师还是物理学家，我只在乎他心里有没有我。你知道一个女人最需要男人什么吗？"她仰头问。

雷宇迷惘。

"最需要男人在乎她——她的感受，还有她的愿望。女人是为了爱情生活的。没有了爱情就没有了空气，会窒息而死。"璇大声回答。正在蹦跳的男男女女用嘘声和掌声表示对她的赞同。

"可是男人需要全世界认同他，不仅仅是女人。"雷宇耸耸肩膀，"希望你理解他。"

"我理解可不赞同。还有你，你站在舞池外边干什么？下来跳舞啊！"璇叫。

雷宇来不及谢绝，便被璇拖下舞池。女孩子小小的手放在他的掌心里，乌黑的头发在他眼前飘。雷宇就觉得心脏跟着音乐节拍一跳一跳，拦都拦不住，马上会蹦出胸腔去。

音乐慢下去，璇的头抵住雷宇的胸膛，她轻轻地叹息，像是一支花儿的低语。雷宇握着她柔软的腰肢，整个人都要溶化了。

吧台送他们法国葡萄酒，冰块与柠檬皮掺和在一起。璇说受不了，要去街头吃大排档，喝纯正的贵州赤水酿的刺梨酒。两个人吃了麻辣烫。璇的脸红红的，雷宇脸更红了。小工走过来收账，油腻的手在油腻的围腰上擦了又擦。一元的硬币一个个落在桌子上，璇数着一二三四却总是数不清楚。那小工失去了耐心，将硬币一股脑儿全揎在手掌里，手掌简直都要撑破——二位麻辣烫，鸳鸯锅，他眼睛盯住门口进来的男女，嚷。

雷宇和璇一起随小工嚷，把进门的人吓了个魂飞魄散。他们在一屋子人的惊诧中跑掉了，一路上纵声大笑。雷宇拉紧险然撞车的璇，将女孩子搂进怀里。女孩子体态丰腴，气息炙热。他叫她，璇用微笑的目光答应。眼眸清亮透彻，流转顾盼之间，光华闪烁。

他们回到单家。单弦却不在。单大婶照例地打牌去了。"小时候，我做过一个梦，就是这幅画。"璇指着墙上梵高的星星，"我总在想，这些旋涡是什么？"

"是大大小小的银河。"

"瞎说。银河怎么会是这个样子？"

"就是这个样子，所有的银河都是旋涡状的，卷曲着运动，无数维的时空夹杂在一起，有各种不同的表象。"

"那些银河里，是不是也有太阳系？有地球和地球人？"璇的手指在画布上滑动。

"当然有。我们只是这万千世界中的一粒沙。"

"如果这些沙子中有一粒属于我，我就算死都会觉得很开心。"璇将头依靠在雷宇肩部，"彻彻底底只属于我。"

"单弦？"

"不，不是他，是你。我只想和你在一起。"

雷宇觉得他今天酒喝得太多了。"我要去图书馆找单弦回来，太晚了。"他咬着舌头说。

23

"到哪里了？"雷宇迷迷瞪瞪问。酒力已经散了，他为自己坐在一辆空调大巴上诧异。

售票员好不高兴："你要去哪里？"

"这儿是哪？"雷宇继续他毫无建设性的询问。身边的璇却已经起身，伸手拉他的衣襟，示意他下车。

车外一条水泥马路斜入密林，林子那边是山峦叠翠。一些人力三轮立时蜂拥而至，问他们要不要花两块钱到镇上去。璇挑了一辆干净的有红色遮阳篷的，靠背光的一侧坐下。雷宇只好坐到晒太阳的那一边，将璇的旅行包放在自己腿上。

三轮车晃晃悠悠发动起来，一动起来就有风，雷宇额头的汗片刻被吹散了。他定下神来，车子已经接近一座古代的城楼，楼墙青苔与雨水交错的痕迹斑驳可见。

"嗨，这儿是乡下吗？"雷宇在这时空的遗迹面前有些恍惚。

"青岩离贵阳市区三十公里，算不算乡下？"璇吐出嘴里的口香糖，用面巾纸包了扔进路边的垃圾桶。"我在这儿有间房。"

"古屋应该很值钱。"

"那就打八折卖给你。"璇笑。"然后我租你的房子。"

雷宇眯起眼睛，璇已经抢先冲到台阶上去了——石板路一级级通向古代的城楼，楼门黑洞洞的，不知道隐藏着什么样的未来。去处还未得见，窄小的门洞仿佛一段弦，要将他卷曲起来抛掷。是的，他就是一段弦，被时空之手随意抛掷，需要合适的场所舒展开以便创造自己的世界。

"来呀。"璇在石板路尽头招手，"你会喜欢青岩的。"

会吗？雷宇不能确定。等待和杀手的任务就这样不了了之吗？

"你来不来呀！"璇催促。

"来了！"雷宇回答，一抬腿，脚步竟然是无比的轻松。

24

雷宇在次日的报纸上看到虎门巷着火的消息，损失不算太大。但那栋有四十年历史的法式建筑完全报废了。这也怪人们对老建筑不加修缮，一味使用。报纸上的图片显示雷宇熟悉的小吃店与杂货铺都是一片不堪的狼藉。

"我放的火。"璇将报纸从雷宇手上拽走，一本正经地说。

"瞎扯。"雷宇摇头。

"你不相信？"

"发生了什么事情？"雷宇站起身，居高临下俯瞰着璇。

"我们在胡同口碰见弦子，就去店里煮羊肉粉吃。他不喜欢我和你在一起，我们就吵了起来。我把他打昏了。然后，不知道怎么火就起来了。"璇噘嘴，"不怪我。他老是在说那个弦啊弦，他疯了呀。"

雷宇靠住门，阳光从门外直射进来，居然刺眼地炙热。

"火灾情况怎么样？"他听到自己的声音空洞地问。

"弦子他被怀疑纵火，已经被送健康委员会鉴定了。"璇低头踢脚边的石头，"他果然是疯了的。"

那个若古代弱冠书生般清瘦白皙的年轻人是疯子吗？雷宇闭上眼睛，所谓奇迹，真的就那么脆弱吗？

或者，自己陷入贵阳的世界是无论如何也不能否认的事实了。这就是被上面抛弃的悲惨下场吧？

就此老去，葬身时空的缝隙之中，不需要他雷宇再为自己惋惜什么了。

25

璇的房在背街上，不大，但是门面房，稍微收拾一下便可以开店。璇不久就申请做了镇上的导游。雷宇用璇的房开了一家小吃店，卖米豆腐和肠旺面。

有六百多年历史的青岩处处是明清古建筑，依山傍水，清幽无限。镇上寺庙、道观和教堂共存，令雷宇常常感叹居民对宗教的宽容。感慨之余，他会走到百岁坊那里看下山狮，石刻的野兽似乎随时会在夕阳的余晖中夺路逃走。

弦渐渐变得遥远了。单弦因为被鉴定为精神失常而免于起诉，送进了精神病院。单大婶离开了虎门巷，据说去了新城区。有时，雷宇会想象单弦发现他失踪后的心情，也许会当他是骗子吧，骗说这世界有万能的弦，还骗走了璇。不管怎么说，这结局总比他真的去杀死单弦好。雷宇唯一遗憾的是离开得太过匆忙，将那个感应器留在单家了。

这种遗憾随着时间的推移也渐渐遥远。雷宇和璇在那年冬天，青岩被挂牌确定为中国历史名镇的喜庆日子里结了婚。

新婚那夜雷宇却睡不着觉，结婚这种事情是他以前的世界里没有的。他真的从头到尾都彻底地变做"人"了。他不能不借一点茅台来催眠自己。酒精的作用下，他进入了梦乡，却看见单弦站在那里，浑身都是血。

"你撒谎！你根本没打算告诉我弦的事情。你不讲信用。我们击过掌的！"那年轻人说着说着，愤恨的表情变得委屈了，他蹲下身去，嘤嘤啜泣，"我想知道，我想知道啊……"

火从四面八方烧起来。

雷宇骤然惊醒,他坐起来。璇急忙打开灯,给他擦额头的汗。

"那天晚上是我点的火,是不是?"雷宇抓住妻子的胳膊。

璇脸上无惊无惧,她挣脱雷宇的手,心平气和:"真相是不存在的。你比我更清楚。"

雷宇肃然。

这以后雷宇的日子安静而闲适,喝米酒、香麦茶,吃玫瑰芝麻糖、脆皮猪蹄,听佛钟寺鼓童子班唱圣诗,看杜鹃、珙桐、桂花和红枫。雷宇和璇之间再也没有出现过"弦"或者"弦子"这样的话题。雷宇想实际上他已经忘记曾经的自己,只有偶尔在为食客端茶递水的时候,他会感慨几秒自己"可耻地堕落"了。

璇接待游客,整天说历史数典故谈古人。书院街、油榨巷、西院巷、状元街、慈云寺、万寿官、北城门……一条光滑石板路,不知道来来回回走了多少遍。她带游客逛完历史就到雷宇的小吃店来吃米豆腐。雷宇赤膊裸胸,在小小的厨房里磨米蒸豆腐做配汤。店太小,客人们只好站到街上去吃——薄薄青花瓷碗中半透明的米粉块,红油一层环绕着,黑红的醋汁在中间流淌,让人怎么也吃不够。总有人惊奇这醋的颜色,于是雷宇就会指着醋坛子说青岩双花醋的好处,末了一定会卖出去几打一斤包装实际只有八两的醋去。

隔年过去,璇怀孕了。十月辛苦,诞下7斤重麟儿。雷宇无法描述喜悦之情,许久以来心里因为失去弦的空洞,被儿子填补得满满当当。小雷活泼好动,不惧生人。满月后璇将他的摇篮放在小吃店门口,托店里做杂役的七娘照料。小雷喜欢笑,成了食客的一爱。人们给他玩具,他都拆得稀里哗啦。雷宇还很鼓励他,美其名曰培养智力。

夏天来的时候小吃店租下隔壁的房子,有五张桌子了。小雷已经可以走路。七娘专门负责照看他,整天带着他在镇子里转。

忽然七娘跑回来,焦急地说孩子不见了。她把孩子捆在牌坊那儿去上茅房,出来发现绳子断了。雷宇听了浑身冷汗直冒,赶紧叫人找。璇也扔下游客们过来与雷宇会齐。他们爬上城墙,穿过百岁的牌坊,打开状元府每一间房。他们呼喊,四只眼睛360°搜寻,直到筋疲力尽。

雷宇心里就有些隐隐不安。"还记得弦吗?"他问璇。

"弦吗?"璇瞪他,"我不记得了。你赶快把儿子找回来!"

镇子守门的人认识小雷,都说没看见。镇子并不大,他们找了很久,却怎么也看不到宝贝儿子的身影。他们不免垂头丧气。雷宇去挽璇的手,被她甩开了。璇眼圈红红的径直往前走。雷宇只好跟在后面,不敢再说什么了。

小巷曲曲折折,细窄得只能容他们两个一前一后地走。雷宇有些疑惑,在青岩生活了好几年,却从来没有见过这条小巷。巷子突然之间变得十分漫长,似乎总也不能走到尽头——来处已经隐藏进拐弯的空间中,去处却还未得见,窄小的巷子仿佛一段弦,要将他卷曲起来抛掷。

雷宇停住脚步,他清晰听见脑子里时间"滴嗒"的声音。那么清楚和明确,一声声都敲打在他的神经中枢上。他抱住头。但是声音就在他的脑子里,怎么也消除不掉。

新的四十八小时开始了。

原来上面始终是不曾忘记他的。

他们不过是在耐心等待。

璇也站住。她看着身后的雷宇,示意他快一点。但在巷子的深处,有熟悉的声音响起:"你看这张纸,我可以撕成无限小,小得根本看不见。纸是由纤维构成的,纤维由分子构成,然后是原子,原子核,质子、中子、电子、介子、光子、轻子和快子……世界就建筑在无限小的一根弦上。"

璇顾不上雷宇了,她向那声音跑去。雷宇要快跑才能跟上。他们拐过一座房屋的尖角,就看见小雷在地上爬,那个感应器就在他面前闪动。单弦靠墙坐着,剃了个板寸,清瘦如从前。

璇要冲上去,却被雷宇一把拉住。

单弦继续说:"他们把十一维时空折叠起来了,只给我们三维的。三维啊!真让人痛心。"

小雷仰起脸来,面对单弦笑得天真无邪。他伸手一把抓住感应器。单弦放开手。感应器在小雷的手上异光流彩,瞬间化为无数璀璨的微粒……

宇宙尽头的餐馆

SHE·吴 霜

> 在遥远的宇宙尽头,有一个餐馆,名字就叫"宇宙尽头的餐馆"。在这里吃饭,有一个规矩。你可以和老板聊一个故事——只要足够有趣,便能免单。

在遥远的宇宙尽头,有一个餐馆,名字就叫"宇宙尽头的餐馆"。远远望去,像一个海螺在虚空中默默地旋转着。

餐馆有时大,有时小,屋里的装饰和窗外环境也常常变化。这里有一个时刻装满各种新鲜食材的冰箱、一个煎烤烹炸无所不能的料理柜、一个能控制小范围时间流逝的钟表、一个忧郁的机器人服务员马文。餐馆正中央,始终挂着一盏红灯笼。

经营餐馆的是一对父女,来自一个叫"地球"的行星上一个叫"中国"的地方。对照《银河系漫游指南》,爸爸属于标准中青年男性地球人长相(甚至还有几分英俊),黑头发,身形瘦削,左手手腕有一道伤疤。他话不多,擅长地球料理,只要客人点得出,基本都能做。女儿小魔大概十一二岁的样子,也是黑头发,眼睛又圆又大。

距离餐馆最近的时空中转站是个小型货运站——一个主要连接地球的奇点货运站。当然，既然是奇点，就只有文明程度达到 3A 级以上，拥有把肉体上传到网络能力的文明生物才能到达这里。

客人不多，大多来自地球。此外，还有半人马座阿尔法星火柴盒那么大的三体人、为了适应土星气态长成大气泡样子的泰坦人、甚至还有来自地球五万光年之外、在银河系的中心居住的银光闪闪的索亚人……所以，在这个模糊了时间和空间概念的餐馆，看到形形色色的智慧生物，挥舞着触角，吐着黏液，噼里啪啦地闪烁着能量场……

在这里吃饭，有一个规矩。你可以和老板聊一个故事——只要足够有趣，便能免单，老板还会亲自做一道特别的料理送你——遇到特别有趣的故事，偶尔也接外卖生意。

在这里，你可以一边吃饭，一边想象每时每刻，餐馆外的每一个角落，都有无数文明盛极而衰，循环往复，如同万千星辰旋生旋灭。

太极芋泥

武陵

崇祯五年十二月，我和少爷住在西湖。大雪整整下了三日。

前两日，少爷一如既往，拥一件灰裘，在窗前读书。火盆里燃着银炭，铜炉中燃着香。少爷白日读书的时候是沉香，能静心，晚间吹笛、练字的时候则换成檀香。

昨晚，厨娘依吩咐，备好了白花米饭、西湖醋鱼、四色青蔬、太极芋泥、牛肉羹和一小壶烫好的桂花黄酒。

"武陵，你爱这个，多吃。"少爷用筷子把盛着滚烫芋泥的碟子往我这边推了推。

我也不再推脱,将一半的芋泥都扫下了肚。芋泥表面浇了一层滚烫的猪油,看着没热气,似乎是凉菜,其实烫得很,最适合冬天吃。看到我的吃相,厨娘坐在桌子对面,含着筷子"吃吃"地笑。少爷洒脱,每次都让下人们上桌同吃,我跟随少爷多年,也就这样愈发没了规矩。

用罢饭,风雪小了一点。

少爷打开窗子,用软绸细细擦了翠笛。笛子上的银丝坠子是秦淮河采薇阁的葳蕤姑娘亲手结的,在风里一飞一飞,好看得很。

笛声散入窗外,在寒风中传得很远很远。

清晨,天刚蒙蒙亮,我坐起身,准备去打水伺候少爷梳洗,却发现少爷坐在窗前。

大雪已停,晨光熹微,少爷的身影如剪纸一般。

"少爷?"

少爷回过头来,静静地看着我,眼中有一丝欣喜,神色有些奇怪,仿佛许久没见我了。

"少爷……"我很是不安。

"武陵。"

"是,少爷。"

"备好东西,今天我们去湖心亭看雪。"

我愣了一下,也并不吃惊。少爷最爱这些风雅。

"是……少爷,今日吃什么?我这就让厨娘去准备"。

"随意吧,带几个芋头到湖心亭烤一烤。"

"其……其他呢?酒菜?熏香带哪一种?"

"不用了,不重要。"

我呆住了。张岱少爷什么时候开始吃"烤芋"这种粗物了?"不重要"?少爷的衣食住行一向最讲究啊?

不过,少爷的心思哪是我这样的笨人能猜透的。我赶紧收拾了最厚的裘皮,让厨娘洗净芋头,备好银炭小炉,转念想想,还是备了些兰雪茶,接着又去联系船夫。

早饭时候,少爷也是漫不经心的样子,只吃了几口白花米粥,配的腌笋熏鱼咸肉酱瓜等各色小菜几乎没怎么动。

正午时分,我和少爷乘一只小舟,划入西湖。

雪虽然停了,天气却愈发冷起来,风声阵阵扫过湖面。船夫年逾古稀,须发皆白,只是撑船的动作还算麻利。没法子,这样的天气,若非他这样无儿无女,无米下锅,谁会接这样的生意。活着都难的百姓,哪里有吟风弄月的心情,来赏雪呢。

"武陵。"

"少爷。"我垂手而立。

"鸡鸣枕上,夜气方回,因想余生平,繁华靡丽,过眼皆空,五十年来,总成一梦。"[①]

五十年?少爷吟的这是谁的文啊……

少爷披着纯黑的裘皮披风,一路上,没有再开口。他一直立在船头,似一点也不怕冷的样子,不知在想些什么。

过了约莫半个时辰,总算到了湖心亭。我和船夫将火炉等东西一一搬下船,少爷赏了一枚碎银,打发船夫回去,约定黄昏时刻来接我们。

"也没有多久,少爷何苦还折腾他回去。"我一边煮水烹茶,一

[①] 出自张岱《陶庵梦忆》。

边说。

"有客人，他在不便"。少爷抬目远眺。

"啊？"

我顺着少爷的目光看去，白雪映着日光，日光映着湖面。

远处，一只黑色的小舟正在一片雪白中，缓缓驶来。

小魔

"爸！累死了……咦，你在干吗？！"

午夜，餐馆打烊，小魔转到后厨，刚想给老爹撒个娇，突然看到机器人服务员马文圆滚滚的头被拆了下来，摆在料理台上，周围还散着一堆零件。爸爸正拎着马文的一只机械手臂慢条斯理地擦着。

"保养一下。"爸爸平淡地说。

"我已经是个废人了。"马文的头颅突然开口，不死不活地抱怨着。

"呜呜，有趣啊！"小魔将脸凑近马文的头，几乎要贴上去了。马文嫌弃地进入休眠状态，眼睛的蓝光暗了下去。

看着小魔恶作剧，想把马文的头往水槽里塞，爸爸不得不制止："今天有个外卖的活儿，去不去？"

"什么外卖？啥时候？"小魔一下来了精神。整天憋在餐馆里，能到不同星球，不同时代去看看，巴不得呢——只是爸爸对于外卖的活儿，是非有趣不接的，所以机会并不多。

爸爸顺手接过马文的大头，放到一边，在料理台上铺开了一幅画。

小魔凑过来。

这是一幅画得不错的中国水墨，小魔在资料库里见过许多类似的。

应该是雪景，远山绕白水，水面一孤岛，一小亭，有两个人，隐隐有炊烟升起。远处,一只小舟徐徐驶来,舟上似有一个豆大的人。

画的右上角,还提了一篇字。

"崇……祯五年十二月,余,余住……"因为是中国古文,又是手写,小魔念得磕磕巴巴。

"去这里送。外卖是太极芋泥。做得好,就让你去"。不由小魔多看几眼,爸爸就麻利地卷起了画。

"什么'这里'啊……又吊我胃口。"小魔只好恋恋不舍地咂咂嘴,转身去备菜。

太极芋泥以前是没做过的,但也难不住小魔。在食谱里查了一下,小魔麻利地备好材料,将芋头洗净去皮切碎,加水蒸上;另起一个蒸锅,将红枣去核,和白糖拌匀,稍微蒸一会儿,取出捣成枣泥,拌进糖冬瓜颗粒。这时候,芋头蒸得差不多了,取出来压成茸状,拣去粗筋,拌入一点点花生泥——这是菜谱上没有的,小魔觉得加上会更香一些。最后,将芋泥和枣泥在盘中摆成太极八卦阴阳鱼的形状,点缀上红樱桃和一颗绿色糖冬瓜圆球。最后,烧热炒锅,放猪油,熬得晶莹剔透,香气四溢,浇在芋泥上。

这时,爸爸已经将马文清洁完毕,重新组装起来。他擦擦手走过来,尝了尝芋泥,点点头。

小魔拿出量子食盒,调好温度和力场的参数,将这盘芋泥放了进去。芋泥盘子在盒中微微颤动了几下,就被力场牢牢锁住,怎么晃荡也不会洒出,更不会接触盒壁。

爸爸拿出刚才那幅画。

"怎么去呢?谁来接我吗?"小魔右手提着食盒,开始向店门口张望。

爸爸诡异地一笑,趁其不备,拿起小魔的左手,突然按在了画上的那只小舟上。

"把画还给神秘事务司的李甲。"爸爸说。

等等，什么李甲？

白光从小舟上涌出，小魔吃惊地瞪大了眼睛，还没来得及叫出声，就被白光刺痛双眼，只好重新闭上。

她想吼，又硬生生忍住，以爹的德行，自己反抗只会被整得更惨。小魔只好在心里咆哮了一番。有股不知名的力量在她的肩膀，用力按了下去。

白光散去，料理台的画已经不在；小魔也不见了踪影。

爸爸坐下，支使马文泡了一杯茶，慢慢喝了起来："李甲送来的龙井不错。"

张岱

一片雪白之中，万籁俱寂。时间似乎也慢了下来。

武陵在身后小心地看着炉火，准备烹茶，神色专注，脸颊上的圆肉都绷得紧紧的。

闻香气，烹的是兰雪茶。

这茶是我自创的，烹煮过程十分复杂。以前我常常告诉武陵，所谓茶道，要泉水雪水，要温度适宜，要茶质上好，要节气合宜；要烹煮得当，要器具精美，最好还要丝竹为伴，美人相陪。可怜武陵笨手笨脚，练了许久，还经常被我挑剔。昨天的我，只有三十五岁，也许还是要挑剔他的。但今天的我，却不会了。

今年是崇祯五年。十六年前，我也同样带着武陵，游过西湖。

那一年，阳春三月，西子湖淡妆浓抹，无一处不美。

那一年，我十九岁，在西湖，第一次遇到李甲。

十九岁的我，风流得荒唐。好精舍，好美婢，好娈童，好鲜衣，好美食，好骏马，好华灯，好烟火，好梨园，好鼓吹，好古董，好花鸟[①]。在西子湖畔，我与诗社友人在高照的艳阳下，在船娘的怀抱里，正无边无际地享乐。

浮华的诗篇，在脂粉丛中，如珠玉散落一地。

李甲就在某个清晨出现在花船上，用一锭银子，请走了裙钗不整的船娘。武陵被我打发去五里外的孙杨正店买太极芋泥、桂花藕粉和松仁酒酿饼，船舱内，就只剩我们两人。

这个男人十分俊美，且带着一股出尘的气质，我以为是自己的倾慕者，也就半散衣襟，由着他在船里坐下，铺开了一幅画。

那是一幅水墨——西湖雪景。技法纯熟，以致写意留白，恰到好处，还暂且不表，难得的是画作气质旷远豁达，有种"前不见古人，后不见来者"般的孤独感。

但，真正让我惊讶的，是画作上提的一篇小记：

湖心亭看雪[②]

崇祯五年十二月，余住西湖。大雪三日，湖中人鸟声俱绝。是日更定矣,余挐一小舟,拥毳衣炉火,独往湖心亭看雪。雾凇沆砀，天与云与山与水，上下一白。湖上影子，唯长堤一痕、湖心亭一点、与余舟一芥、舟中人两三粒而已。

到亭上，有两人铺毡对坐，一童子烧酒炉正沸。见余，大喜曰："湖中焉得更有此人？"拉余同饮。余强饮三大白

---

① 出自张岱《自为墓志铭》。
② 出自张岱《陶庵梦忆》。

而别。问其姓氏，是金陵人，客此。及下船，舟子喃喃曰："莫说相公痴，更有痴似相公者！"

"好！"我以手击桌，惊叹不已。

此文妙绝，才气逼人却又圆融内敛，颇有遗世独立的孤高气质，真是甚合我意。文章的署名，竟是"张岱"！

当时的我，认为这个男人接下来的很多话，都是疯话。

例如，男子称自己的名字并不重要，让我随意称他为"李甲"。

例如，他刚刚从金陵那边游玩过来，但其实，他并不属于这个时代，而是来自天穹之外一个叫"神秘事务司"的地方。

例如，他有时空穿梭的能力。

例如，这幅画，包括这篇《湖心亭看雪》确实出自我张岱之手——是八十七岁的我画出来、写出来的。

例如，明朝将会在短短二十八年后灭亡。

例如，我会晚景凄凉，在八十八岁的时候死去。

"万法归宗，万物守恒。你年少轻狂，很快用尽了一生的福气，别说这样精致的太极芋泥，晚年的你，连炭火芋头都吃不上了。"李甲敲了敲桌上的碟子，里面是冷掉的芋泥。

"既然仙人如此神通，何必把我这样平凡如草芥的人放在心上？莫非你对我心存思慕之情？"我甚觉荒谬，忍不住出言孟浪。

李甲开心地笑了："我喜欢你的《湖心亭看雪》，也喜欢玩。见你，只为了好玩，没别的。今日所言，十九岁的你当然是不会相信的，那么，等你快要过完一生，我再带你回到三十五岁的时候，也就是崇祯五年的西湖。在没有我李甲出现的那个平行宇宙里，你就是在三十五岁的时候，写出了《湖心亭看雪》。"

"疯子，疯子……"

西湖晨间的水汽带着凉意，陡然蔓延开来，看着这样一个俊美的男人，在离我如此近的地方，一本正经地说着这样的疯话，我突然感到深深的恐惧。

也许是看出了我的惧意，李甲笑了一笑，便带着画走了。

十九岁的我，愣在了阳春三月的西湖花船上。

十九岁的我，并不知道，很快，千里之外的北方蛮族，就要撞击明朝的长城，那是一支沉默、饥饿、仇恨的大军。

商女不知亡国恨，隔江犹唱后庭花。

天柱欲折，四维将裂。

武陵

小船渐行渐近，船舷轻轻碰上小岛，水面漾起波纹。

远远看去，船上走下两人，一个个子很高，应该是个男子，另一个要矮一些。两人顺着岛上的小路渐渐向这边走来。少爷不再看他们，而是转身坐下，嘱咐我将芋头埋在炉子里烘着。

拿起茶水的时候，少爷的手微微有些抖。

"张兄，别来无恙"。不多时，男子已走到亭中，笑道。

男子年龄约二十五六岁，身长约七尺，眉目清朗，披着一件说不出质地的银色披风，一双眼睛灼如炭火。身边跟着的是个少女，约豆蔻之年，应该是他的侍女。一身红衣，一手拿着一个狭长的木匣，一手是一个黑乎乎的盒子。她面孔粉若雪团，神色活泼，正上上下下打量着我和少爷。

不知怎的，这男子看起来有几分熟悉。我仔细想了想，却又记不得什么时候见过。

一阵朔风扬起枯树上的雪尘，两人立在亭中，宛若仙人。

男子示意少女递过木匣，我赶忙接过来，交给少爷。可是，少女为什么不太愿意被支使的样子，还嫌弃地看了男子一眼。看来这男子比少爷更豁达，把下人惯成这个样子……

少爷沉默着打开木匣，取出一幅画，我擦净石桌，将画铺上。

画的是雪景，似乎正是西湖。

"武陵，我们见过的，十六年前。"男子突然对我开口，笑得十分和气的样子。

一道闪电般的麻意在我脑中穿过。我想起来了。

十六年前的那天清晨，我带着孙杨正店的点心匆匆赶回花船，准备给少爷烹茶，一个高挑的男人正从少爷的船舱出来。

少爷的喜好我当然是知道的……我急匆匆低下头。与男子擦身而过的时候，男子回头看了我一眼。

那男子面貌出奇的清俊，只是目光灼灼，如炭火一般，十分令人难忘。

"小人记得"。我微微躬身。原来少爷这般大费周章，是为了重温……

"不要瞎想。"少爷突然在一旁冷冷开口。

那少女"噗"地笑出声来，略忍了一下，没忍住，索性不加克制，笑了个痛快。

抛开礼数规矩不算，那声音真如银子一样，亮亮地落在这天地之间。

小魔

白光散尽，我已躺在一只小船上，右手边是量子食盒，左手握着一个狭长的木匣。我没好气地掂了掂木匣的分量，里面肯定就是那幅画。

不用问，眼前这个笑眯眯的男人就是李甲了。

神秘事务司，可是在无数平行宇宙中都大名鼎鼎的机构。据说能够满足你的任何愿望，但要你用某种东西来交换。具体交出什么，每个人的情况不尽相同。

我还记得上次那个叫"阿尘"的作家，为了获得大师级别的写作能力，交出了自己"爱人"的能力，余生都在痛苦中度过。

万法归宗，万物守恒——如同宇宙间很多公理那样，神秘事务司的宗旨平静而冷漠。

眼前这个李甲，既然是神秘事务司的人，那么今天，是谁要交换什么吗？

"小魇好。今天不交换，只是见个朋友。"李甲好像有读心术，突然开了口。他向远处的小岛抬头示意："就在那边"。

李甲向我简单说明了事情的原委。

……原来如此，爸爸接的活儿，果然十分有趣。

很快到了岛上，我们下船，走到亭中。张岱和武陵果然已经等在那里。

张岱披着一件黑色的毛皮披风，有点清瘦的书生气，目光沉静而倦怠。按地球人的年龄，武陵大概二十七八岁，圆滚壮实的，也许是跟着张岱久了，也有几分斯文的样子。

按李甲的说法，张岱今年是三十五岁，但他的意识，已经八十七岁。李甲昨天给换过来的，只能持续今天一天。

风带来一股香气，我抽抽鼻子。亭中有个火炉，烧着水。炉中烘着的，应该是芋头。

铺开那幅《湖心亭看雪》图，武陵给我们送上两杯热茶。我喝了一口,瞪大了眼睛。

好香。

"这是我们家少爷独创的兰雪茶。取龙山北麓的日铸茶,用制松萝茶的方法炒焙,烹茶时放入茉莉,茶色青碧,香如兰,清如雪,清润雅致。"武陵看出了我的好奇,缓缓解释道。

张岱仍旧一言不发。他盯着李甲看了很久,脸上的表情十分怪异。

我将食盒放在桌上,打开,从力场中取出芋泥,放在桌上。

芋泥表面被猪油蒙住,看似冰凉,实则滚烫。

武陵忙着烹茶,只有张岱看到量子食盒的异样,却好似没有看到,脸上并无半点诧异——这倒是让我有点诧异。

不过,想到他连李甲的时空穿梭都见识过,似乎也很正常。

"你也是从那边来的吗?"张岱的目光从茶杯上抬起来,看着我,又看看天上。

"你猜"。我露齿而笑。

"顽皮……若不是李甲在这里,我可要罚你。"张岱的神色终于轻松起来,流露出一点挑逗的意味。

"八十七了都……"我平静地笑着看着他。

张岱噎了一下,李甲放声大笑起来。

张岱

自十九岁见过李甲,我几乎很快忘了这件事——也许是因为,这件事隐隐透出一种诡异的真实感,让我刻意回避。

而且,这世上好玩的事情还有太多。山水园林、丝竹管弦、古玩玉器、小说戏曲。我耽于山水之间,游遍名山大川。无数夜晚,在冯梦龙的小说中度过,在柳敬亭的说书声中睡去。

我一生未入仕途——也被家里逼着考过,只是八股制艺,实在不是我所爱所长,终于屡试不中——现在想想,也许倒是好事。

世道变幻。朝堂之上,宦官擅权,佞臣当道,特务横行,党争酷烈。贤能忠直,或被贬逐,或遭刑戮。内忧外患,愈演愈烈。

如李甲所言,明朝的气数,果然渐渐尽了。

我三十五岁那年,机缘巧合,带着武陵来到西湖。十二月,大雪三日。我突然想起了李甲。因为高烧,我昏睡了三天,并没有去湖心亭看雪的经历,当然也没有写出什么《湖心亭看雪》。

其实,从看到那篇文章的那一瞬,它就不再属于我了,不是吗?如果李甲所言属实,他打乱时空的举动,根本就是剥夺了我自己写出那样妙文的权利——实在有几分可恨!

现在想想,那几日的高烧,实际上,也许是因为身体拗不过心底的恐惧——李甲的寓言,会成真吗?

我四十四岁那年,李自成终于攻入顺天府,崇祯帝于煤山自缢。

覆巢之下,焉有完卵。李甲的魔咒如孙悟空的紧箍,越来越紧。

妻离子散,武陵病逝。我流落山野。

薄草茅屋,唯破床一具,破桌一张,残书几本,秃笔数支。布衣蔬食,常至断炊。我不得不在垂暮之年,强忍病痛,亲自舂米担粪。

夜半醒来,恍若一梦。回想年少荒唐,我只有对着明月,一一忏悔。

我七十九岁的一个冬日清晨,家里最后一点炭火用尽,最后的几个芋头埋在炭火里,冷如卵石。我风寒病重,奄奄一息,恍惚中,眼前出现了李甲模糊的影子。

我以为是梦。

"想不想吃太极芋泥?"李甲一笑。他的面孔依旧光洁,丝毫没有变老。

我的双肩似乎被一股力量按住,床铺变得柔软,渐渐下沉,陷入无尽深渊。

白光笼罩了一切。

再睁开眼睛的时候,也是清晨。武陵正在酣睡,窗外,西湖一片雪白。

身体的病痛消失无踪,变得灵活轻盈。

转瞬之间,我回到了三十五岁。

三十五岁的张岱,贪婪地,久久地看着雪后的西湖。

我按照约定,前往湖心亭,直到李甲出现在我面前,铺开了那幅《湖心亭看雪》,我才开始相信,这一切并不是梦。

也许,人生本就是一场大梦。张岱是梦,李甲是梦,大明是梦,那天穹之上的一切,皆为梦境。层层相套,永无止境。

而此刻,李甲就坐在对面,慢慢饮着兰雪茶。

这天地,一片雪白。

天穹之下,枯枝成行,霜雪凝结,雾凇沆砀。

万籁俱静。大雪掩盖了一切脂粉和鲜血,也掩盖了一切浮华和罪恶。

"这凡人的一生,在你看来,是否很痴愚?年轻的我,在你眼中,是否很可笑?近日我国破家亡,于你而言,是否很有趣?"我冷冷看着李甲。

正在烹茶的武陵直起身子,一脸迷惑。

"张兄,莫怒莫怒",李甲好脾气地笑着,指指天上,"在上面整理古籍的时候，我无意中看到了你的《湖心亭看雪》，也看到了你的生平，觉得有趣。自古精妙之作，多出自前半生的繁华与后半生凋零的共同积累，你死去百余年后，还有一位姓曹的先生，写出一部更好的千古妙文[①]……这个先不提。总之，来看你，只是我一时兴起，若有唐突，还请张兄见谅。"

李甲郑重起身，向我行了一个礼。但我总觉得，他的脸上那种戏谑的笑意，永远来自另一个世界——有着我永远无法理解的规则和智慧。

大风起，大雪后的西湖，一片肃杀。

寄蜉蝣于天地，渺沧海之一粟。我等凡人，形同草芥一般……

大明，没了，张岱的亲人，也没了。国破家亡，苍穹之下，茕茕孑立。

我终于无声痛哭。

这哭，和满洲的铁骑无关，和李自成的义旗无关，和历史无关，甚至和我张岱无关——只因为今时今日，这一片白茫茫的大地，真干净。

无限的美、无限的繁华、无限的精致复杂，都挡不住缓缓降临的浩大宿命。

武陵慌了。他急忙给我拿绢帕过来，又转脸愤而面对李甲："你到底是何人，为何欺侮于我家公子？！"

"你我在亭中，亭在孤岛上，孤岛在湖心，西湖在大明。大明之外，还有西洋；大明之上，还有天穹。万法归宗，万物守恒，莫失莫忘，再入轮回。张兄，哭哭罢了，莫放心上。来，吃菜。"李甲依旧笑着。

[①] 曹雪芹《红楼梦》。

兰雪茶依然清香，太极芋泥精致细滑。

那日的最后，以茶代酒，我敬了李甲一杯——我也说不清是为什么。

很快，几只黑乎乎的烤芋也被大家分食而尽。李甲突然放下了茶盏。

"回去以后，在《陶庵梦忆》里，加上《湖心亭看雪》。这是你的作品。"李甲一改戏谑的神色，郑重地说。

"《湖心亭看雪》很美，莫辜负。"他身后的少女婉约一笑。

李甲望向远处的湖面。

一只黑色的小舟正在一片雪白中，缓缓驶来。

一片白光闪过。等我睁开眼，映入眼帘的，又是那茅屋的破窗。

只是，屋子正中，多了一些柴火和粟米，米袋上，还有一包银钱。

桌上，还凭空多出了一盘冷掉的太极芋泥——带着西湖的雪意。

这几日收工后，小魔一直拿着那幅《湖心亭看雪》静静地看。据说，是用量子食盒与李甲换的。

一天，爸爸过去在她头上狠狠敲了一个栗子："你知道那食盒多贵！你被蒙了懂不懂！李——甲！哼！"

小魔揉了揉头上的包，出乎意料地没有还手，也没有反抗。

"爸，你说张岱可怜吗？"

见小魔认真了，爸爸无语，只好正正经经地在她旁边坐下来。

"对于那个时代的普通人来说，人生之美好，就在于你能迷上什么——张岱一生大起大落,却始终痴迷文学。能痴迷于某件事物的,是痴人——痴人都是幸运的。"

"莫道相公痴,更有痴似相公者——其实,我有点羡慕他。"

"你也爱做饭呀。"爸爸摸了摸小魔的头。

"嗯,爸,以后有外卖的活儿,多接点儿啊"。

"没了,量子食盒就那一个。"

"爸!!"

从前慢

SHE · 曹曙婷

　　车号会被限行，城市会被折叠，终有一天，我们的生活会被更多的时空规则所分割和限定。

一

　　周三。00∶02。

　　生物钟把夏芒从睡梦中唤醒。

　　他的女儿未未今天满月，今天要进行休眠测试。从明天开始，未未将会与夏芒和妻子小安一样，成为神理市的一名周三公民。

　　未未还在睡。

　　小安伸了个懒腰，走到厨房打开了咖啡机。夏芒坐到沙发上，边打着呵欠边在手机上点了一下。电视画面出现在沙发对面的墙上。

　　COG TV 的台标出现在屏幕右上角，晨间新闻的字眼则在画面左下角醒目的旋转。

　　周三播报员熟悉的面孔出现在电视上：

"昨日，统计局发布了神理市去年的经济发展调查报告。报告数据显示，神理市上一年人均 GDP 为 137654 美元，增长率为 113%，连续三年超越上海，占据世界人均 GDP 首高城市。同时报告指出，根据可靠的问卷调查显示，市民对本市经济发展、环境质量、治安犯罪等多项综合指标的满意率超过 85%。神理市作为世界范围内第一个推行'周期出行制度'以及休眠技术的试点城市，各项数据指标都显示出了良好的势头，获得了各国政府的关注和认可……"

夏芒换了一个台。

"……本月内，神理市出入境监察处共打击处理了三百二十三起涉嫌偷渡进入我市的非法入境行为。近月来，不法偷渡数量节节攀升，人口管理局提醒广大市民提高安全意识，留意出行日内出现的可疑陌生人员。"

配合着播报员的声音，画面上播放了一段激烈的执法过程。

小安坐到夏芒身边，把手中的两杯咖啡分给了他一杯。

"真吓人！这些人为了进来，什么事儿都干得出来。"小安皱着眉头说。

"进来又能怎么样。拿不到休眠资格，不就跟在外面的生活一样。一个星期还得有六天被关在屋子里不能上街，还不如待在外面呢。"夏芒说。

小安吃惊地看他："你傻啊？！当然不一样了！外面有神理市这么好的空气吗？坐地铁不用挤成沙丁鱼、看病不用排队、不用担心转个身小偷就把钱包摸走了。工资高、生活环境好、市民素质高。就算拿不到休眠资格，在这儿老死也是好的！"

"行行行，我错了，我错了。"夏芒求饶。

"你本来就错了！"小安白了他一眼，想了想，又说，"不过在神理市，有没有休眠资格还真是天差地别。哎——当初那么拼命地工作，也是值了。"小安深吸了口气，露出心满意足的笑，"你是不知道，在我们公司，没有休眠资格的人，永远都只能做那些没有技术含量的打杂跑腿的事儿。升职是一辈子都没有指望的。哪像你，那么轻松……"

夏芒是一名颇有影响力的畅销科幻小说作家。神理市成立之初，颠覆性的出行制度和休眠技术在世界范围内引发了极大的争议。为了赢得支持，神理市开放了一批免费的休眠名额用来吸引各个领域，尤其是前瞻性领域的精英来这里入住背书，夏芒就是其中之一。

"你休眠就为了升职啊？"夏芒半开玩笑地问。

"当然不是了！"小安瞪他，"跟我一起进公司的雅雅你还记得吧？她到现在都没拿到休眠资格。我们两个是同一年生的，不过她现在看起来就是个四十出头的人了。我呢，看起来还是二~十~八~"小安摸着自己的脸颊，用轻松愉快的语气俏皮地说。

"噗——！"夏芒忍不住笑出来。

"笑什么？！"小安跳起来打他。

似乎是为了迎合两人的对话，电视上适时地出现了另一则新闻：

"上个月，神理市新收到休眠申请七千六百八十份，新签发的休眠名额为五十三份。这一比率达到近年的新低。这标志着我市对于休眠申请的审核条件继续收紧……"

叮咚——！

门铃响起，打断了新闻内容。

夏芒打开门，"凌晨好，夏先生，夏太太。我是今天来为你们女儿进行休眠调试的服务专员。"门外站着一名穿着 SIP 公司红白色制服的工作人员，身旁带着一个粉色小巧的休眠舱。

小安给未未洗好澡，喂饱了奶，又依依不舍地逗了她一会儿。

"你们可以确保休眠技术对她这个年龄的婴儿安全吗？"夏芒把未未放进休眠舱的时候，有些不安地问。

工作人员微笑着回答："请您放心，休眠技术运用在新生儿身上也有十几年的时间了，从没出过任何差错。我们公司保证这项技术的绝对安全。"

夏芒点了点头。

"不过您要是对休眠有顾虑的话也可以考虑延后进行……"工作人员的话还没有说完，小安和夏芒就一起打断了他。

"不用！"

刚吃饱了奶的未未打出一个饱嗝，露出不明所以的神情看着心虚的父母。

为了安全和健康考虑，新生儿出生一个月内不能进行休眠操作。夏芒和小安也不得不在这一个月里放弃了休眠，全天照料着这个麻烦的小家伙。两个人从来没有这么累过，几乎已经是极限了。

"好的。那我现在就开始进行休眠操作了。"工作人员笑了笑。

"未未，下周见。"夏芒亲了亲未未的小脸。

"睡一觉就又见面了。"小安亲了亲女儿。

夏芒听得出来，她是在强行纠正自己说法里面的分离感才故意这么说的。

未未沉沉地睡去了，肉肉的小手放在白嫩的圆脸边，嘴角时不时地咧出一个甜甜的笑容，和平常没有区别。

工作人员合上休眠舱，向两人展示舱显的数据。

"一切正常。她会睡个好觉的。"

小安和夏芒心里的石头落地。继而又产生了一种带着负罪感的轻松。

两人把工作人员送到门口，门刚要关上。

"哇——"

一阵熟悉的哭声响起来。三个人同时愣在门口。夏芒第一个反应过来，冲进屋子。

未未涨红着小脸，一边哭闹一边"咚咚"地踢着休眠舱。夏芒赶紧把她抱了出来，轻轻地摇晃起来："噢，噢，未未乖。爸爸在这里。"

"这……这怎么可能？"工作人员瞪大眼睛，"刚才明明显示一切正常的。"

他检查了一遍休眠舱，"奇怪……"

"我……我现在就给公司打电话，请技术部的专家过来看看。抱歉！"

面对夏芒和小安警惕不安的眼神，工作人员赶紧说。

接下来的一周，SIP来了五拨人，不光有休眠技术方面的专家，还有脑科的医学专家。他们给未未做了各种检查，进行了不下十数次的测试。每一次的结果都是未未能够很快地进入休眠状态，但是不超过五分钟就会自然醒来。

最后，SIP给出了一份结论报告，确认了目前的休眠系统确实无法在未未的身上产生持续效果。至于原因，医学专家初步认定是未未大脑内某个区域对于休眠指令有异常的应激反应。他们之前从来没有接触过相关的病例，所以暂时无法给出解决方法。

"什么叫没有解决方法？我女儿是有神理市正式的休眠资格的，现在不能享受休眠的待遇，你跟我说没有解决方法！"

小安在收到报告的第一时间就怒不可遏地把电话打到了SIP

公司。

夏芒却翻出了前几天来家里检查时，一位医生留下的电话打了过去。

"也就是说，这种针对休眠指令的应激反应对于她的身体健康和生长并没有其他不良的影响，对吗？"

在得到了对方肯定的回答后。夏芒放下了心。他挂了电话，小安却还在那边对着电话咆哮。

"不光是她一个人的问题，我们两个大人也没有办法正常休眠，你们知不知道！在神理市，这是多严重的一件事你们不清楚吗？你们公司对待客户就是这么不负责任吗？"

夏芒走进屋里，未未被母亲的咆哮声吵得有些睡不踏实，正在小床里翻滚。夏芒轻轻地拍拍她，哼起了歌。

因为未未不能休眠的事情，这几天来小安就像是天要塌了一样焦躁。但是夏芒却没有这种感觉。

因为科幻作家最擅长的一件事，就是习惯于这个世界往往和他们想象中的，一点儿也不一样。

二

未未的事情很快成了新闻。

"休眠技术或遇瓶颈，神理市神话遭遇挑战"

这则耸动的新闻不仅在神理市内街知巷闻，在外面的世界也掀起了轩然大波。

一时间，夏芒一家成了媒体围攻的焦点。记者们蹲守在楼下，希望能搞到一篇专访。

不能休眠的夏芒有时无聊，就会站在窗子边看着楼下的记者们。有趣的是，无论再敬业都好，在神理市，周二的记者们都必须赶在周三的零点到来之前回到自己的家里，而周三的同事们也不可能提前赶来接班。于是夏芒就能看到在23:40分，最后一名记者急匆匆跑开的背影。0:10分开始，完全陌生的另一拨记者开始陆续在楼下出现。

就好像被时间隔开的，两个世界一样。夏芒心想。

不管小安再不情愿也好，未未不能休眠的事情终究成了定局。SIP公司为此提出了补偿方案。也承诺将会持续上门为未未进行定期的检查和测试。神理市甚至为了他们家的特殊情况，开出了一份意料之外的特权——全权限出行。

这意味着夏芒一家不再受到出行日的限制。他们每一天都可以走出家门，行走在这座城市里。这在神理市几乎是最高级别的待遇。

在未未的休眠问题解决之前，夏芒和小安约定也都暂时放弃休眠，两人一起照顾未未。

"要是未未一直都不能休眠怎么办呢？"某个深夜，小安忽然在黑暗里，对夏芒说。

"我们就陪着她一起醒着呗。"夏芒抱住小安，"就像这城市里，那些不能休眠的人一样。"

"可我们，是好不容易才让自己和他们不一样的啊。"小安翻了个身，逃出了夏芒的臂弯。

两人的沉默像是夜色中泛起的涟漪，将彼此越荡越远。

接下来的一年，夏芒其实过得还不错。

小安不喜欢在周三以外的时间出门，她说那让她觉得没有安全感。但是夏芒知道，在小安的心里，她总有一天是要回到过去的那种生活里去的。她是不想和周三以外的世界产生联系。

其实夏芒一开始也有一些不适应。

他第一次带未未在非周三的日子里出行时，是一个周六。

新闻的热度终于消退，楼下已经看不到蹲守的记者了。未未太久没出门了，夏芒决定带她去楼下的公园晒晒太阳。

踏出家门前，夏芒下意识地看了一下手机。按照游戏中的说法，虽然政府为他们消了迷雾开了全图，但是周三在夏芒心理上套下的咒语，却没那么容易解开。

本来是去晒太阳的，但是夏芒却觉得眼前有点发黑。每一个夏芒本应该熟悉的人都是陌生的——便利店的店员、公寓的保安、清洁的阿姨，还有咖啡店里的服务生。

周三和周六的世界是完全不一样的。

夏芒第一次感觉自己对这座城市如此陌生。他仿佛一直注视着的，是一个魔方的一个侧面，而在其他侧面上发生的事情，他一无所知。

"哟，小宝宝好可爱啊！"楼下的公园里，两个推着婴儿车的女人看到夏芒怀里的未未，热情地过来打招呼。

"我们每个周六都来这里玩的，以前怎么没有见过你们啊？"其中一个瘦瘦的，有点年纪的阿姨听起来语气热情，但是眼神却透着怀疑。

夏芒想起了新闻里关于偷渡者的提醒。这阿姨警惕性还挺高。

"我们是……"夏芒忽然语塞，发现自己不知道该怎么解释。

另外一位年轻的妈妈没有听到两人的对话，正把自己的儿子从车里抱出来和未未玩，两个小朋友涂着口水的亮晶晶的双手抓在了一起。

　　瘦阿姨偷偷捅了捅年轻妈妈。

　　年轻妈妈狐疑地看了看两个人，目光却落在了未未身上。

　　"嗯？我……怎么觉得这个小朋友有点眼熟呢……啊！"她想起什么，叫了起来。然后猛地抓住自己儿子的手，从未未的手里抽了出来，后退了几步。

　　"你……你别吃手！"她把小男孩刚摸过未未，又想放进嘴里的小手举起来，用纸巾用力地、反复地擦着。

　　老阿姨被她的反应吓了一跳，推着婴儿车作出逃跑的姿势。年轻妈妈感觉到了自己的无礼，挤出一个尴尬的微笑。

　　"她是那个，就是电视上说的那个，不能休眠的小朋友是吧？"年轻妈妈像是对着阿姨说，又像是在问夏芒。

　　"嗯，对啊。"夏芒把未未转过来，贴到自己的胸前。

　　"噢！噢~~~"瘦瘦的阿姨提高声音叫了起来，眼睛圆瞪，像是一只打鸣的鸡。但马上又把声音降了下来，"哎哟，太可怜了……"她摇晃着脑袋，一点儿也看不出同情。

　　"没什么可怜的。小孩子嘛，都要长大的。只是长得快一点，或是慢一点罢了。"夏芒强忍着好脾气说。

　　"噢噢，你们想得开就最好了。"阿姨就是强行要觉得夏芒可怜。

　　"对了……"阿姨好像又想到了什么，"她这个病，不传染的噢？"

　　年轻妈妈的耳朵立刻竖了起来。

　　"她这个不是病……"夏芒刚说了半句，却发现对方完全不想听的样子，算了。"不知道，医生没说。"

　　夏芒露出一个颇有深意的笑。

　　"我们……我们先走了。有机会再一起玩噢……"两个人脸色一变,匆匆推着车逃也似的走开。

"回去好好给孩子洗洗手。有的人噢,就是没有那个命!没办法的!"老阿姨的话远远地飘过来。

好的。周六不太招人喜欢。夏芒在心里对自己说。

三

虽然对周六的印象不太好,不过在其他的日子里,夏芒和未未却还是遇到了一些有趣的人。

周一出行的邻居是一个偶像明星。他说在神理市当偶像没有出路,因为你永远没办法让一个周二公民喜欢上周一偶像。他们之间隔得可不只是一天的时间,更像是一个维度。

"再怎么经营,粉丝数量也就那么大,没劲。不过好处呢,也有。"他把手插进额前的刘海,随意地抖了两下,露出一个帅气的笑,"有一回我参加一个发布会,选了一件条纹的衣服。结果一上场,我的经纪人跟我说,在上个周三,条纹刚被一个有名的时尚评论家认定是这季最过时的元素。让我赶紧去换了。"

"你猜我怎么说?"他伸出一只手挠着未未的下巴,未未"咯咯"地乐出声来。

"我说,不换!周一的人只生活在周一,周三的人说的话谁管啊!"

"怪不得你能红呢,有性格!"夏芒乐了起来。

"是啊。爱谁谁!"偶像甩了甩手,"反正我也不老待在这儿。干这行想要事业上有成就,还得到外面去拍戏,演电影,拿奖。"

"在这儿不能拍戏吗?"夏芒疑惑。

"在这儿怎么拍啊?剧组一周开一天工,一部电影排好几十年?

开机的时候是部青春片,等片子拍完,得,成怀旧片儿了。"

俩人一起笑了起来。

"不过,你那么追求事业干吗不一直待在外面啊?"夏芒又问。

"咳……"偶像这回终于有点难言之隐了,"总有些起起伏伏嘛。上次因为跟一个女演员传绯闻说我劈腿,被媒体和黑粉追着我喷!我一烦,就干脆躲到这儿来了。等过几年再出去,我不会变老,粉丝可都得换好几茬儿了,我那点儿事早就烟消云散了。对外面的人来说,我跟新人一样一样的。我有演技,出去再红一次不是什么问题。"

"……人精!"夏芒脑子转了半天,给出结论。

四

周四负责大楼清洁的李阿姨又来麻烦夏芒给她女儿送汤了。

她女儿陈小姐是周五出行的,两人想见面要提前申请临时出行额度。李阿姨不想浪费钱,要把钱攒着给女儿申请休眠权用。两人已经好几年没见到面了。

"夏先生。"一向沉默寡言的陈小姐接过夏芒送来的保温盒,忽然叫住了刚要走的他。

"我的休眠权申请下来了。"

"好消息呀!你告诉李阿姨了没有?她知道一定开心死了!"夏芒替她们母女高兴。

"是吗?"陈小姐低着头。

"你好像,不太开心?"夏芒有点疑惑。

"以后,我一周只能喝一次妈妈做的汤了。"陈小姐扭开保温盒的盖子,雾气飘出来,裹着鸡汤的香气。

"我不过喝几十次汤的工夫,妈妈就会老一年。夏先生,我一旦开始休眠,妈妈对我来说老得会有多快,你能想象吗?"

夏芒明白了她的意思。

如果不是自己的父母去世得早,夏芒当初也一定不会同意到神理市来生活。和自己的至亲以不同的速度老去,没有多少人能承担得了这种算不上死别,却也差不多的生离。

"李阿姨那边我可以……"

"不。夏先生,您什么都不要和她说。"陈小姐抬起头,笑了一下,"她把攒了一辈子的钱都给了我,就是为了交换在这里生活的机会。我不能……让她失望。"

夏芒点了点头。

"爸爸,阿姨哭哭。"未未趴在夏芒的肩膀上,指着身后慢慢蹲下的陈小姐,不解地说。

"嗯。鸡汤太烫了。"

李阿姨在得知女儿取得休眠权的时候果然欣喜若狂。她甚至激动到有些缺氧,扶着墙喘了好一会儿的气,嘴却一直合不拢。直到她想到了什么,嘴角的笑才渐渐地收了一些,自己喃喃地出起神来:

"以后的汤,要少做几次了。"

夏芒没有打扰她的思绪,礼貌而安静地走开了。

时间、空间、自以为是的彼此成全。人类之间的爱太容易被无关的东西阻滞而无法传递。而在神理市里,情感的传导显得愈加艰涩。

"奶奶哭哭。"

在他的耳边,未未小声地嘀咕着。

五

在夏芒和未未遇到的所有的人里，未未最喜欢的，还是大利。

在之前周三出行的日子里，夏芒总是爱到楼下的咖啡店里工作。大利就是那家咖啡店里的店员。

他也是夏芒在神理市里唯一的朋友。

第一次见面的时候，夏芒正躲在咖啡店后门的巷子里抽烟。虽然神理市全面禁烟，但是对于夏芒这种戒不掉烟的人来说，只要有钱，从外面搞几包烟算不上什么难事。

"哎！"

夏芒正抽得起劲儿，一只手在他的肩膀上揉了一下。

夏芒回头，正对上大利的眼神。像是没睡醒，又像是随时准备暴捶自己。夏芒愣了愣，讪讪地笑了一下，把烟扔在地下，碾了两脚。

"啧！"大利翻了翻眼睛，蹲了下来，把那个烟头从夏芒的脚底下抽出来。"火儿啊。"他说。

从那天起，夏芒和大利就常常一起蹲在咖啡店的后巷子里一起抽烟聊天。

两人渐渐熟了之后，夏芒才知道大利原来在外面是一个颇有名气的摇滚歌手，他说自己光用眼神就能解开姑娘的内衣扣。

夏芒刚想骂他吹牛，想起那天他看自己的那一眼，又把话咽了回去。

"摇滚歌手不应该是一边吼着'我要自由、去你妈的明天'，一边醉生梦死的一群人吗？你不在外面的世界颠倒众生，来神理市当服务生干吗？"夏芒问他。

"来等死。"大利说。

"真扯淡。"夏芒终于忍不住骂他,"你可是有休眠权的。来这儿等死可有得等呢。你要真是来等死的,那也是够闲的了。"

大利"嘿嘿嘿"地笑了起来。那是夏芒第一次看见大利笑,虽然他一点儿也不知道自己的话哪儿好笑。

大利见到了未未之后,笑得倒是多了起来。

大利话不多,但是能把未未抛到半空再稳稳接住,让未未"咯咯"大笑个不停。他也能拿把吉它,给未未唱歌。未未不喜欢那些安静的歌,大利就疯狂地扫弦给她听,她的小手和小脚一起胡乱挥舞,直到两人一起笑到重心不稳倒在地上。

每次和大利说再见的时候,未未都要扯着嗓门大哭或者满脸是泪地抱着大利的脖子不撒手,搞得夏芒都有点吃醋。

"来!"未未会简单地冒字之后,常常看着大利消失在远处的背影对夏芒大叫。

"嗯。还来还来。下周三爸爸还带你来找大利叔叔玩。"

"不!不!"未未抗议,"明!明!"

"可是明天大利叔叔要睡觉。后天、大后天、大大后天,大利叔叔都要睡觉……"

"哇——"

对外面的世界而言,神理市仿佛一个结界。对神理市而言,夏芒一家是这个结界内魔法失效的一角。

这里的人们仿佛生活在时间海洋一个个的气泡中,他们遵循着七条不相交的轨迹,从一个气泡跳到另一个气泡。其余六个轨道上的生命和时间与他们完全隔绝,也并无关系。

而夏芒和未未,就像是在海洋里逡巡的鱼。时间在他们的身上连续地流动着，黏稠得把他们同周围的一切包裹在一起。这世界上每一点的变化都会在他们的身上留下痕迹。

夏芒已经很久没有过这种感觉了，久到他并不知道，原来自己很喜欢这种感觉。

但是小安不喜欢。

六

"我们得谈谈。"

一天晚上，未未睡着之后，夏芒发现小安坐在客厅里等着自己，她看起来有点不对劲。

"你怎么了？"

"夏芒，今天公司决定把我的职务交给雅雅……"

"为什么？"夏芒吃惊。

"她拿到休眠权了。"

"你也有休眠权啊。"

"有吗？我有吗？！"小安猛地抬起头，看起来有点激动。

夏芒知道她要说什么了。

"我不知道你们公司任命人员的标准是什么，只是休眠而已，有那么大的影响吗？"夏芒语气生硬。

"当然有！"小安站了起来，"休眠后的大脑分析和处理数据的速度会比正常人快上几倍，这你难道不知道？！你知道我现在的工作效率有多低吗？说实话，如果我是公司高层，我也会作这样的决定！"

"真好笑！一台计算机的运算速度再快，也不可能直接变成人工智能。人和人的差别不在于思考的速度，而是在于思维的高度。"

"我是活在现实里,不是活在你的大道理里!"

小安说不过夏芒,忽然哭了起来:

"我不能再这样下去了!我为了得到今天这所有的一切付出了多少努力你都知道。我也想好好地陪着未未,可我再这样下去会疯的!我不想未未看到她有这样的妈妈……"小安越说越激动,痛苦地蹲在了地上。

"好了好了,我知道了。"夏芒抱住她,"未未我会照顾的。"

"可这对你不公平……"小安在夏芒的怀里抽泣着。

"我爱未未,我也爱你。公平对我没有意义,我只需要你们两个开心就好。"

小安抬起头,红肿着眼睛看了一会儿夏芒,伸出手紧紧地抱住了他。

"对了!"小安忽然想到了什么,"医生今天打过一次电话。他说他给未未配了一种新药,说不定可以调节她大脑对休眠的应激反应。你明天去他那里拿药回来给未未试试吧。要是她可以正常休眠就好了,我们一家人就不用这么辛苦了……"

"嗯。"夏芒轻轻地应了一声。

接下来的两年,小安回到了正常的休眠模式里。只有在周三她才会醒来,和夏芒和未未短暂的相处一会儿。

小安从他们生活中的一个常驻角色,变成了客串嘉宾。

"妈妈总是在睡觉。"未未学会了抱怨。

医生开的药夏芒拿回来却从来没有给未未吃过。

他知道神理市的生活让他觉得有些蹊跷,却又说不上是哪里不对。

直到他接到大利的那通电话。

那是一个周四的下午。

夏芒反复确认了手机屏幕上显示的大利的姓名，和日期旁周四的标志。它们的组合让他有一种被恶作剧了的错觉。

"喂。我要死了。想让你带未未来看看我。"

大利躺在病床上，身上插满了管子，他虚弱的朝未未勾了勾手指，未未"咯咯"笑着扑到他的床边。

"大利叔叔！"

"乖。"大利摸未未的头，眼神里露出从未有过的温柔。

"什么时候得的病？"夏芒沙哑着嗓子问他。

"早就得了。在外面的时候就是晚期了。"大利苍白地笑了一下，"不是跟你说过了吗？我是来这儿等死的。但是没想到，躲到这儿来，也没他妈的多混上几年。"

夏芒动了动嘴唇，没说出话来。

"真不值。在这里的几年跟坐牢一样。"大利又恢复了以往那种不屑一顾的神色。

"坐什么牢了，又没人绑着你。"夏芒怼他，他知道大利还是喜欢他这么和他说话。

"被时间绑着了。绑在叫周三的牢里。"

夏芒愣了愣，"看你现在这德性，还写歌词呢！"

两人一起笑了起来。

夏芒的鼻子一酸，别开了头。

未未不知道什么时候爬到了大利的病床上，"嘣嘣嘣"地乱弹着他放在床脚的吉他。

"未未真好。"

"什么？"夏芒没明白大利指的是什么。

"知道我活不过今天的时候，我吓坏了。真的，这辈子都没这么怂过。一想到要死在周四，死在没一个人认识我的周四，我就从里到外都冷透了。活一辈子，死之前连个认识的人都看不见，你说，吓不吓人？"

夏芒被他说得心里窜风。

"来到这破地方之后，我越活越糊涂。有的时候醒过来，会忘了自己为什么来，又打算去干什么。是，对我来说每个周三看起来是连续的，但是放在这个世界里，它就是一堆支离破碎的片段。就像是一首歌里跳着出现的音符。我永远也摸不清它的调子。这样的日子，真他妈没意思！"

"行了，现在还说什么有意思没意思的。"夏芒截住他丧气的话。

"幸好还有未未。"大利仰头看向天花板，长长地嘘出一口气，"一想到未未这么自由自在地活在这个世界上，就像在漆黑一片的夜里，忽然抓到了一团光。暖暖的，能让人安心地睡着。夏芒，谢谢你。"大利的声音变轻了，"未未。未……"

"未"字的尾音变成了一声气音，大利眼中的光熄灭成了一团混浊的灰色。

床边的仪器发出尖锐的叫声。夏芒冲过去抱起受惊的未未，紧紧地抱着她，就好像她是一束握不住的光。

七

大利死后一个月的周三。

夏芒亲自下厨做了一桌子的菜等小安下班。

"你怎么做这么多的肉？未未牙还没长齐，咬不动的。"小安说。

"我的牙长齐了呀！啊……"未未张开大嘴。

小安愣住了。那一顿饭上，她都没怎么说话。

饭后，夏芒让未未去自己的房间看动画片。他和小安一起收拾着桌子。

"未未的牙长齐了……"

小安把盘子放进水槽，对着窗外说。像是在问夏芒，又像是在自言自语，

"什么时候的事？上一次注意她的牙，好像才长了八颗。她咧嘴笑，露出上面的四颗小牙，白白的，短短的，像个兔子……怎么才见了几面，就都长齐了呢？"

小安的声音开始哽咽。

夏芒搂住了她的肩膀："小安，我决定了，我要带未未离开神理市。"

小安猛地转过身，难以置信地睁大眼睛："你说什么？你疯了吗？这是神理市！只有外面的人想进来，没有里面的人想出去！"

"不是他们不想出去，是他们不敢出去。他们害怕，害怕这里万一就是那个最好的未来该怎么办。"

"这里不是那个最好的未来吗？"小安反问夏芒。

"对你来说是的。对我来说不是。对未未更不是。"

"我不懂。"小安摇着头。

夏芒看着她的眼睛："在我小的时候，在外面的那个世界，我家的门前有一颗桃树。从它种下去的第一天起，我每一天都跑去看它。从它发芽、长枝、开花、粉色的花瓣落了，长出嫩绿细长的叶子。第一年，它结出的果子又小又涩，我一口咬下去，把我都酸哭了。

一直到第三年,它才结出了好吃的桃子。"

小安没有打断夏芒,她似乎猜到了他的意思。

"我喜欢吃甜桃子,但我更喜欢那个等待的过程。我知道一个芽苞变成一颗红润圆满的桃子的每一个步骤,我知道它是怎么发生的,为什么会发生。我对于这个世界的所有答案,并没有藏在最后的那一个甜桃子里,而是藏在那个等待的过程中。

"小安,未未也该等待一个属于她自己的甜桃子。"

小安摇了摇头。

"我不明白,即使生活在这里,未未也不会错过任何东西。"

"是吗?她难道不是刚刚错过一个……"

夏芒停了停才说:"一个知道她每一颗牙是什么时候长出来的母亲。"

小安愣了很久,才冷笑了一声:"你是想说,我已经没有资格爱未未了吗?"

"不。你当然爱她。可是小安,未未就是我的甜桃子。而你的甜桃子,从来就不是未未。"

小安的嘴唇颤抖起来,眼泪又止不住地流下来。

"我……"

夏芒抱住了小安。

"我想说我不是,我很想说我不是!但是我说不出来……"女人在他的肩膀上大声地哭喊出来。

夏芒的心忽然很难受。

他想起那个下着大雨的周二午夜,穿着灰色毛衣的小安站在门的那一边,夏芒站在外面。

"你还不回去?"小安大声地冲他喊,"就快到零点了!"

"从前的日色变得慢

车、马、邮件都慢

一生只够

爱一个人。"

夏芒没有回答小安的问题,只是念起了这首很老很老的诗,这首诗,他和小安都很喜欢。

小安只错愕了几秒,就立刻明白了将要发生的事情。

零点的钟声在午夜时分敲响。

夏芒把手伸向小安。

"小安,未来很慢,你愿意和我一起去吗?"

钟声敲过了十二下,小安扑进大雨,扑进了夏芒的怀里。

小安要继续前往那个很慢很慢的未来了,而他和未未却不能再陪她去了。

八

"夏芒,你有想过吗?你之所以感到世界那么美好,值得未未用每一秒的生命不间断地去感受。或许是因为你们的起点是在神理市。"

在机场的大厅里,小安向夏芒提了一个问题。

"正是因为我们牺牲掉了你所谓的生命的连续感,才换来了让你感觉舒适的宽松的街道、洁净的空气、安全的环境。碎片搭建起来的世界或许不够完整,却不见得不牢固。"

夏芒愣住了。小安似乎又回到了那个让他着迷的理性少女。

"这里是不是最好的未来我不知道。但这里一定是未来的一种可能。我会在这里等你和未未,等着你们愿意选择这个未来的时候。"

离开神理市的飞机上,第一次坐飞机的未未看上去很兴奋。

"爸爸,妈妈怎么没有一起来?她在哪儿?"

"妈妈在未来等我们。"

"那爸爸,我们要去哪儿?"

夏芒想了很久。

"从前。"他说。